Par le chemin des Marais

Guy Saint-Jean Éditeur
4490, rue Garand
Laval (Québec) Canada H7L 5Z6
450 663-1777
info@saint-jeanediteur.com
saint-jeanediteur.com

• • • • • • • • • • • • • • • • •

Données de catalogage avant publication disponibles à Bibliothèque et Archives nationales du Québec et à Bibliothèque et Archives Canada

• • • • • • • • • • • • • • • • •

Nous reconnaissons l'aide financière du gouvernement du Canada ainsi que celle de la SODEC pour nos activités d'édition. Nous remercions le Conseil des Arts du Canada de l'aide accordée à notre programme de publication.

Financé par le gouvernement du Canada | Canada   SODEC Québec   Conseil des Arts du Canada Canada Council for the Arts

Gouvernement du Québec — Programme de crédit d'impôt pour l'édition de livres — Gestion SODEC

Correction : Johanne Hamel
Conception graphique : Christiane Séguin
Photographie de la page couverture : © Depositphotos/Marinka

Dépôt légal — Bibliothèque et Archives nationales du Québec, Bibliothèque et Archives Canada, 2018

ISBN : 978-2-89758-142-8

Imprimé et relié au Canada
1re impression, juin 2018

Guy Saint-Jean Éditeur est membre de l'Association nationale des éditeurs de livres (ANEL).

JANINE TOURVILLE

Par le chemin des Marais

Roman

Guy Saint-Jean
ÉDITEUR

Remerciements

*Mes remerciements vont à
monsieur Serge Gauthier, historien,
qui a su me conseiller pour mes recherches
en vue de la rédaction de ce roman.*

À Lise, Hélène, Janine, Lucile,
Pauline, Denise, Marcelle,
et à toutes mes amies qui
ont suivi mon long cheminement.

« L'amour est une mer
dont la femme est la rive. »

Victor Hugo

Préface

Par le chemin des marais... il y a le temps long des arrière-pays de neiges et de vents.

Et toutes les éternités, de ces hommes, de ces femmes, comme des arbres, immenses, enracinés, portés par le temps sans mesure des forêts.

Leur vie n'a rien de triste. De monotone. Elle est parfaitement réglée. Bien cadencée. Par les travaux. Par les jours. Pareils. Différenciés. Il faut parler de ces gens avec des mots rares, ponctués de silences.

Par le chemin des marais... voici le pays des profondeurs. Des jardins intimes. Des terres arides. Redécouverts sous la main d'une romancière habile. Et cette contrée de l'éloignement se peuple alors d'étonnantes histoires toutes pleines d'humanité.

Par le chemin des marais... le monde immobile s'agite au cœur d'un univers fascinant et secret.

Serge Gauthier
Historien

Avertissement

N'en déplaise à tous ceux qui habitent la région de Charlevoix, et plus particulièrement le long de la rivière Malbaie, j'ai créé l'Anse-à-Thomas de toutes pièces, pour les besoins de mes personnages.

J'ai imaginé un endroit assez éloigné de La Malbaie, loin aussi des Hautes-Gorges, un petit hameau de quelques maisons seulement, distancées les unes des autres par quelques kilomètres de champs, descendant en pentes douces jusqu'à l'eau.

Ce pourrait être entre la Passe-des-Monts, la montagne à Moïse, et le lac au Sable, quelque part où une petite crique et une plage de sable enjoliveraient le paysage.

Chapitre 1

Yves venait d'apprendre, en ce matin du 10 février 1915, que son bataillon quitterait Salisbury le lendemain pour la côte française. Toute la troupe avait eu une permission de vingt-quatre heures, à la condition expresse que chacun soit de retour au camp avant l'aube.

Pour calmer leur angoisse, ses compagnons s'étaient regroupés, comme si le fait d'être ensemble pouvait les protéger du danger qui les guettait, une fois rendus sur le champ de bataille.

Contrairement à eux, Yves avait préféré s'isoler, marcher à l'aventure dans les rues de cette ville qu'il avait eu à peine le temps de visiter, presque sûr de ne rencontrer aucune de ses connaissances.

La pluie glacée qui tombait depuis le début de la matinée avait amassé sur le sol une gelée molle et grise, dans laquelle le jeune homme pataugeait. Ses pas le conduisirent jusqu'à cette cathédrale dont on lui avait tant vanté la beauté, et il sentit le besoin d'y entrer. Il ne savait pas trop pourquoi d'ailleurs, car depuis longtemps il avait rejeté Dieu de sa vie. Mais peut-être le retrouverait-il en se recueillant un moment dans ce lieu sacré ?

Il s'avança dans la nef déserte illuminée par les feux éblouissants des magnifiques vitraux. La pluie venait sans doute de cesser, car tout à coup un rayon de soleil traversa les verrières colorées pour projeter sur lui une centaine de points irisés, le baignant dans une myriade de teintes apaisantes.

Yves s'agenouilla, se demandant avec étonnement ce qu'il faisait là, lui qui n'avait jamais aimé s'incliner devant qui que ce soit. Une sorte de piété qu'il ne connaissait pas s'emparait de lui et, sans en comprendre la raison, cette ferveur soudaine lui arracha des larmes. Pleurait-il sur lui-même ?... Est-ce que ces larmes le purgeraient de toute la haine accumulée au fond de lui depuis si longtemps ?... Ou bien, n'était-ce pas plutôt ce qui l'attendait le lendemain sur le champ de bataille qui lui faisait peur ? Il y laisserait peut-être la vie, sans avoir jamais eu le temps de demander pardon aux siens pour toutes les peines qu'il leur avait infligées.

Comme un écho à sa tristesse, une voix étrange s'éleva sous les voûtes d'ogives. Elle chantait des vocalises sans aucune parole.

Cette voix était chaude et les sons allaient en s'amplifiant jusqu'à remplir tout l'espace, pourtant immense, de la cathédrale. On aurait dit une plainte presque inhumaine, quelque chose d'immatériel, comme si des anges avaient tout à coup décidé de prendre place à côté d'Yves.

Il essaya de découvrir où pouvait bien se cacher cette femme qui exprimait si bien des sentiments qu'il ressentait lui-même. Cette détresse dont il ne parvenait pas à se débarrasser l'assaillait de nouveau, car ce chant traduisait admirablement bien la solitude, la nostalgie, l'angoisse. C'était la première fois qu'Yves prenait conscience de tout ce qu'avait été sa vie jusque-là.

Soudain, les notes très pures d'une flûte vinrent accompagner la voix. La musique se dispersait maintenant dans l'espace impressionnant de la basilique. Elle semblait sortir de derrière les énormes colonnes sculptées qui soutenaient l'arc du plafond. Qui pouvaient bien être ces musiciens, capables de traduire ainsi avec une telle intensité une détresse aussi effroyable ? Yves était certain qu'ils devaient souffrir, car on ne peut faire entendre de pareils accents quand on est heureux.

Il choisit de s'abandonner à cette prière insolite,

sans plus chercher à savoir où se trouvaient ses auteurs. Il laissait couler ses larmes sans fausse honte. Elles étaient les premières qu'il versait depuis un certain matin à l'Anse-à-Thomas, après qu'on l'eut séparé de Rose-Aimée. Le souvenir de ce jour-là était aussi vif que s'il l'avait vécu la veille.

* * *

Son père l'avait entraîné dans la grange. C'était toujours là, qu'entre hommes, ils réglaient leurs différends. La porte venait de se refermer sur eux et, mal à l'aise, Yves essaya de crâner en disant n'importe quoi, une boutade, pensa-t-il, qui réussirait à détendre l'atmosphère chargée de reproches encore inexprimés.

— Je sais pas comment vous faites pour vivre tous les jours dans cette maudite odeur de fumier ! lança-t-il en regardant autour de lui.

— Assis-toi ! commanda Pierre, ignorant la remarque de son fils.

Il semblait l'accuser. Yves était même sûr de discerner un éclat inquiétant dans les yeux d'habitude si sereins de son père. Son corps était rigide, comme s'il voulait se prouver à lui-même qu'il resterait inflexible. Il semblait prêt à l'affronter dans un combat impitoyable d'où il était assuré de sortir vainqueur, car il était évident qu'il parlerait le premier. Le premier qui le ferait ne pourrait que prononcer des paroles définitives.

Il n'y avait plus autour d'eux que le grondement du tonnerre, le bruit de la pluie qui fouettait depuis quelques minutes le toit de la grange, et le frôlement des animaux qui s'agitaient dans leurs stalles, énervés par l'imminence de l'orage.

Pierre avait approché les deux tabourets sur lesquels ils prenaient place d'habitude pour traire les vaches. Il se laissa tomber sur l'un d'eux, pendant qu'Yves lui obéissait et s'asseyait en face de lui. Pierre savait que ce qu'il allait dire pourrait les séparer définitivement, mais les choses avaient été beaucoup trop loin et il ne pouvait se taire plus longtemps.

Une angoisse épouvantable lui serra la gorge. Il n'avait plus devant lui le petit garçon de jadis, qui lui montrait depuis sa plus tendre enfance une révolte incontrôlable, mais un homme. Et, aujourd'hui encore, il rejetait l'autorité paternelle en créant ainsi autour de lui un climat familial insoutenable.

— Je crois, mon garçon, qu'on est arrivés à un point de non-retour, commença Pierre. T'es revenu ici depuis deux mois pis, depuis ce temps-là, t'as pas arrêté de faire des bêtises.

J'ajoute que le mot bêtises est ben faible pour que tu comprennes tout ce que t'as fait.

Yves l'écoutait sans répliquer, attendant la suite. Tout au plus lui jetait-il un regard distrait, préférant fixer son attention sur les animaux qui les entouraient.

— Je sais que t'aimerais ben mieux que je parle pas, continua Pierre. Je le vois à ta façon de regarder ailleurs. Vois-tu, j'ai ben envie de répéter les mêmes mots que t'as dits en entrant ici tout à l'heure. Tu pensais que je les avais pas entendus ?... Eh ben, tu te trompais. Si j'ai fait semblant de pas les avoir compris, c'est parce que je voulais me calmer un peu avant de te répondre. Maintenant que c'est fait, je pense pas que tu vas aimer ben gros ce que tu vas entendre.

Yves était devenu plus attentif. Il essayait de deviner ce qui suivrait et il craignait déjà les conséquences de sa boutade du début. Il n'était pas assez naïf pour croire que sa réflexion n'avait pas blessé Pierre, et à travers lui, tous ceux qui travaillaient de l'aube jusqu'à la nuit pour défricher leurs terres. Il sentait confusément que ses paroles blessantes allaient bientôt se retourner contre lui.

— Tu te demandais comment on pouvait vivre tous les jours dans cette odeur de fumier ?...

reprit Pierre. Eh ben, laisse-moi te dire que cette odeur-là est mille fois plus endurable que tout ce qu'on a vécu depuis que t'es revenu ici.

— Ça veut dire quoi, toutes vos belles paroles ? Vous aimez mieux les agissements de mon cousin, André ? Dites-le donc ! Vous vous mourez de me le faire savoir, coupa Yves avec agressivité.

— Pourquoi tu l'appelles ton cousin, tout d'un coup ? On vous a élevés comme des frères, me semble ?

— Ben, quand on est des frères, on devrait être traités pareil !

Une lueur mauvaise brillait dans ses yeux. Il défiait son père. Il cherchait ce qu'il pourrait ajouter pour le blesser davantage. Il serra les poings et, brièvement, un sentiment de victoire s'empara de lui en voyant les épaules de Pierre s'affaisser. Mais, presque aussitôt il eut honte, en même temps qu'une grande tristesse l'envahissait. Un cri muet monta jusqu'à ses lèvres sans cependant les franchir. Ce n'était pas la première fois qu'il était tenté de crier cette phrase qui l'étouffait de plus en plus chaque jour : « Pourquoi vous m'aimez pas, papa ? »

— Je t'aime, Yves, reprit Pierre, comme s'il avait deviné la prière désespérée de son fils. Je t'aime tout autant qu'André malgré ce que tu peux penser. Oui, je le vois dans tes yeux, tu te dis que c'est encore toi qui écopes et tu te demandes pourquoi. Vois-tu, il faut que je sois juste. Quand t'étais plus jeune, je pouvais pas te laisser faire les quatre cents coups, surtout quand ces mauvais coups-là, c'est ton cousin, puisque tu tiens à l'appeler comme ça, qui en pâtissait.

— C'est-tu vrai qu'y est mon cousin, ou ben non ? Y est toujours ben pas mon frère ? répéta Yves avec violence.

— Ben, moi, je l'ai toujours considéré comme mon fils, répondit Pierre. T'étais pas encore né quand y est devenu orphelin de mère pis de père. Y porte le même nom de famille que nous autres, pis y a été élevé comme toi. C'est le gars de mon frère jumeau pis, en plus, y nous ressemble.

— J'ai toujours su que vous l'aimiez plus que moi, s'exclama Yves. Dites-le donc, une fois pour toutes.

— Tu sais ben que c'est pas vrai. Mais aujourd'hui, après ce qui vient de se passer…

— Vous allez me demander de partir ? C'est ça, hein ? coupa Yves, avant même que son père continue.

Pierre hésitait à poursuivre cette conversation qui les menait tout droit à une déchirure irréparable. Dans les yeux de son fils, il voyait de la haine, et ça, il ne pouvait le supporter.

— Oui, t'as ben deviné, admit-il en retenant ses larmes.

— Et pourquoi? cria Yves. Parce que j'aime la femme d'André?... Mais j'en ai parfaitement le droit! Rose-Aimée peut ben choisir celui avec qui a veut continuer de vivre.

— Plus astheure, non! A s'est mariée à André, pis on dirait que t'as oublié que le mariage, c'est sacré. T'as pas le droit d'essayer d'enlever Rose-Aimée à son mari par des manigances comme celles que j'ai vues tout à l'heure.

— Vous avez pas pensé que c'était peut-être elle qui m'avait aguiché? A se défendait pas ben, ben, quand vous nous avez surpris, hein?

— Tu te cherches des excuses, mon gars, mais tu m'enlèveras pas de l'idée que t'avais pas le droit de faire ça.

— Êtes-vous ben sûr qu'a a pas aimé mieux mes caresses que celles d'André? essaya encore d'ajouter Yves.

Il était de plus en plus évident que son cousin sortirait gagnant de cet échange avec son père, qu'il lui faudrait s'incliner et s'en aller, chassé comme un intrus.

— Si je te demande de retourner à Montréal, dit Pierre un peu plus fermement, c'est que t'aimes pas les travaux de la ferme et que, pour finir, tu refuses d'aller aux chantiers comme les autres pour aider à notre subsistance. Tu me laisses pas d'autre choix.

Il attendit un moment, espérant il ne savait trop quoi. Que son fils lui dise qu'il regrettait, peut-être? Qu'il lui propose de se mettre à l'ouvrage et se rachète ainsi de tant d'années de paresse et d'indifférence?

— Je me demande souvent ce que tu fais encore ici, reprit Pierre en voyant l'air buté de son fils. T'haïs tout ce qui touche à notre vie à l'Anse. T'aurais pu te rendre utile en apprenant un métier, comme ton grand-père a fait quand y a été trop vieux pour monter aux chantiers. Y t'a déjà offert de te montrer à faire des meubles que t'aurais pu vendre pour gagner ta vie, mais t'as aimé mieux partir que de t'adapter. On est ben malheureux à cause de toi, Yves, pis même si on t'aime, c'est mieux que tu retournes en ville. Tu t'en aperçois, hein?...

— Je m'aperçois surtout que personne ici m'a jamais accepté comme je suis. On m'a toujours traité comme si j'étais un voyou. C'est-tu parce qu'André est né avant moi que vous le préférez? C'est-tu parce qu'y est l'aîné dans vos cœurs? Je compte plus les fois où maman a été obligée de prendre ma défense, pour vous empêcher de me punir pour des riens. Vous vouliez que je ressemble à André sur toute la ligne, pis vous avez jamais compris que je pouvais être différent de lui… Je vous montrerai à toutes vous autres que je lui suis supérieur! Vous verrez!… acheva-t-il, tremblant de rage, après sa longue tirade.

— T'as pas à lui être supérieur, précisa calmement Pierre. T'as qu'à vivre normalement, comme on fait. Pense pas qu'on est parfaits, non, mais on aimerait ben ça le devenir.

— Mais je suis pas André! cria encore Yves. Ça, vous le comprendrez jamais!

Voilà que la rivalité constante, qu'il avait toujours ressentie envers son cousin, le poursuivait encore une fois. Parviendrait-il un jour à s'en affranchir?…

— C'est bon, reprit-il froidement. Comme ça, y faut que je parte pour que vous ayez la paix, ben je pars, pis tout de suite. Vous ferez mes adieux à tout le monde. Je suis revenu ici sans bagages pis sans m'annoncer pis je m'en irai de la même façon. Mais je vous avertis, si vous faites des misères à Rose-Aimée, à cause de ce qui s'est passé, ou ben si vous le racontez à André pis qu'a est malheureuse par après, je vous pardonnerai jamais ! Astheure, j'en ai assez dit, je m'en vas…

— Mais tu peux pas partir de même ! cria Pierre. Pense un peu à la peine que ta mère va avoir en apprenant que t'as pas pris le temps de l'embrasser…

— Vous pensez pas que ce serait pire pour elle si je lui disais ce que je pense de vous ? lança méchamment Yves qui cherchait une façon de se venger de l'humiliation que son père lui faisait subir.

— T'es injuste, mon garçon ! T'as pas le droit de nous traiter de cette façon-là.

— Injuste ?… C'est vous qui parlez d'injustice ? Vous qui venez de me chasser comme si j'étais un voyou, un bon à rien ? Pis pourquoi ?… Les raisons que vous venez de me raconter sont rien que des excuses pour vous débarrasser de moi ! Vous êtes juste capable de parler de droit pis de justice, mais vous savez même pas être indulgent !

Il serrait les poings et sa colère menaçait de lui faire perdre tout contrôle. Pour un peu, il se serait précipité sur son père et il l'aurait frappé.

Il se retint à temps, mais il était livide, tant l'effort qu'il imposait à sa volonté lui coûtait.

— Je te chasse pas, Yves, reprit doucement Pierre. Je te demande seulement de retourner là où t'étais plus heureux.

— Ayez pas peur, j'y retourne! J'en ai assez entendu pour astheure! rugit Yves.

Il se leva si brusquement qu'il renversa le banc sur lequel il était assis. D'un coup de pied rageur, il le projeta jusque dans une stalle. La jument qui s'y trouvait recula en hennissant et, n'eût été le câble qui la maintenait à un poteau, elle se serait cabrée. Pierre tendit les bras en un geste futile pour retenir son fils, mais déjà Yves franchissait la porte et, à grandes enjambées, il gagnait les sous-bois.

Quand il fut sous le dais des sapins, il se retourna une dernière fois. Au loin il vit Pierre qui se dirigeait à pas lents vers la maison et sa mère qui venait à sa rencontre. Elle sembla questionner son mari, eut un mouvement pour s'élancer vers la forêt, mais il la retint. Yves remarqua que sa mère se blottissait contre la poitrine de Pierre qui la serrait contre lui, et il comprit qu'elle pleurait, mais il n'aperçut pas Rose-Aimée ni son cousin.

Maintenant c'était à son tour de se sauver

pour cacher ses larmes. Il s'enfonça plus profondément dans la forêt et laissa libre cours à sa peine. Elle inondait ses joues, brouillait sa vue, déformant les arbres, mais pas un instant il ne songea à la repousser. Pour lui ce départ était définitif. Il ne savait pas encore par quel coup d'éclat il parviendrait à se réhabiliter aux yeux des siens, mais il était certain de trouver un moyen. Un jour son père serait fier de lui. En attendant, il couperait tous les liens avec sa famille.

Chapitre 2

Ypres, Belgique, 22 avril 1915

Yves et ses compagnons achevaient d'avaler la nourriture infecte qui tapissait encore le fond de leurs gamelles quand l'attaque reprit.

Les explosions se rapprochaient. Il fallait donner l'assaut sans plus attendre s'ils ne voulaient pas être anéantis dans leurs retranchements. Soudain, ce qu'ils virent stoppa net leur élan. Des nuages d'une couleur bizarre s'élevaient à une grande distance et semblaient ramper en progressant vers les tranchées. Les gaz!... Ça ne pouvait être possible, puisque les officiers leur avaient juré qu'il n'y avait rien à craindre. Depuis les Conventions de La Haye, personne n'avait le droit d'utiliser une telle arme pour attaquer, mais pourtant c'étaient bien les gaz qui arrivaient sur eux. Déjà les premiers soldats qui s'étaient empressés d'obéir aux ordres s'écroulaient, fauchés en pleine course, râlant, vomissant, incapables de trouver de l'air. Leurs poumons détruits par le chlore refusaient de fonctionner et ils étouffèrent presque aussitôt.

Yves, qui s'était élancé à l'attaque parmi les premiers, fut épargné, mais en regardant à l'arrière, il distingua des ombres imprécises qui se bousculaient dans ce matin verdâtre avec des mouvements affolés, cherchant une issue que le nuage mortel leur cachait encore. Quelques-uns de ces spectres retrouvèrent pour un instant forme humaine et se traînèrent jusqu'à leurs lignes, mais ils s'affaissèrent dans la boue avant d'y parvenir. Puis, tout à coup, les gaz semblèrent se dissiper et chacun comprit que l'ennemi venait de stopper son avance.

Sans plus attendre, les officiers poussèrent de nouveau les survivants vers les lignes allemandes. Yves courait désespérément, stimulé comme ses compagnons par les ordres qui les forçaient à secouer leur peur. Maintenant ce n'était plus les gaz qui apportaient la mort. Des balles pleuvaient littéralement autour d'eux et personne n'avait le temps de s'arrêter pour porter secours aux blessés. L'effroi se lisait sur les visages crispés. Sur leurs traits contractés, la peur était gravée, mais il y avait aussi une sorte d'expression décidée, une aura de bravoure téméraire.

Soudain, Yves se rendit compte qu'il était seul sur la première ligne d'attaque, seul devant un champ désertique où gisaient, pêle-mêle, des blessés et des morts. Comment pouvait-il se retrouver isolé ainsi?... S'était-il égaré dans le nuage qui achevait de se dissiper?... Une pensée l'effleura: ceux qui le suivaient avaient dû rebrousser chemin. On devait avoir sonné la retraite et, à part les cris désespérés des mourants et le bruit des obus qui explosaient autour de lui, il n'avait rien entendu d'autre. Il lui fallait retourner sur ses pas, retrouver ses compagnons, se sauver de cette mort à laquelle il avait échappé jusqu'ici, mais qui le guettait là, quelque part, à l'avant.

Les bombes continuaient à marteler le sol, soulevant des giclées de boue ensanglantée, creusant des cratères aux bords boursouflés qu'il lui fallait escalader, pour retomber aussitôt dans une eau glauque et glacée. Il venait de gravir un de ces monticules quand, soudain, il se trouva face à face avec un Allemand, seul lui aussi, terré dans le trou creusé par un obus.

Le soldat était jeune, à peine sorti de l'adolescence. Yves vit qu'il grelottait comme lui, de cette même peur qui les faisait tous deux claquer des dents. Une horreur identique se lisait dans leurs yeux: celle d'avoir à tuer. Non plus cette fois quelqu'un d'anonyme perdu dans une masse d'hommes vêtus d'uniformes semblables, mais un être de chair et d'os, quelqu'un qui aspirait sans doute à la liberté, mais qui succomberait bientôt, une étoile rouge au front ou à la poitrine, ultime décoration pour avoir voulu défendre une cause qu'il croyait juste.

Il y eut un court instant d'hésitation de part et d'autre, puis les deux adversaires semblèrent oublier l'épouvante qui leur tordait les tripes pour laisser place à une haine implacable qui les fit se précipiter en avant en poussant un cri de rage.

Yves réagit le premier et fonça, baïonnette au canon tandis que l'Allemand épaulait son fusil. Leurs yeux se croisèrent. Il n'y restait plus aucune trace de crainte maintenant. Tous deux avaient dépassé le stade de la peur, ils avaient enfin vaincu leur lâcheté passagère. Ils étaient conscients qu'ils allaient probablement mourir et leur unique chance de survie, si tant est qu'il en restait une, résidait dans le geste qu'ils allaient risquer: presser le premier sur la détente.

Ils le firent en même temps.

Yves sentit une brûlure lui enflammer la tempe et il vit éclater le bas du visage de son ennemi. Le sang jaillit à flots saccadés de sa jugulaire sectionnée. Seuls ses yeux grands ouverts sur la mort qui les voilait déjà semblaient implorer Yves. Lentement, le soldat s'effondra. Il tomba à genoux, puis le reste de son corps suivit tout d'une pièce, sans que plus rien ne retienne sa chute.

Le temps s'arrêta sur ce bref intervalle où leurs vies s'étaient jouées puis, à son tour, Yves partit en avant, soulevé par le souffle puissant d'une nouvelle explosion qui lui arracha la main droite et le fusil qu'elle tenait encore. Il hurla un nom : « André ! » Son cri se perdit dans l'effroyable déflagration qui l'emporta loin de la réalité. Les deux ennemis furent projetés l'un vers l'autre dans un éclaboussement de sang. En touchant le sol labouré par la guerre, leurs corps s'unirent violemment en une sorte d'étreinte finale, une ultime accolade.

* * *

Anse-à-Thomas sur la rivière Malbaie, 22 avril 1915

La température froide s'éternisait. C'était un temps où la rivière Malbaie restait encore figée, bien que le mois d'avril en fût à son vingt-deuxième jour. Il n'y avait de visibles, à la surface sinueuse de ce cours d'eau, que quelques flaques brillantes et noires, encerclées par les glaces que les redoux des dernières semaines avaient fait surgir.

Pourtant, en mars, les bourgeons avaient gonflé, comme le ventre de Rose-Aimée à l'approche de son accouchement. Parmi les bleus du lointain, quelques taches vertes avaient égayé pour un temps les montagnes, mais des giboulées avaient stoppé leur croissance et, depuis, les branches restaient désespérément nues. Maintenant la nature attendait toujours les premiers rayons du soleil pour voir renaître cet épanouissement. Le vent pouvait traverser la forêt en toute liberté, sans rencontrer d'autres obstacles que les troncs serrés des grands pins qu'il contournait, sifflant doucement entre leurs aiguilles encore refermées comme des griffes.

Rose-Aimée venait de rentrer à la maison, après avoir aidé son mari toute la nuit dans la grange où une vache essayait vainement de mettre bas. Ce n'est qu'au matin que leurs efforts conjugués avaient été couronnés de succès. La pauvre bête était maintenant couchée dans la paille et elle nettoyait son petit à grands coups de langue.

En entrant dans la cuisine, la jeune femme

jeta un coup d'œil sur le berceau de bois qui attendait dans un coin la venue de son bébé. Cette naissance lui apporterait peut-être le bonheur qu'elle cherchait encore, en remplaçant, du moins l'espérait-elle, le vide qu'avait laissé en son cœur le départ d'Yves. Elle caressa un moment la petite courtepointe qu'elle avait achevée de coudre la veille, imaginant le corps de son enfant qui serait couché là bientôt. Puis elle pensa combien il serait bon d'aller se glisser dans le grand lit et de dormir un peu avant d'entreprendre tous les travaux qui l'attendaient, lasse qu'elle était de n'avoir pas dormi depuis plus de vingt-quatre heures.

Elle remplit une bassine d'eau, l'emporta dans sa chambre et se lava hâtivement, penchée au-dessus de la cuvette de fer, laissant l'eau ruisseler entre ses doigts. La douce lumière de l'aube faisait miroiter les gouttelettes comme si elles étaient des billes de verre. Rose-Aimée renouvelait son geste, s'aspergeait le visage et le cou, tremblante sous le froid qui la glaçait. Comme si cette froidure avait traversé son ventre jusqu'à lui, son enfant tressaillit violemment, amenant un sourire sur le visage de la jeune femme.

La première clarté du matin éclairait à peine la chambre, et c'est à tâtons qu'elle sortit d'un tiroir des vêtements propres. Puis, une fois habillée, elle tordit sa longue chevelure blonde pour en faire un chignon. Souples comme de la soie, ses cheveux avaient des reflets changeants selon les heures de la journée, et ses yeux, à certains moments, prenaient les tons de l'ambre.

Une fois sa toilette terminée, elle retourna à la cuisine et s'empressa d'allumer le poêle pour dissiper l'air glacé qui la faisait frissonner. Pendant que les bûches crépitaient, répandant leur chaleur, elle regarda progresser la lumière froide du jour à travers les carreaux de la fenêtre. Le toit qui pointait au-dessus des arbres lui masquait la vue, l'empêchant d'apercevoir la grange où se trouvait son mari. Elle remarqua que, pour une deuxième fois en une semaine, des nuages bas menaçaient de déverser sur eux une nouvelle bordée de neige.

Inquiète de ne pas voir revenir André, elle s'enveloppa dans un châle en laine et sortit pour le rejoindre. Comme elle entrait, elle vit qu'il avait les traits crispés, et qu'il semblait préoccupé.

— Qu'est-ce que t'as ? demanda-t-elle, angoissée.

— Je sais pas. J'ai un pressentiment, tu sais, comme les fois où je devine ce qui va arriver de mauvais. Pis c'est toujours pareil, ça commence par un mal de tête pis, d'un coup, je vois des images ben claires.

Il n'osait pas lui dire qu'en même temps que cette douleur subite, il avait aussi l'impression de devenir complètement sourd. Seuls des bruits bizarres lui traversaient le crâne. Une sorte de vacuité étrange lui laissait dans le bas du corps un vide angoissant. C'était comme si sa vie s'était tassée derrière son front.

— Je serais peut-être mieux d'aller chercher ton père, dit Rose-Aimée, voyant la pâleur de son mari et craignant qu'il soit très malade.

— Non, non, ça vaut pas la peine de l'inquiéter pour une affaire de même, pis je me sens déjà mieux. Je me demande ben ce qui va arriver, ajouta-t-il, pour s'écrier aussitôt: C'est Yves qu'a été blessé, j'en suis sûr!

— Tu penses? demanda-t-elle, craintive.

— C'est certain. Je t'ai déjà parlé de ce don que j'ai, pis que je trouve ben encombrant.

Rose-Aimée restait silencieuse. Ces étranges manifestations lui faisaient peur. Elle avait été témoin de ce phénomène plusieurs fois depuis qu'elle connaissait André. Son mari avait beau la rassurer en lui disant que ce qui arrivait était normal pour lui, qu'il n'y portait pas trop attention, que ça se produisait rarement, elle n'en tremblait pas moins, de cette frayeur qu'engendre ce qu'on ne peut expliquer. Elle priait tous les jours pour que l'enfant qu'elle portait n'hérite pas de ce don de voyance.

— Je sais ce qui te chicote encore, reprit André en la voyant porter la main à son tablier gonflé par sa grossesse. Cesse donc de t'en faire pour ce petit qui s'en vient. Pis pour ce qui est de mon pressentiment au sujet d'Yves, on fait aussi ben de pas en parler à mes parents. Si ce malheur-là est arrivé, ils le sauront ben assez vite.

— T'as sûrement raison. Je retourne à la maison astheure. Si tu veux manger quelque chose avant de partir pour La Malbaie, y faut que je te fasse ton déjeuner. Mais te sens-tu assez ben pour y aller ? ajouta-t-elle après un instant.

— Oui, oui, pis j'ai une faim de loup ! J'ai encore un peu de travail à faire dans la grange, pis j'irai te retrouver.

André regarda sa femme refermer les deux grandes portes de la grange. Un rayon de soleil qui apparut à cet instant auréola d'or sa silhouette découpée par le contre-jour. Il se sentait très fatigué après cette nuit de veille où ils avaient tous deux réussi à sauver une vache et son veau. Personne ici ne pouvait se permettre de perdre des animaux si chèrement acquis. Un léger mal de tête persistait encore, mais l'image très nette qu'il avait entrevue un instant, celle d'Yves qui s'écroulait, pendant qu'une explosion l'avait lui-même assourdi, s'était maintenant estompée.

La pensée de son cousin l'envahit. Que lui était-il arrivé ?... Était-il mort ?... Cette idée était maintenant si forte que, pendant un instant, il eut la quasi-certitude de voir Yves se matérialiser devant lui, un sourire moqueur aux lèvres malgré ce sang qu'il avait vu sur son visage. Il dut faire un effort pour reprendre la fourche et répandre de la paille fraîche dans une stalle pour la vache et son veau.

Une journée bien remplie l'attendait. Une fois qu'il aurait mangé, et sans avoir pris le temps de se reposer, il lui faudrait partir pour La Malbaie. Il devrait passer à la forge pour faire réparer quelques outils et en acheter d'autres, en vue des travaux de cet été. L'automne dernier, en retournant la terre, le soc de sa charrue s'était brisé sur une grosse roche et, avant de partir pour les chantiers, il n'avait pas eu le temps de s'occuper de cette réparation. Il y avait aussi de la farine à acheter au moulin, et il lui fallait arrêter au magasin général pour trouver un bijou à sa mère, commission dont son père l'avait chargé :

« Rapporte-moi un collier en perles noires, noires comme les yeux de ta mère », avait-il précisé.

Il avait hâte de prendre la route. Quand il était tout jeune, il aimait déjà faire ce voyage en compagnie de son cousin. Pierre les faisait grimper dans la charrette et ils se laissaient ballotter avec plaisir sur cette route cahoteuse qui n'était qu'un sentier à l'époque. Cette route portait bien son nom : « Chemin des Marais », car aujourd'hui encore elle demeurait hasardeuse au printemps, à cause de l'ombre épaisse qui tapissait les sous-bois, y laissant en certains endroits, sous l'apparence d'une couche de neige durcie, un sol marécageux dans lequel il était facile de s'enfoncer.

Le souvenir de tous les événements malheureux qu'avaient subis les voyageurs de ce siècle-là ramenait à la mémoire André certaines histoires que lui racontait son arrière-grand-père, Thomas. Ces récits suffisaient à lui faire dresser les cheveux sur la tête. Il lui avait décrit de quelle façon il fallut transporter le corps de sa femme, morte en mettant au monde son sixième enfant. Pour se rendre jusqu'à La Malbaie afin d'y ensevelir sa femme, il avait demandé l'aide d'un voisin. Chaussés de leurs raquettes, ils avaient emprunté la glace du Saguenay pour atteindre l'Anse-Saint-Jean. De là, ils s'étaient enfoncés dans la forêt, traînant péniblement leur lourd fardeau à travers les arbres, à demi gelés, tombant, se relevant, bien déterminés à réussir leur périple.

André se rappelait à quel point les récits de son aïeul l'avaient troublé. Dans ses rêves, il voyait le cadavre de son arrière-grand-mère, enveloppé dans un drap de lin et attaché avec des liens de cuir sur deux patins de bois en guise de traîneau. Deux hommes épuisés le tiraient. Il lui semblait entendre le crissement de la neige et le vent qui fouettait ce cortège macabre, ce vent terrible qui brûlait la peau avec ses cristaux de glace soulevés par les rafales. Il se réveillait en sueur de ces cauchemars où les mugissements des tempêtes ressemblaient étrangement à de longues plaintes lugubres qui se seraient échappées de ce cadavre rigide.

Le printemps dernier, en revenant sur cette route, André s'était rendu compte, sans pour autant s'en inquiéter, qu'il avait peut-être un peu trop prolongé sa tournée à La Malbaie, car la lumière baissait très rapidement. Bercé par le tintement des outils qu'il rapportait et qui s'entrechoquaient derrière lui à chaque cahot, il n'avait pu s'empêcher de soupirer d'aise.

Il avait laissé la jument le guider sur ce chemin qu'elle connaissait bien, sans retenir les guides. Avant que l'attelage ne s'engage sous le couvert des arbres qui lui cacheraient bientôt la lumière du couchant, il avait admiré avec satisfaction ce paysage qu'il aimait de tout son cœur. Il ne se lassait jamais de scruter le creux des vallons où l'ombre du soir s'étirait, effleurant les troupeaux allongés sur la terre humide, parmi quelques amas de neige qui tranchaient sur les espaces plus foncés du sol. Dans l'obscurité qui venait, les animaux étaient à peine visibles.

Il cessa de rêver pour aller retrouver sa femme.

— Si tu pars tantôt, il faudrait peut-être penser à atteler la jument ? lui dit-elle, après lui avoir servi son déjeuner.

— Je sais pas si je peux te laisser faire ça toute seule, surtout après ce qui s'est passé la dernière fois.

Elle voyait bien qu'il la taquinait, car il savait combien elle avait peur des chevaux, même après cette première année passée sur la ferme. Elle était convaincue qu'un jour, en allant aux champs, un taureau foncerait sur elle et l'encornerait, ou encore qu'un cheval se cabrerait à son approche, projetant au-dessus de sa tête des sabots menaçants, pour les abattre sur elle et la réduire en bouillie. Dieu ! Ce qu'il avait fallu qu'elle aime André pour l'épouser et le suivre jusqu'ici. Il lui semblait qu'elle respirait à cœur de jour des relents de terre mouillée, de bouses de vaches, de fumier de cheval, sans compter cette boue nauséabonde dans laquelle se vautraient les cochons !

Non, elle n'était pas heureuse. Elle n'arrivait pas à retrouver l'estime de son beau-père. Chaque fois qu'André l'enlaçait, elle ne pouvait s'empêcher de comparer ses caresses à celles qu'elle avait connues avec Yves. Tout ce qu'elle espérait, c'était d'éprouver à nouveau le même plaisir avec lui, et cette idée la torturait sans pour autant la culpabiliser.

Et puis, il y avait cette terre qu'il fallait sans cesse épierrer pour faire reculer la forêt. Chaque jour on devait empiler sur une sorte de traîneau des pierres et des cailloux qu'on allait déverser plus loin. Les champs étaient parsemés de ces tas de roches sous lesquels les marmottes et les couleuvres se terraient, et Rose-Aimée ne comptait plus les fois où elle avait hurlé de frayeur en voyant ces bêtes sortir de leur abri à son approche. L'automne précédent, elle avait atteint le comble de l'horreur quand elle avait dû assister à la boucherie. C'était juste avant que son mari ne parte pour les chantiers, alors que la glace commençait à recouvrir les étangs et que des brouillards de neige poudraient depuis quelques jours la cime des montagnes.

Elle avait suivi son mari et quelques voisins qui se préparaient à tuer un cochon. Jamais elle n'avait encore assisté à la mise à mort d'un animal, et quand elle entendit les cris du cochon qu'on maintenait au sol après lui avoir attaché les pattes, elle comprit que ce qui allait suivre ne serait pas agréable à entendre et à regarder. Elle ignorait pourquoi les femmes se tenaient près du cou de l'animal avec de grandes bassines et, quand son beau-père transperça le cou du cochon, qui criait de plus belle, et qu'elle vit le sang jaillir de l'artère sectionnée pour commencer à remplir les cuvettes, elle se précipita à l'extérieur pour vomir. Non, elle était convaincue que jamais elle ne pourrait s'habituer à de telles scènes, même si elle comprenait que cette boucherie était nécessaire à la survie de tous.

L'incident qu'André évoquait aujourd'hui avait justement été causé par cette frayeur qu'elle avait des animaux et de leurs cris qui lui semblaient toujours menaçants. Quand elle avait voulu fixer le harnais de la jument, la bête s'était mise à reculer en piaffant. Rose-Aimée était certaine d'avoir terminé cette besogne qu'elle détestait, et elle s'était contentée d'accrocher la charrette aux harnais.

André arrivait à peine à la forêt, après que son équipage eut escaladé une pente, quand la charrette se détacha et recula, pour redescendre en direction de la ferme, pendant que la jument, libérée du fardeau qu'elle traînait, continuait tranquillement sa route. C'est en riant qu'il l'avait rattrapée pour la ramener à la charrette et recommencer l'opération mal réussie de sa femme.

— J'aimerais autant que tu t'en charges toi-même, répondit Rose-Aimée.

— C'est ben ce que je comptais faire, dit-il en quittant la table.

Chaque fois qu'il voyait sa femme avoir aussi peur d'approcher les animaux, André craignait qu'elle ne s'habitue jamais à vivre sur une terre. Il aurait tant voulu lui faire partager l'amour qu'il avait pour ce coin de pays, la regarder respirer avec délices toutes ces odeurs qui se dégageaient des montagnes, au lieu de s'attarder à celles de la ferme. Il y avait entre autres le parfum sucré des aiguilles de pins chauffées par le soleil, et celui des nouvelles pousses qui perçaient les sillons en juin, offrant aux regards leurs couleurs acidulées.

Il désirait aussi qu'elle aime autant que lui ce petit hameau qui l'avait vu naître, qu'elle s'émerveille de ces pentes douces qui descendaient jusqu'à la rivière, alors que tout à côté d'elles, comme pour créer un contraste, il y avait ces rochers escarpés qui s'enfonçaient dans l'eau noire, ou encore qui s'élevaient vers le ciel comme les murs d'une cathédrale. Selon lui, rien n'était plus beau que ces falaises qui assombrissaient par endroits les tons rougeâtres du couchant.

Quand les vents de l'automne précédent avaient soufflé sur l'Anse-à-Thomas, hurlant à travers les arbres, balayant de leur fureur la solitude inexorable des hauteurs, André avait trouvé une raison de plus pour tenir Rose-Aimée plus étroitement enlacée contre lui, essayant de calmer sa peur. Il craignait qu'elle ne parvienne pas à surmonter ses frayeurs et que, malgré son amour pour lui, elle ne puisse jamais s'acclimater à ce pays sauvage et désolé.

Il secoua un peu ses sombres pensées et se prépara à partir.

Rose-Aimée le regarda disparaître au bout

du chemin, une lueur d'inquiétude au fond des yeux. C'était la première fois qu'elle se retrouvait seule dans cette grande maison qu'ils habitaient maintenant. Jusqu'à ce qu'elle se sache enceinte, elle n'avait pas trop souffert de vivre avec ses beaux-parents, malgré une promiscuité qui était parfois gênante et, surtout, à cause de l'attitude de son beau-père envers elle. Aussi, quand la tante de son mari vint les visiter en octobre, elle trouva un moment où André et ses parents étaient à l'extérieur pour parler à Charlotte.

— Pensez-vous des fois à revenir vivre par ici ? lui demanda-t-elle.

— Y a rien qui me ferait quitter Montréal, ma belle, répondit Charlotte. Quand mon mari est mort, je me suis vite aperçue que je pourrais jamais prendre soin de la terre toute seule. Ça, tu le sais déjà, pas vrai ?

— Oui, mais est-ce que vos enfants auraient pas pu vous aider ?

— Même avec eux autres j'avais pas la force de sarcler, semer, récolter, pis de m'occuper en plus des besoins de toute la famille.

— C'est vrai que c'était pas possible. Moi, j'aurais pas pu, admit Rose-Aimée.

— Alors, tu vois ?... Pis, t'oublies qu'en ville, j'ai la maison de pension que ma mère m'a laissée en mourant. Avec l'aide de ma tante Célestine, j'ai réussi à ben vivre et à faire soigner mon petit dernier, même si ça a rien donné, ajouta tristement Charlotte.

— C'est vrai ce qu'on m'a dit: que Jeanne, votre aînée, avait eu ben de la peine de partir? Pourquoi vous l'avez pas laissée ici chez ses parents proches?

— Parce que j'avais besoin d'elle en ville. Aujourd'hui, elle a trouvé un bon mari pis elle a de beaux enfants. C'est pas ici que ça lui serait arrivé!

— Et votre maison, vous allez accepter de la voir tomber en ruines? demanda Rose-Aimée après un moment de réflexion.

— Y faut ben. Je peux pas demander à tout le monde de l'entretenir à ma place.

— Vous pourriez peut-être la vendre? dit la jeune femme, en guettant une réponse qui tardait à venir.

Charlotte se taisait, regardant la jeune femme d'un air songeur.

— Voyez-vous, reprit Rose-Aimée, j'avais pensé que vous accepteriez peut-être de nous la vendre, à André pis à moi.

— Mais vous êtes pas ben ici avec les parents? Y te font-tu des misères?... répondit Charlotte avec un air malicieux. Pourtant, je connais ben mon frère, c'est un homme dépareillé, y ferait pas de mal à une mouche !

— Vous savez ben que non !

— Alors, c'est que tu veux pas commencer ta famille avec eux autres ? T'es enceinte, pas vrai ?

— Comment vous avez deviné ?

— Tu me demanderais pas de vous vendre ma maison si tu l'étais pas pis, tu sais, y a des signes qui trompent pas.

— Personne le sait encore. Promettez-moi de pas en parler, supplia Rose-Aimée.

— Crains rien. Je sais tenir ma langue quand c'est le temps. Mais pourquoi pas le dire à ton mari ? demanda Charlotte, étonnée.

— J'ai mes raisons, répondit la jeune femme en baissant les yeux.

— Bon, j'insiste pas. Revenons à nos moutons, ou plutôt à ma maison, si tu veux ben, dit Charlotte en riant. Ma maison, je veux pas la vendre.

— Ah ?... soupira la jeune femme, soudain très déçue.

— Non, je veux pas la vendre, reprit Charlotte, mais je peux vous la donner, si vous en voulez.

— Ça a pas de bon sens !... Nous la donner ?... Y pensez-vous ?

— C'est tout pensé, ma fille. J'aime autant qu'a soit occupée par des gens heureux que de savoir qu'a continue de tomber en ruines faute d'entretien. Tu sais, reprit-elle, ton oncle pis moi, on a élevé notre famille ici, pis jusqu'à la naissance de notre petit dernier, quand j'avais déjà quarante-cinq ans, on a tout le temps été heureux. J'avais ben pensé finir mes jours sur cette terre, mais c'était plus possible quand mon mari est mort. Sais-tu qu'à seize ans j'avais déjà un premier bébé ?

— Un an plus jeune que moi pis, pourtant, je me trouve pas ben vieille pour commencer une famille.

— C'est mieux de bâtir sa vie quand on est jeune, ma fille. Crois-en mon expérience, pis saute sur l'occasion que je t'offre pour élever ta famille seule avec ton mari.

— Oui, mais je sais pas si André va accepter de laisser ses parents astheure qu'Yves et le grand-père sont plus là, dit pensivement Rose-Aimée.

— Y serait ben bête de refuser, hein ?

— Qu'est-ce que mes beaux-parents vont dire si on part de chez eux ?

— Y seront peut-être ben contents de vous voir vous installer ailleurs, tu penses pas ?

— Vous nous laissez combien de temps avant qu'on vous donne une réponse ?

— Tout le temps qu'y faudra. Moi, de toute façon, je pars la semaine prochaine. Si vous vous décidez après, eh ben, vous aurez qu'à ouvrir la porte et à vous installer. La clé restera toujours sous la première marche de la galerie. C'est pas plus compliqué que ça !

— Comment vous remercier ? s'exclama Rose-Aimée. Vous pouvez pas savoir quel service vous me rendez !... Il faut que je vous embrasse, ajouta-t-elle en lui sautant au cou.

Chapitre 3

Rose-Aimée n'avait pas voulu expliquer à Charlotte pourquoi elle désirait quitter la maison de ses beaux-parents. Elle avait un secret qu'elle ne pouvait confier à personne d'autre qu'à son confesseur, mais elle retardait de jour en jour le moment où il lui faudrait raconter ce qui s'était passé entre elle et le cousin de son mari, par ce bel après-midi du mois d'août.

Elle savait bien que, à moins de mentir, aucun prêtre ne pourrait l'absoudre de ce péché, puisqu'elle ne le regrettait pas et qu'elle était certaine de céder encore si jamais Yves le lui demandait. Elle trouvait toujours un prétexte pour ne pas aller communier quand les routes permettaient à la famille de se rendre jusqu'à l'église pour assister à la messe.

Tout était arrivé après son mariage, en juin. L'été s'était installé très vite et la température devint subitement chaude et sèche, tellement d'ailleurs que le débit des lacs et des rivières diminua considérablement. Les billots qui flottaient d'habitude librement sur la rivière s'échouaient maintenant sur des bancs de sable qui avaient surgi des profondeurs.

Septembre approchait sans que la pluie fasse reverdir les champs. Les jardins se fanaient avant d'avoir pu produire les légumes nécessaires à la survie des gens de l'Anse-à-Thomas. Les animaux amaigris cherchaient vainement quelques brindilles fraîches parmi les herbes jaunies où les sauterelles faisaient entendre leurs stridulations.

Rose-Aimée se rappelait à quel point cette chaleur, qui ne laissait de répit à personne, l'avait accablée. La rivière toute proche l'attirait irrésistiblement. Là, au moins, il y aurait sûrement une brise légère et elle pourrait se baigner, et peut-être trouver un peu de repos loin des autres avec qui elle ramassait de la paille séchée et des roches depuis le matin. Elle s'était assise à l'ombre depuis un moment, mais la pensée de la fraîcheur que lui apporterait l'eau de la rivière la décida à s'éloigner du groupe. Elle s'engagea dans le sous-bois, et se dirigea vers cette petite crique qu'elle connaissait bien.

Après s'être assurée qu'il n'y avait personne sur la plage de l'Anse, elle se dévêtit complètement et entra dans la rivière. Le froid glacial de l'eau lui coupa le souffle et elle mit quelques instants à ajuster son corps brûlant à cette fraîcheur subite. Elle dénoua ses cheveux pour les laisser flotter à la surface où ils se mirent à onduler au gré du courant, comme de longues herbes blondes. Pareille à une enfant, qu'elle était encore d'ailleurs, elle s'amusa à faire jaillir l'eau autour d'elle, tournoyant sur elle-même jusqu'à ce que, étourdie, elle glisse sous la surface.

Elle eut bientôt besoin de respirer et c'est une fois à l'air libre qu'elle entendit une branche craquer dans la forêt, tout près. Rose-Aimée sursauta, certaine que quelqu'un devait l'épier depuis un moment. Pudiquement, elle croisa ses bras sur sa poitrine. Ses vêtements étaient trop loin pour qu'elle puisse les atteindre, et elle souhaita que ce soit son mari qui vienne la rejoindre. Mais, à sa grande surprise, ce fut Yves qui sortit de la forêt.

— Mon Dieu que tu m'as fait peur ! s'écria-t-elle, essayant de cacher ses seins et son sexe avec ses mains.

— Pourquoi t'as peur de moi, Rose-Aimée ? Tu sais ben que je te ferais pas de mal.

— Ben, si c'est rien que pour me parler que t'es venu ici, laisse-moi sortir de l'eau pour que je me rhabille.

— Qu'est-ce que t'attends pour le faire, d'abord ? dit Yves, ironiquement.

— J'attends que tu te retournes.

— Pourquoi ça ? Moi, j'aime ben mieux te regarder comme t'es là.

Il l'observait sans bouger, et ses yeux luisaient de désir. Rose-Aimée ne pouvait quand même pas rester indéfiniment dans l'eau glacée, et elle esquissa un mouvement pour sortir de la rivière. Aussitôt, Yves s'approcha d'elle et l'attira à lui.

— Viens que je te sèche, dit-il en enlevant sa chemise, et en s'en servant pour la frictionner.

La jeune femme n'osait faire aucun geste. Immobile, elle attendait l'instant où elle pourrait se libérer et fuir ces bras qui l'emprisonnaient, mais dans lesquels elle se sentait bien. Pourtant, tout au fond de son cœur, elle devait s'avouer qu'elle avait plusieurs fois désiré qu'Yves la prenne ainsi. Elle n'en avait pas le droit, mais cette pensée ne cessait de la torturer depuis qu'elle avait vu le jeune homme.

— Tu peux pas savoir comme je t'aime, Rose-Aimée ! s'exclama Yves. Je rêve rien qu'à te prendre dans mes bras, pis je sens ben que toi aussi t'aimerais ça.

— On peut pas, tu le sais ben. Laisse-moi m'habiller, je veux partir.

— Pas avant de t'avoir embrassée.

— Non, non, c'est pas correct !

— Tu l'as ben fait, le jour de ton mariage…

— C'était pas pareil. Aujourd'hui, c'est différent.

— Oui, mais tu vas voir que c'est ben meilleur !

Avant que Rose-Aimée n'ait eu le temps de réagir, Yves l'avait renversée sur la plage et, la couvrant de son corps, il l'embrassait passionnément. La jeune femme était peu habituée à pareille démesure. Son mari était plutôt réservé, et il n'avait encore jamais réussi à l'éveiller aux choses de l'amour.

Mais, soudain, de voir briller les yeux d'Yves au-dessus d'elle, de sentir ses mains qui, déjà, parcouraient son corps, de frissonner sous sa langue qui léchait sa peau, de frémir sous ses doigts qui pétrissaient tendrement ses seins, elle fut saisie d'un désir aussi fort que celui d'Yves, et sa chair se mit à vibrer. Elle n'avait encore jamais connu une telle montée de plaisir jusqu'ici. Il lui semblait qu'elle ne pourrait plus se laisser aimer autrement désormais, plus jamais se rassasier de ces sensations que lui faisait éprouver cet homme.

Tout à coup, au moment où elle avait l'impression que son cœur allait s'arrêter, tant il battait fort, elle entendit un cri qui la glaça d'effroi, la ramenant aussitôt à la réalité.

— Rose-Aimée!... Yves!... Mon Dieu, qu'est-ce que vous avez fait là!

La jeune femme essaya de se dégager de ce corps soudé au sien qui venait de la faire jouir comme elle n'aurait pas cru que ce fût possible. Elle leva les yeux sur ce visage toujours penché sur le sien, sur cette bouche qu'elle embrassait si goulûment un instant auparavant, essayant de comprendre ce qui lui arrivait. Son beau-père les regardait avec une horreur non dissimulée.

— Rhabillez-vous, ma bru, pis filez à la maison, lui ordonna Pierre. Toi, Yves, suis-moi, y faut que je te parle.

Rose-Aimée s'empressa de remettre sa robe et elle s'enfuit en courant, le rouge de la honte aux joues. Elle était certaine qu'elle ne pourrait plus regarder son beau-père en face, maintenant qu'il avait été témoin de cette scène de passion sur la plage. Qu'allait-il arriver?... Mettrait-il André au courant de la trahison de son cousin et de l'ardeur avec laquelle elle avait répondu à ses avances?... Si son mari apprenait ce qui s'était passé, sa vie serait finie.

Yves partit le jour même, et son beau-père garda le silence; mais chaque fois qu'elle le croisait, dans la maison ou aux champs, et surtout maintenant qu'André avait dit à tous qu'elle était enceinte, il la regardait avec un air de dédain, comme si sa vue lui était insupportable. Pourtant, rien de ce qui était arrivé n'avait été planifié, même si elle avait rêvé de ce moment depuis des semaines. Elle s'était abandonnée à Yves, comblant enfin ses fantasmes les plus fous.

* * *

Quand elle était entrée dans l'église au bras de son père, elle avait cherché vainement, parmi les invités qui remplissaient les bancs, cet homme dont on lui avait si peu parlé et qui devait venir pour la cérémonie. Elle avait hâte de le connaître. André et ses parents avaient évoqué brièvement son enfance, mais ils avaient insisté sur cette ressemblance frappante entre les deux cousins.

Rose-Aimée était déçue de cette absence, car elle savait à quel point André avait hâte de retrouver Yves.

— Quand tu le verras, avait dit le jeune homme, t'en croiras pas tes yeux. On dirait presque qu'on est jumeaux, y a juste nos caractères qui sont pas pareils.

Elle ne savait pas pourquoi ces paroles l'avaient rendue mal à l'aise. Elle aimait André et, comme la plupart des jeunes filles, elle souhaitait que celui qu'elle avait choisi soit unique. Mais voilà que maintenant elle avait l'impression d'être sur le point d'épouser deux hommes à la fois.

Elle se rappelait le jour où André était entré dans le magasin général de ses parents, à La Malbaie. C'est elle qui servait cet après-midi-là, pendant que son père et sa mère se trouvaient à Québec pour se réapprovisionner.

Elle était penchée sur un sac de farine derrière le comptoir, en train de remplir la commande d'un client, quand la clochette, accrochée sur le mur au-dessus de la porte, tinta, en même temps qu'une bouffée d'air froid s'engouffrait dans le magasin, faisant vaciller la flamme du poêle à bois et projetant de la farine jusqu'à ses narines. Elle éternua bruyamment.

— Ah!... Y a quelqu'un? s'exclama André qui croyait le magasin désert.

— Vite, fermez la porte! dit Rose-Aimée sans regarder qui était entré.

— C'est déjà fait, madame, répondit le jeune homme.

Rose-Aimée se releva et elle fut surprise de se retrouver presque nez à nez avec un jeune homme très grand. Un chapeau de feutre, tout cabossé et enfoncé bas sur son front, cachait en partie son regard, mais il laissait dépasser des cheveux bruns et frisés. En l'apercevant, il s'empressa d'enlever son chapeau.

— Qu'est-ce que je peux faire pour vous? demanda la jeune fille qui se retint de rire en voyant l'air surpris de son visiteur. Je vous ai fait peur? ajouta-t-elle.

— Non, mais c'est que, d'habitude, je fais affaire avec quelqu'un d'autre.

— Mon père, je suppose? Je le remplace aujourd'hui pis je vous assure que je peux remplir une commande aussi ben que lui.

— Je viens acheter des graines pour les semailles, répondit-il après une légère hésitation.

— Pis vous avez besoin de quoi exactement? demanda-t-elle.

— La même chose que d'habitude, à chaque printemps.

— Ça me dit pas quel genre de céréales vous voulez semer, s'exclama-t-elle en riant.

Il finit par lui expliquer ce qu'il voulait et, pendant qu'elle s'affairait, ouvrant des sacs, en remplissant d'autres, ils se mirent à bavarder.

— D'après ce que vous me racontez, dit Rose-Aimée, vous habitez l'Anse-à-Thomas, sur la rivière Malbaie? Mais ça vient d'où, ce nom-là?

— Thomas était le prénom de mon arrière-grand-père. Quand y est venu s'installer sur sa terre qui était éloignée des autres villages, y a décidé de lui donner son prénom. C'est une anse isolée, mais mon aïeul aimait la solitude pis y trouvait cet endroit-là parfait pour élever sa famille. Des années après, des parents pis des amis sont venus y construire leurs maisons, eux autres aussi, pis c'est un petit hameau astheure.

— Avez-vous des frères pis des sœurs? demanda la jeune fille.

— J'ai seulement un frère. Je l'appelle mon frère, parce qu'on a été élevés ensemble, pis qu'on a juste deux mois de différence d'âge, mais on est des cousins propres. Mon vrai père était jumeau identique avec mon oncle, pis j'étais encore bébé quand mes parents sont morts. Ma tante était enceinte d'Yves, mais a m'a adopté pis nourri au sein comme son fils. Je pense qu'on a dû être ben tannants, parce que la famille s'est arrêtée là! répondit-il en riant.

— Deux enfants, c'est pas beaucoup. Moi, je suis la plus jeune de dix. J'ai seize ans pis je m'appelle Rose-Aimée.

— C'est un prénom qui vous va bien. Le mien, c'est André.

Quand il quitta le magasin général, André

se promit de revenir souvent à La Malbaie et il le fit. Toutes les raisons étaient bonnes pour revoir Rose-Aimée. Pendant l'été, il demanda aux parents de la jeune fille s'il pouvait la visiter les «bons soirs», c'est-à-dire les mardis, jeudis et dimanches. Ces visites l'obligeaient à rentrer chez lui très tard, après la brunante, mais à dix-neuf ans on n'a peur de rien et la longue route qu'il devait franchir par le Chemin des Marais ne l'effrayait pas. Il admirait le ciel étoilé qui lui rappelait les yeux brillants de Rose-Aimée, et dans ce coin isolé, l'obscurité était si totale que le moindre point lumineux étincelait encore plus qu'ailleurs. Certaines nuits, il lui semblait que les clairs de lune étaient plus éclatants et que l'eau de la rivière Malbaie s'argentait davantage que celle du fleuve à La Malbaie. En fait, rien n'aurait pu l'empêcher de voir Rose-Aimée. Avant de partir pour les chantiers à l'automne, il la présenta à ses parents et il lui demanda de l'épouser au mois de juin suivant.

La jeune fille passa l'hiver à compléter son trousseau, mais plus le printemps approchait, plus certaines craintes l'assaillaient. Elle était bien chez elle, entourée par sa nombreuse famille qui la choyait depuis toujours, et la pensée de partir loin de La Malbaie, dans un endroit aussi isolé que l'Anse-à-Thomas, ne lui souriait pas tellement, même si c'était pour y vivre avec l'homme qu'elle aimait.

Quand elle avait visité ses futurs beaux-parents, ils l'avaient très bien accueillie, mais elle avait été surprise que personne ne mentionne le nom d'Yves. Pourquoi ne parlaient-ils pas de leur fils ? Elle avait l'impression qu'on voulait lui cacher la raison de son départ pour Montréal alors qu'il n'avait que seize ans. André lui avait plusieurs fois expliqué que son cousin détestait travailler la terre et qu'il refusait de partir pour les chantiers chaque hiver, mais Rose-Aimée trouvait que ça n'était pas une raison valable pour quitter la maison paternelle à un âge aussi jeune.

Comment un père et une mère avaient-ils pu se résoudre à le laisser partir ? Et maintenant ?… C'était comme s'il n'avait jamais existé.

— Pourquoi que tes parents parlent jamais de lui ? avait finalement demandé Rose-Aimée en revenant à La Malbaie.

— Ça doit être pour pas réveiller la peine qu'y ont eue de le voir s'en aller, répondit-il.

— Mais c'est pas normal, ça, un fils qui vient pas visiter sa famille une fois de temps en temps.

— Va pas croire qu'Yves nous aime pas.

Y sait aussi que mes parents s'ennuient de lui, même si y lui font pas de reproches. Y savent qu'y est plus heureux à Montréal, chez ma tante Charlotte.

— Comment ça se peut que deux cousins, aussi proches que vous autres, aient des goûts tellement pas pareils?... demanda encore Rose-Aimée. Toi, t'aimes tout ce qui te rattache à la terre pis lui, y peut pas souffrir de vivre loin de la ville.

— C'est vrai que c'est ben mystérieux... répondit André, l'air songeur. Mais faut croire que je dois tenir mes goûts de mes parents qui adoraient ça, cultiver leur terre.

— Y va-tu venir à nos noces?

— Ben certain. Y a promis d'être ici en juin.

— Pour rester?

— Je serais ben surpris qu'y prolonge sa visite, mais on verra ça.

Et ce jour tant attendu, mais redouté à la fois, était arrivé. André l'attendait au bout de l'allée. Toute l'assistance, qui avait mis pour la circonstance ses plus beaux atours, la regardait avancer au bras de son père. La plupart des femmes portaient la plus belle robe qu'elles possédaient: celle qu'elles réservaient pour certaines occasions particulières comme le mariage d'aujourd'hui, ou pour un baptême, ou encore pour des funérailles.

La plupart de ces robes étaient cousues dans du sergé noir et garnies de dentelle blanche autour du cou. Plusieurs femmes parmi les plus fortunées étaient parées de longues boucles d'oreilles et de colliers en jais. C'était aussi un événement pour se serrer la taille dans des corsets dont on avait tiré les lacets au maximum, si bien que plusieurs semblaient sur le point d'étouffer. Ce n'était pas uniquement la chaleur de juin qui leur donnait ce teint écarlate et cette transpiration au visage. Leurs yeux étaient à demi cachés sous le large bord de leurs chapeaux de paille, garnis de fleurs de soie et de plumes d'autruche.

Le prêtre venait à peine de recevoir les promesses du mariage quand la porte de l'église s'ouvrit. Rose-Aimée entendit les gens s'agiter dans l'assistance et des chuchotements courir de banc en banc pour arriver jusqu'à elle. Pendant un instant, elle résista à l'envie de se retourner pour voir qui pouvait bien causer toute cette commotion. Elle avait hâte de connaître enfin quel intrus avait assez de sans-gêne pour entrer aussi en retard lors d'une cérémonie d'une telle importance.

Puis elle n'y tint plus et sa curiosité l'emporta.

Elle regarda derrière elle et écarquilla les yeux, la surprise manquant lui laisser échapper un cri. Elle eut l'impression de rêver et, pour se rassurer, elle se tourna vers son nouveau mari. Il était bien là, à ses côtés. Donc celui qui prenait place dans le banc de ses beaux-parents ne pouvait être qu'Yves, le cousin tant attendu. Cette arrivée amena un sourire de bonheur sur le visage d'André, mais, quant à elle, ce fut un frisson d'inquiétude qui la parcourut.

Rose-Aimée ignorait pourquoi la présence de ce jeune homme représentait une menace pour elle, mais quand leurs regards se croisèrent, elle lut dans ses yeux une expression qui la mit très mal à l'aise. Il se dégageait de lui une impression de force extraordinaire, et elle comprit immédiatement, sans s'expliquer pourquoi, qu'il ferait tout pour l'enlever à André. C'est alors que, malgré elle, une pensée coupable l'envahit. Que ressentirait-elle si c'était lui plutôt que son mari qui la prenait dans ses bras cette nuit?... N'aurait-elle pas dû attendre de le connaître avant d'accepter d'épouser André?...

Pendant la réception qui suivit la cérémonie, Yves l'enlaça pour danser, comme si elle lui appartenait.

— Vous êtes ben belle, Rose-Aimée, lui

souffla-t-il à l'oreille. Je suis content d'être revenu pis je suis sûr qu'on va ben s'entendre tous ensemble. Je pense que j'ai plus le goût de repartir de chez nous, astheure que je vous ai vue.

— Mais pourquoi me dire des affaires de même ? répondit-elle, troublée. Y a deux heures, vous me connaissiez pas encore.

— Ça prend pas deux heures pour comprendre ces choses-là, répliqua-t-il.

— Peut-être ben. En tout cas, moi, ça me gêne.

— Y a rien de mal dans ce que je vous ai dit. Faut pas que ça vous gêne, dit Yves avec un sourire moqueur. Quand mon cousin vous fait des compliments, ça vous fait-tu le même effet ?...

— Votre cousin est mon mari astheure. C'est pas pareil ! répliqua Rose-Aimée.

— Mais y a pas dû vous gagner en vous disant des bêtises, hein ? Moi aussi, je peux en faire autant, vous savez.

La jeune femme préféra ne plus répondre. Elle cherchait André des yeux et elle fut soulagée quand elle le vit approcher. Il écarta Yves et l'enlaça pour danser, mais il trouva curieux que sa femme paraisse songeuse en un jour semblable.

— Qu'est-ce que t'as, Rose-Aimée ? demanda-t-il.

— Rien. Je suis un peu fatiguée, c'est tout, répondit-elle.

Maintenant qu'elle savait qu'Yves resterait à l'Anse-à-Thomas, dans la même maison qu'elle partagerait désormais avec ses beaux-parents, Rose-Aimée avait l'impression d'être prise au piège. Elle sentait confusément qu'il ne pourrait rien arriver de bon de cette cohabitation.

Chapitre 4

Montréal, 15 décembre 1915

Au bout d'un long corridor, silhouetté par le flot de lumière qui traversait la fenêtre ouverte, un fauteuil roulant à dossier haut était immobilisé. Le carrelage du plancher bien astiqué reflétait ses roues et le corps de son occupant. Ils s'unissaient en ombres gigantesques aux contours étirés, distorsions ondulantes qui rejoignaient plus loin celles des tentacules dentelées de la fougère suspendue au-dessus d'Yves.

Il ne la voyait pas. Tout au plus sentait-il l'effleurement des feuilles sur ses cheveux quand un courant d'air remuait le pot de grès, le balançant en un mouvement de pendule, agitant les tiges délicates qui tranchaient, vertes et gracieuses, sur la couleur fauve de l'argile.

Yves savait qu'on avait approché son fauteuil de la fenêtre entrouverte. Il respirait l'air frais de l'hiver et, en même temps, il ressentait la chaleur du soleil qui passait à travers les légers rideaux de mousseline, pour venir caresser sa peau. Il devait être dix heures. C'était toujours à ce moment-là qu'on l'emmenait hors de la grande salle qu'il partageait avec plusieurs compagnons, après qu'on lui eut fait sa toilette.

C'est aussi à cet instant précis qu'il commençait à humer l'odeur de la nourriture qui arrivait vers midi sur des chariots, pour être distribuée à chaque patient de l'étage. Encore quelques heures et on viendrait le chercher pour le nourrir comme un bébé. On commencerait inévitablement par lui faire avaler quelques bouchées, puis on lui mettrait de force la cuillère dans sa main gauche, la moins habile, la seule qui lui restait, pour qu'il apprenne à manger sans trop se salir.

Au début, il avait refusé toute coopération. Après un pénible séjour de près de six mois dans un hôpital d'Halifax, on avait décidé de l'évacuer en train, en compagnie de plusieurs autres compagnons blessés, vers cet hôpital que les Sœurs Grises venaient d'ouvrir dans leur maison mère à Montréal. Ce long voyage en train avait sapé le peu de forces qu'il avait regagnées pendant ces quelques semaines de convalescence.

Quand on s'approchait de lui avec un plateau pour lui faire toucher ce qui s'y trouvait, il balayait tous les plats d'un geste rageur, avec cette main qui ne voulait pas lui obéir.

Comment pouvait-on espérer qu'il trouve facilement le moyen de porter à sa bouche le contenu d'une cuillère? Ses yeux ne voyaient plus. Ils étaient aveugles sous cette épaisse couche de gaze qui lui enserrait le front et une partie du visage. Depuis des jours, il restait plus ou moins conscient, abruti par les calmants qu'on lui administrait, mais qui ne réussissaient qu'à provoquer chez lui de terribles cauchemars, le plongeant en même temps dans une profonde dépression.

Il ne pouvait oublier complètement les épreuves qui l'avaient marqué. Des plaintes et des cris affreux émergeaient toujours de cette sorte de brume où s'étaient retirés ses souvenirs. Son cerveau avait emmagasiné dans un coin reculé de sa mémoire des événements qu'il aurait voulu faire disparaître à jamais, mais ils revenaient le hanter aux moments les plus inattendus. C'était encore pire depuis que ses forces revenaient et qu'on avait commencé à le sevrer de ses médicaments.

Parfois, il avait l'impression de voir des images se dérouler sans fin dans sa tête. Soudain, c'était comme si un grand vent balayait tout, les chassant avant qu'il n'ait eu le temps d'en retenir une seule. L'espace d'un instant, ce qu'il avait aperçu le laissait incrédule et terrorisé. Il lui semblait alors qu'il était déjà bien assez pénible d'avoir à combattre la souffrance de son corps, sans essayer de démêler son subconscient, et il abandonnait sa quête en s'enfonçant le plus souvent possible dans le sommeil.

Mais, hélas, il se réveillait presque aussitôt, en ayant l'impression d'avoir rêvé pendant des heures, quémandant la piqûre qui le replongerait à nouveau dans l'oubli. Il recherchait constamment ce trou sans rêves, cette torpeur bienheureuse où plus rien ne vivait, l'intérieur de ces limbes aux rives absentes, aux frontières invisibles. Mais les drogues l'empêchaient d'accepter son état, et on voulait qu'il arrive rapidement à en parler en toute lucidité.

Pendant ses rencontres quotidiennes avec les spécialistes, il lui était très difficile de revenir au présent. C'est toujours dans les tranchées qu'il se revoyait. C'est là encore qu'il revivait chaque instant de ce dernier jour quand, enjambant les cadavres démembrés de ses camarades, pataugeant dans une mer de boue sanglante, il avait cherché une issue qui aurait pu l'éloigner de la mort.

Chaque balle qui l'avait frôlé ce matin-là signifiait clairement que la grande Faucheuse était toute proche. Chaque obus qui projetait jusqu'à son visage son odeur nauséabonde lui en apportait la preuve. Elle arrivait, verdâtre, rampante, prête à envahir ses poumons, dans les nuages de gaz asphyxiants qui écrasaient la campagne. Quand il évoquait ces moments effroyables, il était pris d'une telle agitation qu'il ne parvenait plus à se maîtriser. Il suffoquait littéralement.

— Calmez-vous, Yves, dit, ce jour-là encore, la voix du médecin qu'il visitait chaque matin. Ce sera tout pour aujourd'hui. Sœur Saint-Pierre va vous reconduire à votre lit où un bon dîner vous attend.

Mais Yves avait beaucoup plus envie de vomir que de manger. Ces odeurs de cuisine qui gagnaient les étages lui soulevaient le cœur. Il réussissait à contrôler ses nausées en prenant de grandes inspirations et, peu à peu, il se détendait. En revenant vers la grande salle, des cris joyeux lui parvinrent du dehors. D'une fenêtre entrouverte, des appels pressants invitaient des enfants à rentrer, mais les rires continuaient toujours malgré les remontrances qui se faisaient de plus en plus menaçantes.

— C'est la troisième fois que je vous appelle, mes petits garnements ! s'exclama soudain la voix sévère d'une femme. Si vous m'écoutez pas, c'est votre père qui vous chauffera les fesses en revenant du travail !

— Est-ce qu'y obéissent ? demanda Yves.

— Je crois que oui, répondit la religieuse.

— À quoi ça ressemble, la place où y jouent ?

— Ils s'amusent tout simplement à glisser sur les bancs de neige dans la rue.

— Y ont pas la chance qu'on avait, mon cousin André pis moi, soupira Yves. À l'Anse-à-Thomas, on pouvait jouer dans les champs ou ben dans les montagnes, pis on se servait de la rivière gelée comme patinoire.

Ces images heureuses se superposaient maintenant à celles qu'il venait d'évoquer dans le bureau du médecin. Elles arrivaient presque à les chasser. Pourquoi avait-il quitté tout cela ?… Il revoyait ces champs remplis de blés mûrs qui oscillaient sous le vent, et il avait alors l'impression de danser en même temps qu'eux entre les pics sombres des montagnes.

Certains jours d'été, le soleil l'aveuglait à un point tel qu'il lui était presque impossible de regarder la rivière parce qu'elle lui renvoyait l'éclat de ses vagues miroitantes. Tout au bout de la côte menant jusqu'à l'eau, une brise fraîche avait adouci pour un moment la chaleur cuisante qui lui donnait une sorte de fièvre. Tout était calme aux alentours et il n'entendait que le bruissement des feuilles, il ne respirait que l'odeur des pins où se cachaient des oiseaux aux couleurs joyeuses.

Pourquoi n'était-il pas parvenu à aimer ce coin de pays quand il était là-bas?... Aujourd'hui, alors qu'il était privé de ces instants de beauté, il n'aspirait qu'à les goûter de nouveau. Longtemps il avait eu l'impression d'étouffer en respirant l'air trop pur des montagnes, tellement d'ailleurs, qu'il était parti vers la ville pour s'étourdir dans le bruit.

Soudain il revit cette crécerelle qui s'était envolée des broussailles pour venir planer au-dessus de sa tête. Ses ailes étaient immobiles pendant qu'elle tournait doucement dans la brise, puis elle avait plongé brusquement sur une proie que seuls des yeux comme les siens pouvaient apercevoir. Yves se sentait maintenant pareil à cette proie qui s'était retrouvée captive dans les griffes acérées du rapace. Lui aussi se trouvait vulnérable et prisonnier de son destin. Il sentit des larmes brûlantes sourdre sous les pansements, et son menton se mit à trembler violemment.

— Ne pleurez pas, monsieur Yves, dit la religieuse, en voyant l'émotion qui le gagnait, c'est malsain pour vos yeux. D'ailleurs nous voici arrivés, et la présence de vos compagnons ne tardera pas à vous distraire un peu.

— Merci, sœur Saint-Pierre.

— J'aimerais tant vous voir sourire…

— Je suppose que ça va arriver un de ces jours…

Soudain, il s'aperçut que le fait d'avoir prononcé le nom « Pierre » le projetait dans le passé et que le visage de son père s'imposait à lui. C'était en 1904.

* * *

— Venez embrasser votre père, dit Mathilde. Y est prêt à partir.

Comme à chaque automne, Pierre allait les quitter pour entreprendre de longs mois de durs travaux dans les chantiers. Toute la nuit précédente, Yves avait entendu ses parents parler, et il était beaucoup question de lui.

— Y faut que tu sois ben sévère avec Yves, ma femme, avait recommandé son père. Si y essaie encore de te désobéir ou si y frappe André, le laisse pas faire.

Pourquoi son père ne l'aimait-il pas?... Pourquoi voulait-il toujours protéger son cousin? Dans sa petite tête d'enfant, Yves n'arrivait pas à départager les choses. Une grande bouffée de colère l'envahit en même temps qu'une pensée affreuse s'emparait de lui. «Je souhaite que papa revienne plus jamais ici... Si y pouvait se perdre dans les bois, peut-être qu'on retrouverait pas sa trace?»

Comment une telle pensée avait-elle pu l'effleurer? Un lourd sentiment de culpabilité l'écrasa presque aussitôt. Il l'aimait, ce père, et, au fond de son cœur, il savait que cet attachement était réciproque. Mais malgré cette évidence, il ne parvenait pas à calmer sa révolte. C'était la faute d'André tout ça!

Pendant qu'il écoutait la conversation de ses parents, la bougie posée sur la commode achevait de fondre, et dans la lueur vacillante de la flamme, il observa son cousin qui dormait profondément, le visage tourné vers lui. Il eut l'impression de se regarder dans un miroir, tellement André lui ressemblait!

Une dernière fois, avant que l'ombre n'envahisse la chambre, lui dérobant cette vision, il éprouva de nouveau un terrible sentiment de jalousie. André était tout ce qu'il n'était pas : courageux, aimant, docile. Lui, pour des raisons qu'il ignorait, cherchait toujours à détruire la beauté qui l'entourait. Il ne pouvait s'empêcher de troubler continuellement l'harmonie qui régnait dans sa famille.

Comment réussir à départager ce mélange de haine et d'amour qu'il portait à son cousin ? Il le détestait, oui, mais en même temps il l'aimait profondément, au point de ne pouvoir s'en détacher. Chaque fois qu'André s'éloignait, il avait la sensation qu'on l'amputait d'une partie de lui-même; mais il ne pouvait souffrir qu'on puisse les comparer l'un à l'autre.

Cette image presque identique à la sienne le dérangeait de plus en plus. C'est en voulant s'affranchir de ce miroir vivant qu'il devenait méchant. Quand son cousin l'approchait alors qu'il se coiffait devant une glace, il lui fallait bien admettre que leur ressemblance était frappante.

— Pourquoi que tu t'habilles toujours comme moi ? criait-il alors à André.

— Parce que je t'aime pis que je veux te ressembler, répondait son cousin, étonné par la violence qui perçait dans la voix d'Yves.

— Ce que t'es agaçant ! C'est la faute de

maman, aussi. Je sais pas pourquoi a nous a toujours habillés pareil.

— Peut-être pour que ça coûte moins cher ?

— Ce que t'es bête ! Pis agaçant en plus ! Tu pourrais pas aller ailleurs, au lieu de rester collé à moi ?

Il s'empressait aussitôt d'enfiler une chemise de couleur différente pour se démarquer d'André, non sans apercevoir les larmes qui brillaient dans les yeux de son cousin. Pendant un moment, devant la mine abattue d'André, il éprouvait un sentiment de liberté. Puis une autre émotion remplaçait aussitôt la première : la peine qu'il venait d'infliger l'atteignait tout aussi intensément que s'il se l'était imposée à lui-même.

— Ah, pleure donc pas ! C'est pas ce que je voulais dire, s'exclamait-il aussitôt, en rejoignant son cousin pour lui donner l'accolade.

C'est toujours bras dessus, bras dessous qu'ils allaient retrouver leurs compagnons de jeux, et leur entente durait jusqu'à leur prochaine dispute qui ne tardait jamais à survenir rapidement. Cette vie de combat continuel avec lui-même minait peu à peu les énergies d'Yves. Il se sentait toujours maussade et, au lieu d'essayer de s'améliorer, il se montrait encore plus désagréable avec tout le monde, multipliant les méchancetés et se détestant par la suite pour avoir été aussi cruel envers celui qui n'avait que des gentillesses pour lui et qui lui démontrait continuellement son affection.

Chapitre 5

Montréal, 20 juillet 1916

On avait emmené Yves dans un endroit qui lui était encore inconnu. Il ne reconnaissait pas l'odeur familière de ce coin de corridor où l'on rangeait d'habitude son fauteuil roulant près d'une fenêtre ouverte. Sœur Saint-Pierre lui avait dit qu'il fallait relocaliser les patients de la salle, pendant qu'on y effectuait quelques changements afin d'y recevoir les nombreux blessés qu'on attendait d'une semaine à l'autre.

— Je vous laisse dans ce petit salon, monsieur Yves, dit la religieuse. On le réserve habituellement à monseigneur l'Évêque quand il nous fait l'honneur de nous visiter. Vous en avez de la chance, ne trouvez-vous pas? ajouta-t-elle avec un sourire dans la voix.

— Est-ce qu'y a aussi une fenêtre qui donne sur la rue?

— Non, la fenêtre est située face au nord et elle s'ouvre sur notre magnifique jardin.

— Mais que je peux pas voir, comme de raison, soupira Yves.

— Peut-être, mais cet après-midi je sortirai votre fauteuil sur la grande galerie, et vous pourrez au moins sentir l'odeur des roses.

— Mais y a tellement d'autres blessés qui auront jamais cette chance-là, dit Yves tristement.

— Que c'est désolant, cette guerre qui n'en finit pas et qui fauche tant de jeunes vies ! Mais assez parlé de choses tristes pour aujourd'hui, monsieur Yves.

— Sœur Saint-Pierre, vous voudriez pas me conduire dans le jardin, cet après-midi ? J'aimerais ben mieux ça que votre galerie.

— Je demanderai la permission à sœur Poitras ou à sœur Deneau. Je ne crois pas qu'elles refuseront si elles jugent que votre état le permet. Mais je me demande si vous ne seriez pas mieux dans cette pièce, la chaleur qui règne à l'extérieur est tellement écrasante aujourd'hui.

— Mais j'aimerais tant ça être proche des feuilles pis des fleurs…

— Nous verrons. Pour le moment, je vous laisse sous la protection de Notre-Seigneur qui veillera sur vous.

Ce n'était pas la première fois qu'elle confiait

Yves à la protection du Très-Haut. Au début, il avait eu envie de se moquer de cette femme qui endurait patiemment toutes ses sautes d'humeur, de lui dire que son Dieu, il n'y croyait plus, que s'Il avait existé, Il n'aurait pas permis la guerre et les blessures du genre de celles qu'il avait subies; mais peu à peu il avait appris à l'apprécier, et il n'aurait pas voulu la blesser de quelque manière que ce soit. Elle l'entourait de soins constants, et sa joie de vivre lui amenait parfois un sourire, même quand la révolte et la colère grondaient en lui. Ses compagnons de salle se moquaient ouvertement de cette affection qu'elle lui portait.

— Enfin te revoilà, Yves, disaient-ils quand la religieuse le ramenait auprès d'eux. Ils ajoutaient en riant, dès qu'ils la savaient loin: On pensait ben que sœur Saint-Pierre t'avait gardé pour la journée. C'est le grand amour entre vous deux, on dirait? Au fait, l'appelles-tu par son prénom?... On sait ben que ça serait pas poli, surtout qu'elle te nomme toujours monsieur Yves.

Yves se gardait bien de répliquer, et les moqueries cessaient dès qu'on le croyait endormi. Aujourd'hui, alors que la religieuse s'éloignait, il remarqua de nouveau que le cuir de ses chaussures craquait sous ses pas et que sa longue jupe effleurait le sol en un doux froissement. Il commençait à retrouver ses rêveries habituelles, quand il perçut un bruit léger.

— C'est toi, Jeanne? demanda-t-il en tournant la tête vers la porte.

— Comment tu fais pour toujours deviner que c'est moi? s'étonna-t-elle. Je suis jamais capable de te surprendre.

— T'as une façon ben à toi de marcher, c'est tout.

— Une façon pas comme les autres, tu veux dire?

— C'est ça. On dirait que tu laisses passer un nuage entre tes semelles pis le plancher.

— Eh! que t'es tannant! Mais c'est bon signe, ça veut dire que tu te sens mieux.

— C'est toi qui le dis, répondit-il en soupirant. Si tu savais comme j'aimerais ça voir ton visage quand tu me traites de tannant.

— C'est peut-être une bonne affaire que tu me voies pas aujourd'hui. Je viens juste de finir mon grand ménage pis j'ai les cheveux encore tout ébouriffés et les mains toutes rouges à force de frotter.

À trente-huit ans, Jeanne avait gardé autant de souplesse qu'autrefois, quand elle courait dans les champs, à l'Anse-à-Thomas. Malgré ses nombreuses maternités, sa taille restait fine et la peau de son visage était toujours lisse comme celle d'une adolescente. Seules ses mains étaient gercées à cause des travaux quotidiens qu'elle leur imposait.

Yves l'entendit qui approchait une chaise et il sentit ses mains prendre la sienne.

— C'est ben de valeur, mais je peux pas t'offrir les deux, dit-il amèrement. Comme tu vois, il m'en manque une.

— Sois pas méchant. Tu vas gâcher mon après-midi.

Depuis longtemps, il y avait une certaine complicité entre eux. Quand il avait quitté la maison de ses parents pour venir habiter chez sa tante Charlotte, en 1910, Jeanne était déjà mariée, mais elle n'avait pas tardé à prendre une grande importance dans sa vie. Il avait trouvé en elle la confidente et l'amie dont il avait besoin. Il se rendait souvent chez elle et son mari pour lui raconter tout ce qui lui arrivait. Sans jamais le juger, elle partageait avec lui ses bons comme ses mauvais moments. Elle essayait sans cesse d'alléger les représailles que ses écarts de conduite lui méritaient.

Depuis son retour de la guerre, elle était la seule à le visiter régulièrement. L'éloignement empêchait ses parents de le faire, bien que sa mère et son cousin soient venus à son chevet une ou deux fois au début de son hospitalisation. Quant à son père, il ne les accompagnait pas, comme pour montrer à Yves qu'il devrait faire les premiers pas. Par contre, André lui écrivait régulièrement, lui redisant son espoir de le voir très bientôt à l'Anse-à-Thomas pour y poursuivre sa convalescence.

— On t'a logé dans le salon de monseigneur, ma foi ! s'exclama Jeanne en se mettant à rire.

— Mais pourquoi tu ris de même, tu trouves ça drôle ? s'étonna Yves.

— Tu te rappelles pas ?... Pourtant, je t'ai souvent parlé de ma première visite au curé de la paroisse à mon arrivée à Montréal. Eh ben, en voyant ce salon, j'ai l'impression de me retrouver au presbytère ce jour-là, pis je pourrais penser que depuis ce temps-là rien a changé. C'est le même décor, les mêmes cadres, tout est pareil.

* * *

Jeanne se rappelait le parloir du presbytère où, assise à côté de sa grand-tante Célestine, elle examinait curieusement tout ce qui les entourait, guettant avec anxiété la porte qui s'ouvrirait bientôt sur le curé. Trop occupée, depuis son départ de l'Anse-à-Thomas, pour se familiariser avec son voisinage, elle n'avait vu que de loin l'imposante église et, accolée à cet édifice de pierre grise, la non moins imposante bâtisse qui abritait la cure. Elle brûlait du désir de visiter ce presbytère si différent de celui de La Malbaie. Elle ne comprenait pas cet étalage de richesses qu'elle côtoyait maintenant, et c'est pourquoi elle avait insisté pour accompagner sa grand-tante, venue payer une messe.

— T'oublieras pas, Jeanne, de pas m'interrompre quand je parlerai à monsieur le curé, hein ? recommanda sa grand-tante.

— Non, non ! craignez pas. Vous me l'avez assez dit, maman pis vous !

— Réponds-moi pas bête de même, c'est pas poli ! Moé, j'ai jamais manqué de respect à mes parents.

— J'ai pas voulu vous manquer de respect, ma tante, dit Jeanne, mais ça fait longtemps que je veux vous parler d'une affaire. Pourquoi que vous continuez tout le temps à dire toé, moé, pis icitte, au lieu de toi, moi, pis ici ? Ma maîtresse, à l'école à Sainte-Agnès, disait que c'était pas beau de parler de même.

— Tu vas toujours ben pas me faire la leçon, astheure ? s'exclama Célestine, insultée. T'es effrontée sans bon sens, ma fille, pis ta maîtresse d'école, je la connais pas. J'ai jamais été à l'école, moé, mais je me suis instruite pareil quand j'ai commencé à travailler. Je suis capable de lire un peu, pis d'écrire itou, tu sauras.

— Je le sais ben, ma tante. J'ai pas voulu vous offenser, mais me semble que c'est pas difficile de ben parler…

— Tu vas pas recommencer, non? Ce qu'est important, c'est que ça veut dire pareil pis qu'on me comprenne, ça fait que m'en parle plus!

— Oui, mais…

Avant que l'adolescente n'ait complété sa phrase, la porte du salon s'ouvrit sur le curé, et Célestine se leva d'un bond, comme propulsée de son siège par un ressort, entraînant sa petite-nièce à sa suite.

— Monsieur le curé… commença-t-elle avec déférence.

— Si je devine bien, Célestine, cette jeune personne qui vous accompagne doit être votre petite-nièce, la fille de cette bonne Charlotte?

— C'est ben elle, monsieur le curé, a vient juste d'avoir seize ans.

Jeanne observait cet homme qui la fixait d'un air scrutateur et un peu ironique, véritable argus à l'affût de ses moindres réactions. Il avait les yeux enfoncés, presque enfouis sous de lourdes paupières qui s'entrouvraient par instants, pour laisser passer une lueur moqueuse qui incommodait l'adolescente. Les pouces de ses deux mains disparaissaient sous le large ceinturon de moire qui enserrait son ventre proéminent.

— Dis bonjour à monsieur le curé, voyons, Jeanne, s'exclama Célestine, gênée par le mutisme de sa petite-nièce.

— Bonjour, monsieur le curé, dit enfin la jeune fille.

— Excusez-la, a sort pas souvent, continua Célestine en fouillant dans son porte-monnaie. Moé, je venais pour payer une messe en mémoire de son petit frère défunt, ajouta-t-elle en tendant au curé un dollar.

— C'est bien de se rappeler ceux qui sont partis, ma fille. J'espère que tu assisteras à cette messe, Jeanne ?

Il n'attendit pas que Jeanne réponde à sa demande, mais il ouvrit plutôt son secrétaire pour en sortir un grand cahier dans lequel il inscrivit une date.

— Je dirai cette messe mardi prochain à sept heures, ma bonne Célestine. Est-ce que ça vous va ?

— C'est ben correct de même, dit Célestine.

On va s'en aller astheure, ajouta-t-elle en prenant la main de Jeanne qui se sentit soulagée de pouvoir quitter cette pièce où elle avait l'impression d'étouffer devant cet homme sévère.

Après avoir remercié le curé de son amabilité, Célestine entraîna Jeanne dehors, et la jeune fille respira profondément une grande bouffée d'air pur. Le soleil faisait ressortir toutes les couleurs automnales et il était difficile de croire que, dans quelques semaines, quelques jours peut-être, les rues disparaîtraient sous les giboulées que le vent entasserait partout. Plus au nord, sur le mont Royal, les arbres étaient encore parés d'ocre et d'orange et Jeanne se rappela avec nostalgie combien l'Anse-à-Thomas resplendissait à cette saison.

* * *

— T'as plus rien à me dire ? demanda Yves, surpris par le long silence de Jeanne.

— C'est que je pensais à ma visite au curé. Ça a l'air si loin astheure, tu trouves pas ?…

— Loin pis proche en même temps. C'est curieux, mais depuis que je suis aveugle à cause de ces bandages qui me cachent les yeux, j'ai l'impression, des fois, de voir les gens pis les couleurs. Chaque matin, quand je me réveille, les remords me rongent, pis je comprends que j'ai fait ben du mal à tous ceux que j'aimais. Si tu savais comme je le regrette…

— Faut pas que tu jongles tout le temps de même, Yves. Je suis sûre que t'as pas été aussi pire que tu le penses. T'as été brave de t'enrôler et de partir te battre dans les vieux pays. C'est pas tout le monde qu'aurait fait ça, surtout que t'étais pas obligé…

— Tu te trompes, Jeanne. C'est pas la bravoure qui m'a poussé à m'enrôler. Je voulais montrer à mes parents, à mon père surtout, que je pouvais être autre chose qu'un voyou. Je voulais qu'il soit fier de moi, comme il l'est d'André, acheva-t-il tristement.

— Mais il est fier de toi pis tu le sais ben ! s'exclama Jeanne avec fougue. Seulement on dirait que t'as toujours agi pour détruire à mesure ce que tu faisais de bon. On aurait juré que t'avais honte de ben te conduire, pis tu te dépêchais de repartir sur un autre mauvais coup avec tes amis, les pires que tu pouvais trouver en plus ! J'ai jamais compris pourquoi.

— Moi non plus, si ça peut te consoler. Mais je finirai ben par le savoir un jour… Si j'avais pu, dans le temps, faire comme mon père, au lieu de me sauver… Je repense souvent au dernier hiver que j'ai passé avec lui pis André aux chantiers…

Chapitre 6

Au dehors, la neige recouvrait tout. La bordée de la veille avait presque enseveli le chantier sous des congères énormes qui emprisonnaient les hommes à l'intérieur des camps. La lumière du jour avait disparu un peu avant seize heures et la nuit couvrait maintenant la forêt.

Pierre venait d'essuyer la vitre embuée pour tenter de voir quelque chose à travers l'ombre dense qui enveloppait les sous-bois. Seules quelques lanternes pendues aux crochets de la toiture éclairaient faiblement l'obscurité. Il n'y avait dans la neige que des traces laissées par des animaux sauvages et le sillon creusé par les pas des hommes qui se rendaient fréquemment aux toilettes extérieures. Les billots entassés contre les murs de bois rond disparaissaient presque entièrement sous l'épaisse couche blanche et glacée qui ne cessait de s'accumuler.

Après le repas du soir, Pierre s'était assis sur la paillasse de sa couchette. Il regardait avec fierté André et Yves, âgés tous deux de quinze ans qui, aujourd'hui encore, malgré leur jeune âge, avaient travaillé aussi fort que des hommes. Yves était déjà affalé sur son lit, l'air boudeur, refusant de participer aux réjouissances qui avaient lieu chaque samedi, une fois l'ouvrage terminé. Mais André chantait avec les autres :

— « Auprès de ma blonde, qu'il fait bon, fait bon, fait bon ! »…

Comme à chaque fin de semaine, c'était la fête. Toutes les chansons du répertoire folklorique y passaient, animées de grands gestes et accompagnées par les sons d'un harmonica.

— Envoye, lâche pas ! cria quelqu'un. Aie pas peur, tu l'useras pas ton ruine-babines !

Les rires fusaient chaque fois qu'une remarque de ce genre ranimait l'atmosphère parfois lourde de souvenirs chez ces hommes éloignés de leurs villages. C'était leur façon de se distraire après leur travail acharné.

— Torrieu ! que je boirais donc un coup, moé ! lança un bûcheron assoiffé.

C'étaient des paroles bien inutiles, car personne n'avait le droit de faire entrer de l'alcool au camp. À plusieurs reprises, ce souhait fut exprimé, entrecoupant les chansons, mais invariablement la musique reprenait, ou une voix s'élevait pour quémander une histoire.

— Hé ! Th'ophile, sors-nous donc celle de ton

revenant qu'a passé au travers de la tasserie pour venir te secouer la paresse!

Théophile s'exécutait avec plaisir, fier de son importance de conteur. Son histoire s'allongeait chaque samedi, tantôt drôle, tantôt inquiétante, surtout pour ceux qui croyaient aux fantômes.

— Je vous le jure! Vrai comme vous êtes là, moé icitte, Th'ophile, je l'ai vu de mes yeux vu!

Ainsi se terminait invariablement son récit, tandis qu'on lui tapotait affectueusement l'épaule en disant:

— Ben sûr qu'on te croit, mon Th'ophile! La preuve qu'y t'a hanté, ton fantôme, c'est que tu brilles comme lui dans le noir!

Et tous éclataient de rire.

Tout à coup, une fois les rires calmés, Pierre vit un de ses compagnons l'approcher. Il tenait un calepin à la main et il demanda:

— Tu penses-tu qu'un de tes gars écrirait encore un mot pour moé à ma femme? Y ont la chance de savoir lire pis écrire, eux autres, c'est pas comme moé pis toé, hein?

— C'est ma femme pis leur maîtresse, quand y pouvaient aller à l'école, qui leur a appris. Moi, j'avais pas plus le temps que toi de m'instruire.

— T'es chanceux d'avoir une femme de

même ! Mais tes gars, y voudraient-tu me rendre ce service-là ? insista Onésime.

— Demande pas à Yves, je pense qu'y dort.

Onésime se dirigea vers André et lui tendit son calepin.

— Ça te dérangerait d'écrire un mot pour moé ? demanda-t-il.

— Un mot aussi long que celui de la semaine passée ? répondit André en riant.

— Ben ça dépend de ce qui me viendra à l'idée… Si t'es tanné, tu le dis, hein ?

— Si je veux comprendre ce que tu vas me dire, y faut qu'on s'assoie à la table contre le mur, là-bas. Viens-t'en.

Une fois assis, André prit son crayon qu'il gardait toujours au-dessus de son oreille, il en mouilla la mine avec sa salive et attendit qu'Onésime commence.

— Ben, envoye ! T'as les yeux au ciel, pis moi, j'attends. Le sais-tu au moins ce que tu veux que j'écrive ?…

— Moque-toé pas de moé, y faut ben que je pense, répondit Onésime.

« Ma douce »… commença-t-il.

— C'est un beau mot, ça, « ma douce », dit André.

— Si tu continues à te moquer, moé, je m'en

vas pis j'écris plus rien, s'exclama le pauvre homme.

— Je te fais remarquer que c'est moi qui écris. Continue…

« Ma douce, reprit Onésime, les sourcils froncés par l'effort qu'il faisait pour se concentrer.

« Quand je suis parti, la pluie m'a suivi tout le long de la route. Le vent qui soufflait entre les arbres faisait le même bruit qu'un long soupir. Je me sentais ben seul sans toé, ma femme, on aurait juré que j'entendais vos voix, la tienne pis celles des enfants pis ça me donnait envie de pleurer. Des fois, je les entendais derrière moé, des fois en avant, pis elles marchaient pareil à moé, ben loin de chez nous. J'avais ben frette, pis encore plus à mesure que je montais plus au nord. On aurait dit que je m'en allais à la rencontre de l'hiver, pendant que chez nous, derrière moé, y devait avoir un gros banc de brouillard qui s'amenait pour couvrir la maison… »

— Ouais, quand tu commences, t'arrêtes pas souvent ! dit André en riant.

— T'écris ou ben t'écris pas ? lança Onésime.

— J'écris. Je te dis que j'aimerais ça trouver des mots de même pour dire à ma femme quand je serai marié.

— Si tu l'aimes, t'auras ben en belle ! C'est toé l'écrivain, pas moé.

— C'est à ton tour de te moquer. Si ma maîtresse d'école lisait la lettre que tu me fais écrire, je pense pas qu'a serait ben fière de son élève. Ça doit être plein de fautes d'orthographe…

— C'est quoi ça, l'orthographe ?…

— C'est pareil comme si on te disait de scier un arbre, pis qu'on te donnait pas de scie pour le faire.

— Ah, ben…

— C'est pas important, continue si t'as encore des affaires à dire.

« Le printemps prochain, par un beau matin, reprit Onésime, tu vas me voir arriver. T'auras rien qu'à regarder la forêt pis tu me verras sortir des arbres. Je courrai vers toé à grandes enjambées, pis si y a du brouillard, je le fendrai pour que tu me voies plus vite. La lumière du soleil aura l'air de danser quand je te prendrai dans mes bras pour te serrer ben fort. Après, on ira marcher dans les sillons qui ont tout le temps la couleur du miel quand le printemps arrive, pis si y reste de la neige, on se dépêchera de l'écraser sous nos souliers. »

André attendait, le crayon en l'air, que son compagnon lui dicte autre chose. Onésime l'épatait, surtout à cause de la poésie qu'il pouvait exprimer dans des mots qui l'attiraient. Quel dommage qu'il n'ait pas eu la chance de s'instruire, pensait-il. Je voudrais être capable d'exprimer mes idées avec des phrases comme les siennes. Sa femme doit être bien contente de recevoir des lettres de même.

— On s'arrête un peu, dit Onésime, mais on va continuer plus tard, hein ?

— T'es à court d'idées aujourd'hui ?

— Non, mais y a trop de bruit dans le camp pis ça m'empêche de penser. Je m'en vas m'amuser un brin avec les autres.

André le laissa rejoindre ses compagnons qui continuaient à rire et à chanter, et il s'assit un moment sur sa paillasse. Il se mit à rêver à ce que son cousin lui avait confié un peu plus tôt cette semaine. Ce serait le dernier hiver qu'Yves passerait aux chantiers. Il en avait assez de ce travail éreintant, avait-il dit. Dès le printemps, il partirait à Montréal.

André fut distrait par deux pieds qui s'agitaient au-dessus de sa tête, deux pieds couverts de bas puant la transpiration.

— Maudit, Émile, remets tes pieds sur ta paillasse ! T'embaumes ! s'exclama-t-il en plissant le nez.

— Quin ! Môssieur l'écrivain fait le joli cœur ? Il joue le dédaigneux, on dirait ? Moé, je gagerais ben que tes pieds sentent aussi bon que les miens !

— T'as peut-être raison, mais au moins je les promène pas devant le visage des autres !

— Ben, toé c'est pas pareil, t'as la chance d'avoir la couchette du bas pour te prélasser !

À mesure que les semaines s'écoulaient, le manque d'hygiène et l'impossibilité qu'il y avait d'améliorer cette situation empestaient l'atmosphère humide de la grande salle où la nostalgie de chacun augmentait à l'approche de Noël. Ce soir, entre autres, le froid intense s'infiltrait à travers les rondins de bois. Malgré tous les efforts déployés pour boucher les interstices, le vent mugissait en faisant craquer les murs, tellement d'ailleurs, que par moments il arrivait à couvrir les bruits de l'intérieur qui étaient souvent assourdissants.

Au centre de la pièce, la truie chauffait à plein pouvoir, mais les flammes s'éteignaient fréquemment, étouffées sous le souffle glacé qui s'engouffrait dans le tuyau, et rabattues par ces rafales venues du nord. Alors, avant qu'elles ne se raniment, une épaisse fumée âcre sortait par tous les orifices pour envahir la grande salle. Les yeux piquaient et tous se mettaient à tousser.

— Bon'ieu ! Si ça continue de même, on va crever dans la boucane ! s'exclama quelqu'un.

— T'aimerais peut-être mieux te les geler ? répondit un autre en riant. Tu sais ben que si on laisse mourir le feu, c'est ce qui nous attend. On va tous péter au frette !

— Arrêtez donc de vous lamenter ! C'est le temps de s'amuser, pas de gueuler. Pis, en plus, si on bouge, on va se réchauffer, dit Émile, du haut de sa couchette.

Le son de l'harmonica reprit, comme la flamme se ranimait, et la truie se remit à ronfler joyeusement.

Au-dessus de lui, André entendait toujours son compagnon qui continuait de marteler les planches de bois de son sommier en rythmant les chansons qui fusaient dans la pièce enfumée. Puis, le fond de sa couchette, recouverte comme les autres de quelques pousses de sapin blanc, se mit à trembler. Les pas des danseurs de gigues faisaient vibrer les planches de bois mou qui craquaient dangereusement, à se demander si tout le camp n'allait pas s'écrouler.

Soudain, André se sentit empoigné avec vigueur.

— Arrête de rêver, maudit torrieu ! s'exclama un ami, pis viens danser. T'as ben assez de temps pour penser plus tard, surtout si on part pas pour chez nous à Noël !

Il se laissa entraîner dans la ronde sans beaucoup d'enthousiasme, mais peu à peu il prit un réel plaisir à la fête. Il valait mieux se distraire chaque samedi que de broyer du noir, car l'hiver ne faisait que commencer. La semaine, c'est en travaillant comme les autres qu'il réussissait à ne pas trop s'ennuyer de chez lui.

Yves, lui, se libérait de sa colère toujours latente et de certaines de ses frustrations, en abattant à grands coups de hache les arbres énormes qu'on lui désignait. Quand le tronc coupé tombait en enfonçant la neige et en faisant vibrer le sol gelé, il poussait un cri de joie qui résonnait dans la forêt. Ce « han ! » victorieux accompagnait le dernier craquement de l'arbre blessé à mort. Ces efforts lui assuraient pour le soir un sommeil sans rêves, car il rentrait au camp tellement épuisé, qu'il mangeait en vitesse le contenu de son assiette, puis il s'écroulait sur sa couchette sans adresser la parole à qui que ce soit.

Encore trois mois à patienter, trois longs mois de labeur éreintant, d'engelures, de poux qui couraient sur son corps sans qu'il puisse soulager ses démangeaisons, et il partirait enfin de cet endroit de misère. Il se demandait s'il avait bien fait de confier ses projets à son cousin. Il craignait qu'André ne les répète à son père malgré sa promesse de n'en rien faire et, s'il le faisait, il essuierait des reproches, des interdictions, et il se ferait traiter de sans-cœur. Malgré tout ce qui pouvait arriver, il était bien décidé à quitter l'Anse-à-Thomas pour aller vivre à Montréal. Là au moins, il n'aurait plus à traire les vaches et à ramasser le fumier. Il serait débarrassé de toutes les tâches qui lui répugnaient, loin des réprimandes qu'il essuyait continuellement.

Il regarda son cousin qui dansait joyeusement avec les autres, et encore une fois une pointe de jalousie lui pinça le cœur. Si c'était vrai qu'André lui ressemblait comme un frère, il se dit qu'il devrait, comme lui, être heureux de cette vie de labeurs, alors que, au contraire, il ne pouvait plus l'endurer. Pourquoi ne parvenait-il pas à s'entendre avec André, au lieu de toujours bouder et s'isoler ? Non, vraiment, même si son père et sa mère s'y opposaient, il irait habiter chez sa tante Charlotte, loin de cette concurrence constante qui le dressait contre son cousin et la sévérité de ses parents.

Chapitre 7

Yves n'avait plus aucun espoir de s'évader de son corps. Aujourd'hui, la pluie qui martelait les vitres était l'artisane de ses cauchemars. Comme mille doigts essayant de percer des frontières invisibles, ce bruit monotone l'avait endormi, mais son sommeil ranimait douloureusement ses fantômes en le conduisant « là-bas ».

* * *

L'averse transperçait les vareuses, cascadant sur les casques d'acier, délayant la terre au bord des tranchées. De larges morceaux se détachaient de la surface détrempée, pour glisser jusque dans les flaques nauséabondes qui inondaient le sol. Ce déluge intarissable semblait vouloir laver toute saleté en ne s'arrêtant jamais, en noyant jour après jour les vivants, pour qu'ils rejoignent plus rapidement les morts déjà engloutis dans la boue.

Quand le sifflement des obus se rapprochait, qu'il paraissait évident que, dans un instant, l'explosion l'aplatirait contre les murs fragiles des abris, Yves s'élançait comme un fou. Il courait à toute allure, à la recherche d'une issue quelconque où il pourrait se soustraire à cet effroi permanent qui l'habitait, sourd aux cris des officiers qui lui ordonnaient de se coucher comme les autres.

Le choc mental qu'il avait subi était encore si traumatisant que, même aujourd'hui, ses hallucinations devenaient pour lui très réelles et elles perturbaient continuellement son sommeil. Il revoyait tous ces moments d'horreur qu'il avait vécus. Chaque fois, des détails qu'il croyait avoir oubliés lui revenaient. Il se sentait, comme alors, les jambes lourdes. Elles ne lui obéissaient plus, et il les voyait s'enfoncer profondément dans cette vase sanguinolente qui les retenait. Il avait alors la sensation très vive que ses semelles ne pouvaient se libérer de cette succion qui l'attirait irrémédiablement vers quelque chose de monstrueux. Elle l'aspirait dans des bulles gigantesques, pour l'avaler gloutonnement, avant même qu'il ne soit mort !

Ça ressemblait étrangement à ce qu'il avait ressenti à l'Anse-à-Thomas quand il avait dix ans.

* * *

Ce jour-là, des sauterelles volaient avec un bruit sec au-dessus des fleurs violettes des orties. Elles les frôlaient de leurs rudes carapaces, pendant que le chant des criquets et des cigales troublait le calme de cette chaude journée du mois d'août.

Au loin, des nuages couronnaient les montagnes, dentelant l'horizon, y laissant un arrière-goût de cette dernière semaine d'orages successifs qui avaient répandu sur les alentours une chape humide et étouffante. Pas un souffle de vent ne lissait le ventre rebondi des collines. Dans l'espèce de buée qui déformait le paysage, la frontière de la forêt semblait reculer. La rivière avait gonflé, débordante de toute cette pluie que le sol détrempé ne pouvait absorber et qu'il lui rejetait.

— Si on allait se baigner? suggéra Yves à André.

— Papa a défendu qu'on se baigne tout seuls, tu le sais.

— Oui, mais y dit rien quand on plonge de la balançoire. Tu vois ben qu'y a pas peur qu'on se noie!

— C'est parce qu'on le fait devant lui, mais je sais que là, avec le vent, la rivière est dangereuse.

— Ben d'abord, si on allait juste se tremper

les pieds?... Tu sais, comme on le fait souvent, assis sur le talus?

— Mais on pourrait glisser! Avec la pluie d'hier, l'herbe est encore mouillée, s'inquiéta André.

— Ce que t'es peureux! Reste donc ici d'abord, pis crève de chaleur si ça te tente, moi, j'ai le goût de me rafraîchir!

André hésita un instant, mais la perspective de rester seul au lieu de barboter dans l'eau fraîche avec son cousin, déjà assis à l'ombre du grand orme penché au-dessus de la rivière, fut plus forte que l'interdiction de ses parents. Il courut retrouver Yves qui, avec une longue branche, s'amusait à taquiner une grenouille accrochée à la tige effilée d'un jonc.

La grenouille plongea presque aussitôt, pattes écartées, tache verte, une seconde en suspension au-dessus de la surface de l'eau qui, à cet endroit, était très calme, sans une ride. Elle disparut dans ce miroir tranquille, en y laissant un grand cercle qui alla bientôt se perdre dans le courant tumultueux du large.

— Tu l'as vue? T'as vu ça? cria Yves tout excité. A se cache de moi et a pense que je la vois pas. Regarde-la ben sortir de sa cachette!

Avec la branche, il fouillait le bord, là où

le sable blond s'étendait jusqu'en dessous des joncs. Il essaya de ramener sa victime à la surface, mais elle s'obstinait à rester au fond. Sans doute déçu de ne plus apercevoir la grenouille, mais surtout humilié de ne pouvoir faire devant son frère une démonstration de son habileté, Yves se leva brusquement et se pencha pour essayer de toucher le petit batracien.

Soudain, il perdit pied et malgré le geste d'André qui essayait de le retenir, il tomba tête première dans la rivière et disparut rapidement sous la surface, pour reparaître un instant plus tard beaucoup plus loin, déjà entraîné vers un remous.

Derrière eux, un braconnier, qui était venu relever ses collets sur les terres de l'Anse-à-Thomas, entendit leurs cris et il vit André plonger pour aller au secours de son cousin. Il était visible que le garçonnet ignorait le danger qu'il courait et qu'il n'avait écouté que son courage. Les deux enfants se trouvaient maintenant côte à côte et le courant les ballottait. Ils avaient beau se débattre, ils approchaient irrésistiblement de cette écume qui cernait le remous. André serrait la main d'Yves, comme pour le retenir et l'empêcher de disparaître sous l'eau, mais il ne réussit qu'à le suivre vers le même destin.

L'homme n'hésita pas un instant. Il enleva rapidement ses bottines pour se précipiter au secours des enfants. Il nagea vigoureusement vers le large et parvint à saisir les deux petits corps avant qu'ils n'atteignent le fond. Mais il dut lui-même se battre désespérément pour se dégager du remous et ramener les deux frères sains et saufs sur la rive.

— Vous mériteriez une maudite bonne volée, espèces de petits sacripants ! s'exclama-t-il, hors d'haleine, en les déposant sur l'herbe.

Il s'écroula à leurs côtés, épuisé par les efforts qu'il avait dû faire, pendant qu'André et Yves toussaient et crachaient, allongés à plat ventre sur le sol.

— Bon, reprit l'homme après un moment, je pense que vous avez ben plus besoin d'une bonne claque dans le dos que d'une volée !

Il s'exécuta sur-le-champ, et les enfants ne tardèrent pas à reprendre un peu de couleurs, bien que toujours secoués de gros frissons.

— Astheure, vous pouvez retourner chez vous, ajouta l'homme. Vous êtes ben chanceux que je me soye trouvé là, mes deux petits vauriens. Autrement, vous seriez au fond de la rivière à gober les poissons !

— Merci, monsieur, dirent ensemble Yves et André en s'éloignant sans demander leur reste.

Dans leur hâte, ils oublièrent de s'informer du nom de cet homme qui venait de leur sauver la vie. Il avait semblé si en colère contre eux, qu'une seule chose leur importait : regagner la maison en vitesse pour échapper à la fessée mentionnée.

— C'est pas nécessaire de me remercier, dit l'homme qui les regardait s'éloigner en se doutant bien qu'ils ne pouvaient l'entendre.

Comme il braconnait sur les terres de ce village, il était préférable qu'on ignore qui il était. Il se secoua à son tour, chaussa ses bottines qu'il avait enlevées avant de plonger dans la rivière et, sans plus s'attarder, il se dirigea vers la forêt.

En voyant arriver les garçons trempés et larmoyants, Pierre se précipita à leur rencontre, suivi de Mathilde qui avait entendu les pleurs des enfants.

— Où étiez-vous passés ? demandèrent-ils ensemble.

— On vous cherchait partout, dit Mathilde, pis en voyant que vous étiez pas dans la grange, on a pensé au pire. Mon Dieu ! vous êtes tombés dans la rivière?... ajouta-t-elle en devinant ce qui avait dû se produire.

C'était beaucoup plus une affirmation qu'une question. Elle voyait bien, à leur mine déconfite et à leurs vêtements mouillés, qu'ils avaient pris un bain forcé.

— Vous avez encore désobéi? dit Pierre sévèrement. Je vous avais pourtant défendu...

— Tu vois ben qu'y ont eu un accident, coupa Mathilde en serrant ses enfants dans ses bras.

Ils se collaient à elle, frissonnants, prenant soudain conscience du danger auquel ils venaient d'échapper.

— On a pas désobéi, papa, parvint à dire André. Yves a glissé en se penchant pis j'ai voulu le retenir. Sans ce monsieur, là-bas, on se serait noyés.

— Un monsieur? Quel monsieur? demanda Pierre, intrigué.

— On le connaît pas, dit Yves qui claquait toujours des dents. C'est pas quelqu'un d'ici.

— Vous êtes certains de pas le connaître? insista Pierre.

— Laisse-les donc avec toutes tes questions, intervint Mathilde. Tu vois ben qu'y ont trop froid pour te répondre. Y faut qu'y rentrent de suite pour se sécher.

— On l'avait jamais vu, ce monsieur-là, dit Yves, ignorant l'intervention de sa mère. On a eu ben peur quand y nous a disputés. Y criait qu'on était deux sacripants et qu'on méritait une « maudite volée » ! C'est ça qu'y a dit, hein, André ?

— Oui, mais y nous a juste tapé dans le dos pour qu'on recrache toute l'eau qu'on avait avalée.

— J'espère au moins que vous l'avez remercié ?

— Ben certain, répondirent les garçons.

— Maintenant, allez vite vous changer, dit Pierre, pis que cet accident vous serve de leçon. Jamais plus de baignade sans surveillance !

— On s'est pas baignés, on a glissé, répéta Yves en s'éloignant.

* * *

— On a glissé... On a glissé... On va se noyer !

Yves se débattait en criant, toujours en proie à ses cauchemars.

— Ah, Christ !... Shut up ! That's enough, for God sake ! cria une voix qui le fit sursauter.

— Ce n'est pas tellement gentil, monsieur Cayne, de lui crier de se taire, et que vous en avez assez, répondit en anglais sœur Saint-Pierre qui venait d'accourir. En plus vous prononcez le nom de Dieu en vain. Heureusement que monsieur Yves ne comprend pas votre langue!

Et sur ces mots, la religieuse s'approcha d'Yves.

— Calmez-vous, lui dit-elle. Là, là... c'est fini maintenant, ça va aller, l'assura-t-elle en redressant son oreiller et en ramenant sur lui les draps qui avaient glissé. Essayez de vous rendormir.

Comme elle veillait toujours dans une petite cellule attenante à la salle des malades, elle n'avait pas été longue à intervenir, espérant que ces cris ne réveilleraient pas tous ses malades. Elle connaissait bien les peurs de chacun, elle en avait tenu plusieurs dans ses bras depuis qu'ils étaient sous ses soins, alors que, tremblant de tous leurs membres au sortir de leurs cauchemars, ils étouffaient presque. Cette fois encore, il ne lui suffit que de quelques instants pour qu'Yves se calme et, quand elle vit qu'il avait fermé les yeux, elle resta un moment à ses côtés en priant pour que ces souvenirs qui l'obsédaient finissent par s'effacer de sa mémoire. Mais elle ne put retourner se coucher, car d'autres malades avaient besoin d'elle.

— Vous pourriez pas lui donner quelque chose pour qu'y arrête de crier de même? s'exclama quelqu'un. On a ben assez de s'endurer, ma sœur, sans en plus de pas pouvoir dormir tranquilles !

— Voyons, monsieur Ernest, un peu de charité ne vous ferait pas de mal, répondit la religieuse avec un accent de douce réprimande. Quand vous êtes arrivé ici, vous aussi, vous avez crié, et monsieur Yves n'a rien dit.

— Y pouvait pas, y était drogué au boutte ! Je suis sûr qu'y entendait rien pantoute !

— Mais il n'est plus sous l'effet des calmants aujourd'hui, et nous n'allons pas recommencer à lui en donner. Il est sur la bonne voie de la guérison d'ailleurs.

— Ben c'est pas trop tôt ! soupira Ernest. Quand c'est pas lui qui nous réveille, c'est l'Anglais à côté de lui. « Shut up ! » qu'y hurle tout le temps. Lui aussi y pourrait peut-être se fermer la gueule. J'ai ben hâte de sortir d'ici, c'est pas de même qu'on va guérir.

Yves avait été soulagé quand sœur Saint-Pierre l'avait réveillé. Il lui semblait que, contrairement à ce qu'elle disait à Ernest, il s'enfonçait davantage chaque jour dans une horreur sans nom. Il feignait le sommeil pour ne pas avoir à répondre aux remarques désobligeantes qui fusaient autour de lui. Peu après que la religieuse eut quitté la salle, les ronflements de ses voisins de lit reprirent, entrecoupés parfois par des plaintes de souffrance. Yves se retrouva alors seul avec cette angoisse qui ne le quittait pas, la même qu'il avait ressentie la veille de son départ pour le front, et qu'il revivait maintenant comme s'il y était encore.

Chapitre 8

On les avait laissés libres de s'amuser, de satisfaire en une soirée toutes leurs fantaisies. Les officiers savaient que dès le lendemain ils se retrouveraient tous en enfer !

L'approche du combat charriait dans leurs veines une telle charge d'adrénaline qu'ils tremblaient comme s'ils y étaient déjà. Pour oublier, il leur fallait des femmes, de l'alcool et de la musique. Tout pour engourdir un moment la peur qui leur tordait les tripes à la pensée de cette épreuve qu'ils devraient affronter avec courage.

Le bistrot d'un petit hôtel venait à peine d'ouvrir ses portes pour la nuit quand Yves y pénétra. Il se dirigea aussitôt vers le bar où il s'assit sur l'un des tabourets. Sans s'occuper de ses camarades qui se dispersaient déjà dans la salle, il commanda une bière. Il ne voulait pas se soûler, mais seulement s'engourdir un peu dans une douce euphorie. L'alcool lui avait été trop néfaste dans le passé et il ne pouvait oublier sa première cuite au whisky.

Cette fois-là, après les premiers verres, il avait ressenti une chaleur bienfaisante mais trompeuse qui ne dura que quelques instants. Puis une brûlure s'installa au creux de son estomac pour ensuite lui vriller le ventre. Il avait vomi une nuit entière, et le lendemain il avait eu peine à ouvrir les yeux. Pourtant, dans l'après-midi, il était allé s'enrôler sans réfléchir, mentant même sur son âge, et il avait écrit quelques mots à sa mère :

« Je reviendrai vous voir quand je serai devenu un héros, pas avant ! J'aime encore mieux tuer des Boches que traire les vaches de mon père. »

Il n'avait compris que plus tard, après avoir posté ce court billet, ce que ces mots pouvaient être blessants pour ses parents. Depuis ce jour, quand il accompagnait ses camarades, il se contentait de siroter une seule bière.

Une longue main blanche, aux ongles soigneusement polis, s'allongea jusqu'à la chope qu'on venait de déposer devant lui. Ces ongles écarlates commencèrent à caresser la buée qui collait aux parois de son verre, entraînant une goutte attardée sur le rebord, jouant à la faire descendre jusqu'à la base en un tracé sinueux. Yves leva les yeux sur une femme mince, qui devait être très jeune avec, dans les yeux, une certaine chaleur. Elle était outrageusement maquillée, ce qui la vieillissait passablement, et elle s'amusait à cligner des paupières, les baissant langoureusement chaque fois qu'elle voyait Yves s'intéresser à son manège. Ses cils, lourds de fard, ressemblaient aux ailes frémissantes d'un papillon palpitant au-dessus d'un étang noir.

— Tu me paies un verre, chéri? demanda-t-elle en s'approchant de lui jusqu'à frôler sa vareuse.

Il y avait longtemps qu'Yves n'avait pas tenu une femme dans ses bras. En fait, depuis cette trop brève étreinte avec Rose-Aimée, jamais quelqu'un d'autre n'avait pu l'attirer. Il y avait longtemps aussi qu'un pareil désir, comme celui qui le torturait à la vue de cette fille, ne l'avait autant excité. La perspective de la renverser sur un lit et d'assouvir cette tentation lui fit oublier toutes ses peurs. Ce serait en même temps une sorte de vengeance sur le sort qui s'était acharné sur lui, et il espérait qu'il s'en trouverait libéré, qu'il oublierait Rose-Aimée pour de bon.

La femme s'offrait ouvertement et, bien qu'il sût que ce genre de fille ne ressentait rien pour leurs clients de passage, que seul l'argent qu'elle pouvait leur soutirer comptait dans cette démarche de séduction, il la voulait quand même. Peu lui importait qu'elle gagne sa vie en se donnant au premier venu, il y avait chez celle-ci, derrière sa façade artificielle, quelque chose de touchant qui l'attirait.

— Garçon, une bière pour madame! commanda-t-il sans plus attendre.

Il avait décidé de jouer le jeu. Comprenant qu'il était maintenant solidement appâté, elle se colla davantage à Yves et lui plaqua une de ses mains sur la cuisse. Elle se mit à le caresser lentement sans le quitter des yeux, tout en trempant ses lèvres dans le collet de mousse qui débordait de son verre, et sa bouche s'entrouvrit en une moue suggestive, laissant passer un petit bout de langue rose qu'elle promena sur le rebord de sa chope de bière.

— Tu veux monter avec moi? demanda-t-elle en faisant pression sur sa cuisse.

Pour toute réponse, il se leva d'un bond et l'entraîna vers l'escalier qui donnait accès aux étages.

— Hé! minute, mon beau, tu oublies la petite récompense de monsieur, s'exclama-t-elle en lui désignant un homme assis derrière le comptoir de l'accueil.

Il ressemblait à un banquier satisfait de voir

entrer ses traites. Yves lui lança quelques billets, sans les compter, certain de se montrer suffisamment généreux et, sans plus s'attarder, il suivit sa compagne. Il était pressé de se fondre en elle, de l'entendre gémir de plaisir, comme l'avait fait Rose-Aimée à l'Anse-à-Thomas. S'il savourait d'avance la joie qu'il y prendrait, il comptait davantage sur les caresses que cette fille pourrait lui prodiguer. Il espérait plus qu'une brève jouissance. Elle lui donna plus encore.

Dès que la porte de la chambre se fut refermée sur eux, elle l'attira sur le lit recouvert d'une cretonne aux couleurs délavées, et elle entreprit patiemment de libérer chaque boutonnière de sa vareuse. Quand il essaya de lui arracher sa robe, elle le calma, se déplaçant pour se déshabiller elle-même, et prenant plaisir à prolonger son attente en lui découvrant peu à peu sa chair rose.

Elle lui offrit d'abord ses petits seins dressés, cernés de brunes aréoles qu'il prit entre ses lèvres, puis, au moment où il tendait les mains vers ce ventre nu, vers ce triangle sombre et soyeux qui surmontait de longues cuisses, elle le repoussa aussitôt. C'est elle qui prit l'initiative des caresses, reculant pour mieux se rendre compte de l'effet qu'elle produisait, et ses yeux brillaient de la satisfaction qu'elle retirait chaque fois à retarder l'instant qui l'unirait à son partenaire.

Quand elle lui permit enfin de s'enfoncer en elle, il ne put s'empêcher de penser à Rose-Aimée. Cet amour défendu quintupla soudain son plaisir. Il se rappelait la rondeur de ses seins, son parfum de femme, le jeu du vent dans ses cheveux et la façon dont le sable de la plage avait collé à leur peau moite. Il se défendit bien de regarder la fille qui se trouvait sous lui. Il ne voulait pas effacer l'image de celle qu'il aimait.

Quand tout fut terminé, Yves regarda sa compagne qui se levait pour se diriger vers le lavabo, caché derrière un paravent recouvert de la même cretonne que celle du lit.

— Fais-moi plaisir, dit-il, reviens me trouver pis surtout, me quitte pas.

Il l'entendait qui s'affairait à sa toilette et, quand elle s'approcha de lui, il vit qu'elle s'était démaquillée. Son visage, nu de fards, lui donnait l'air d'une fillette à peine sortie de son enfance. Elle s'assit au bord du matelas et sortit d'une pochette son mascara et son rouge à lèvres.

— Reste comme t'es, dit Yves, ton visage est ben plus beau de même.

— C'est très joli tout ça, répondit-elle, mais tu

n'es pas mon seul client, figure-toi. Il faut que je me prépare pour ceux qui attendent en bas.

Yves ne pouvait supporter l'idée qu'elle pourrait prodiguer à d'autres hommes les mêmes caresses que celles qu'il avait reçues tout à l'heure. Il était prêt à payer ce qu'elle lui demanderait pour rester à ses côtés plus longtemps. Cette nuit était à lui et peut-être était-elle la dernière de sa vie… Peut-être que demain, à la même heure, il serait mort…

— Demande qu'on te remplace, supplia-t-il. J'ai l'argent qu'y faut pis je te le donnerai, mais dors avec moi jusqu'à demain.

— Tu veux donc me faire mourir ? répondit-elle, moqueuse.

— Je te toucherai pas, c'est promis. Tout ce que je veux, c'est que tu sois là, près de moi.

Elle se recoucha et Yves se colla à sa chaleur. Quelques instants plus tard, on frappait à la porte.

— Qu'est-ce que c'est ? demanda la fille.

— Ton temps est écoulé, tu descends ? dit la voix du tenancier.

— Non, je garde mon client pour la nuit. Sois tranquille, il a déjà payé.

Les pas s'éloignèrent et Yves se sentit soulagé. Il se pelotonna contre cette chair qu'il ne désirait plus vraiment, près de cette présence qui lui était nécessaire pour allonger la nuit et repousser le matin le plus longtemps possible. Instinctivement, ses mains cherchèrent les seins de sa compagne, comme le ferait un enfant qui se blottit contre la poitrine de sa mère. Il les pressa doucement, enserrant leur renflement au creux de ses paumes, et il approcha sa tête de leurs rondeurs. La femme le laissa faire, se demandant si cette caresse n'était pas le prélude à un renouveau de désir.

Elle était si peu habituée à de la tendresse de la part des hommes, que celui-ci la déroutait. Tous ceux qu'elle avait connus jusqu'ici la prenaient à la sauvette, la meurtrissant très souvent, pour l'abandonner ensuite à ses désillusions. Il était rare qu'elle rencontre, comme aujourd'hui, quelqu'un qui se contente uniquement de sa chaleur.

Elle baissa les yeux sur cette tête nichée contre sa poitrine et elle resserra son étreinte. Une étrange émotion l'envahissait, une émotion que son métier lui avait fait oublier depuis. Ce souffle régulier et tiède qui courait sur sa peau lui en rappelait un autre : celui d'un bébé qu'elle n'avait pu garder que l'espace de quelques jours, le temps pour elle de se remettre de son accouchement, avant qu'on le lui enlève pour qu'elle reprenne le boulot. Elle n'avait jamais pu apprendre ce que son enfant était devenu.

À son tour, elle se blottit contre Yves et lui caressa les cheveux en murmurant: «Mon petit, mon petit...» Une partie de la nuit, elle le berça dans ses bras, avant de s'abandonner à son tour au sommeil.

Chapitre 9

— Vous avez reçu une lettre ce matin, monsieur Yves. Vous désirez que je vous la lise ? demanda sœur Saint-Pierre dès son réveil.

— Même si je disais non, je suis sûr que vous me la liriez quand même.

— Ce n'est pas très gentil, ce que vous me dites là. Si vous le préférez, je peux attendre à plus tard, et quand vous aurez la curiosité d'apprendre ce qu'elle contient, vous me ferez signe.

Elle le taquinait sans méchanceté, sachant bien qu'il brûlait du désir de connaître les nouvelles qui lui arrivaient régulièrement de l'Anse-à-Thomas. Elle s'apprêtait à commencer sa lecture quand Jeanne entra dans la salle.

— Je crois qu'il y a ici une personne qui se fera une joie de me remplacer, n'est-ce pas ? dit la religieuse en approchant une chaise près du lit.

— Merci, ma sœur, dit Jeanne. Je vous remplacerai avec plaisir. Je suis sûre que vous avez ben d'autres choses à faire que de lire des lettres.

Pis toi, Yves, continua-t-elle, comment ça va aujourd'hui ?

— Pas trop ben.

— Croyez-le pas, madame, dit le voisin de lit d'Yves. Y se lamente tout le temps, mais je dois vous dire que depuis une semaine y crie moins qu'avant.

— Personne te demande ton avis, Marcel, dit Yves. C'est moi qui sais que je suis pas ben.

— Attends un peu, je vas arranger ça, dit Jeanne. J'ai tout mon temps cet après-midi, vu que mes deux plus jeunes sont chez ma mère.

Yves l'entendit remuer des papiers. Il sentit qu'elle s'approchait de lui, et une de ses mains vint serrer la sienne.

— C'est une lettre d'André, dit-elle, après avoir vérifié la signature. Voici ce qu'y t'écrit :

« Cher Yves,

« On est tous ben contents d'apprendre que tu vas beaucoup mieux et que tu pourras sortir de l'hôpital bientôt si ça continue de même… »

— Tu leur donnes souvent de mes nouvelles, Jeanne ? demanda Yves en l'interrompant. Es-tu sûre que ces lettres-là les intéressent ? Qu'est-ce que tu peux ben inventer pour qu'y pensent que ça va mieux ? Moi, des progrès, j'ai pas l'impression d'en faire tellement.

— Dis donc pas ça! T'as même commencé à te lever pis à marcher un peu dans les corridors. Sœur Saint-Pierre me l'a dit, ça me donne la preuve que t'es mieux. Bon, je continue à lire, ajouta-t-elle, avant qu'il n'ait eu le temps de la contredire.

«...Tu seras probablement avec nous autres à l'automne, juste à temps pour venir avec moi magasiner à La Malbaie. Tu te rappelles que ça prend ben des affaires pour passer l'hiver, vu que pendant des mois on peut pas compter que la terre va nous donner de quoi manger. Y a aussi le fait que papa vieillit, pis tu seras pas de trop pour nous aider. Comme de raison, je peux pas encore me fier sur mon petit gars pour me donner un coup de main...»

— J'espère ben qu'y croit pas que c'est avec ma main gauche que je pourrai atteler un cheval pis retourner la terre, hein, Jeanne?

— C'est juste qu'y a hâte que tu sois là-bas. Me semble que c'est facile à comprendre...

— Veux-tu dire qu'y a pitié de moi comme tout le monde? demanda Yves.

— Y a rien que toi pour te prendre en pitié, pis tu le sais, répondit Jeanne. Pis si t'arrêtes pas de te lamenter, moi, je viendrai plus te voir. Pis ta lettre tu pourras demander à sœur Saint-Pierre de finir de te la lire, ajouta-t-elle, menaçante.

— Prends pas ça de même, je dirai plus rien, tu peux lire.

«...Toute la famille a hâte de te revoir, pis si Montréal était plus proche, on irait te visiter tous les jours; mais on peut pas laisser la ferme comme ça. En tout cas, dis à Jeanne de nous avertir quand tu seras prêt à partir. Je m'arrangerai pour aller te chercher, pis on fera le voyage ensemble.

«Rose-Aimée t'embrasse pis maman fait dire qu'a va t'écrire un mot bientôt. En attendant, redis à Jeanne de nous envoyer de tes nouvelles souvent.

«Ton cousin qui t'aime comme un frère.

André.»

— Tu dis rien? s'étonna Jeanne qui repliait les feuilles et les glissait dans l'enveloppe.

— Parce que j'ai rien à dire!

— Y est en train de mijoter des excuses pour rester plus longtemps avec sœur Saint-Pierre, madame, dit Marcel en riant.

— Tu te trompes, mon vieux. J'ai aussi hâte que toi de sortir d'ici, mais...

— Pourtant, reprit Marcel en l'interrompant, ce ne sont pas les distractions qui manquent ici.

Il y a des concerts toutes les semaines, pis les bénévoles nous apportent toutes sortes de gâteries, mais le problème, Yves, c'est que tu refuses toujours de participer à ça.

— Qu'est-ce que tu veux que je fasse, hein ?

— Commence par accepter tes blessures. Aussi ben celles de ton âme que celles de ton corps.

— J'essaie, je t'assure que j'essaie.

— Si tu pouvais voir ceux qui sont ici, tu te rendrais compte qu'y en a de ben plus mal pris que toi.

— Je les vois pas, mais je les entends, ça c'est certain.

— Et comment penses-tu que c'est possible qu'on se plaigne pas quand y en a, comme le gars à l'autre bout de la salle, qui ont plus de jambes, mais qui les sentent tout le temps pareil ?... Toi, au moins, tu peux marcher, te servir de la main qui te reste, pis on t'a dit que tu verrais bientôt, quand on t'enlèvera ton bandeau. Qu'est-ce que tu veux de plus ?...

— Je sais tout ça, mais quand on a juste son bras gauche pis qu'on est droitier, on est bon à rien sur une terre...

— Je suis pris comme toi, mais moi, je ferme ma gueule ! En plus, j'ai respiré une bonne dose de gaz. Ça fait que, compte-toi chanceux ! On va nous poser une sorte de main, un crochet, que le docteur a dit, pis avec ça on pourra travailler.

— C'est pas avec ça qu'on va pouvoir caresser une femme !

— Y nous reste toujours ben le plus important, hein ? répondit Marcel en riant.

Mais avant que son compagnon ait pu répliquer, il fut pris d'une violente quinte de toux.

— C'est donc toi qui tousses tout le temps de même ? demanda Yves pour ne pas reparler de ce crochet qui lui faisait très peur.

— Tu viens rien que de t'en apercevoir ?... Ben c'est pas trop tôt !

— Avant, je faisais pas attention à ce qui se passait, répondit Yves piteusement.

Jeanne était restée silencieuse pendant tout cet échange entre les deux hommes. Elle trouvait souvent difficile et gênant de partager certaines confidences avec Yves, devant ces hommes qui les entendaient tout en faisant mine de ne pas les entendre.

— Je vois que ton voisin de lit est en train de t'étriver, Yves, dit-elle pour changer un peu l'atmosphère.

— C'est pas grave, Jeanne, je sais que c'est pas méchant, y veut juste me changer les idées.

Tantôt, j'allais te dire que si je décidais de retourner à l'Anse-à-Thomas, je voulais pas qu'André vienne me chercher.

— Mais tu pourras pas retourner là-bas tout seul ?

— Ben sûr que non. C'est avec toi que je partirai.

— Je sais pas si c'est une bonne idée, répondit-elle. Je peux pas laisser la maison ben longtemps à cause des enfants…

— Ton plus jeune a quasiment l'âge que j'avais quand je suis parti de chez nous la première fois, coupa Yves.

— Oui, mais…

— Ton aîné a même commencé à travailler…

— Y a aussi Oscar, mon mari…

— Au lieu de me donner toutes ces excuses, dis donc tout de suite que tu tiens pas à faire ce voyage ! soupira tristement Yves. Je te comprends pas, Jeanne. Toi qui avais tellement de peine de quitter l'Anse, tu refuserais d'y retourner ?…

Jeanne restait silencieuse. Elle était la seule à savoir pourquoi elle ne voulait pas partir. C'était son secret et elle ne se sentait pas encore prête à le dévoiler, même pas à Yves. Personne ne savait ce qu'elle avait vécu plusieurs années auparavant. Cette pensée la ramena dans une certaine chambre quand quelqu'un lui avait demandé : « Tu veux remonter mes oreillers, ma belle ? »

Et c'est là que tout avait commencé.

* * *

— Tu veux remonter mes oreillers, ma belle ?

Quand elle était entrée pour ranger la chambre de Marcel, le pensionnaire de sa mère, Jeanne ignorait qu'il fût au lit. De tous ceux qui logeaient chez elle, il était celui qu'elle préférait. Elle ne l'avait pas vu au petit déjeuner, mais elle avait cru qu'il était déjà parti au travail. Tous les matins, pendant que sa mère et sa grand-tante Célestine assistaient à la messe, et une fois les enfants à l'école, elle montait à l'étage pour faire les chambres.

— Puisque tu refuses de nous suivre à l'église, sers au moins à quelque chose ! avait ordonné Charlotte.

Depuis son retour à Montréal, et après le décès de son fils, Edmond, Charlotte s'était consolée en se tournant vers l'Église. Elle s'était convaincue que son fils était mort parce qu'elle avait suivi son mari, épousé sans le consentement de sa mère. Elle versait maintenant dans une bigoterie exécrable, cherchant par tous les moyens à convaincre ses enfants du bien-fondé de ses actions.

Jeanne résistait encore.

— Maman, vous pouvez pas m'obliger à vous suivre à l'église de même, répondait-elle chaque fois que sa mère insistait pour qu'elle assiste à la messe du matin.

— Y est plus que temps que tu pratiques ta religion astheure qu'on vit à Montréal.

— Vous parliez pas de même à l'Anse-à-Thomas !

— Ben on est plus là-bas, pis tu vas faire comme on te dit !

— T'as raison d'insister, ma nièce, s'interposa la tante Célestine. Y faut que tu lui casses le caractère, à ta fille. Regarde comment a te parle. C'est rendu qu'a te manque de respect pour toute pis pour rien ! Ça paraît qu'a est la fille de ton défunt qu'avait une vraie tête de cochon !

— Une bonne chance que je ressemble à mon père !

— C'est-tu une insulte pour nous autres ce que tu viens de dire ?... s'exclama Célestine.

Voyant que Jeanne ne répondait pas, elle continua :

— Manquerait plus que tu te mettes à boire comme lui itou!

— C'est assez, vous deux! cria Charlotte.

Et elle ajouta à l'adresse de sa tante:

— Vous savez ben que mon mari était pas un ivrogne. Il aimait juste ça, prendre un petit coup de temps en temps. Pis là, Jeanne, si tu veux pas nous suivre, rends-toi utile. Monte faire les chambres d'abord.

Jeanne baissa la tête tristement. Ce qu'elle était malheureuse depuis qu'elle avait quitté l'Anse-à-Thomas! Sa mère avait cru que les médecins de Montréal réussiraient à guérir son frère Edmond, mais sa santé n'avait fait que se détériorer et, quelques mois à peine après leur arrivée en ville, il mourait. Jeanne s'était sentie honteuse de ne pas éprouver de chagrin et elle se prit à espérer que cette disparition déciderait sa mère à retourner vivre à l'Anse-à-Thomas. Mais Charlotte retrouva vite ses habitudes de citadine. Elle ne tarda pas à prendre en main la maison de pension qu'elle avait héritée de sa mère et la remit en état pour la rendre plus accueillante.

Chapitre 10

— As-tu compris ma question ? s'exclama Yves, étonné par le long silence qui régnait depuis un moment. Si tu m'accompagnais, on pourrait arrêter à Québec et à La Malbaie, et visiter des parents et des amis. Je suis certain, Jeanne, que ce voyage te ferait du bien.

— Je m'arrangerai ben quand ce sera le temps ! Mais tantôt, pendant que tu parlais, je pensais à eux autres là-bas et je me disais que j'aurais jamais dû suivre ma mère ici.

— Veux-tu dire que t'es malheureuse depuis ton arrivée à Montréal ?... T'as pourtant un bon mari pis de beaux enfants ?

— Oui, mais ça, c'est pas tout...

— Y aurait quelque chose que je connais pas ?...

— Insiste pas, Yves, c'est des affaires de femmes que je peux pas t'expliquer pour astheure. Bon, ben, je te laisse, c'est le temps de te reposer. En arrivant chez nous, je répondrai à la lettre d'André. As-tu le goût que je te rapporte quelque chose à ma prochaine visite ?

— Non, non ! J'ai seulement besoin que tu viennes souvent. Ça me fait tellement de bien de te parler !

— Tu sais ben que je t'abandonnerai jamais, promit Jeanne.

Yves écouta s'éloigner sa cousine, puis il lui sembla que sans elle l'atmosphère de la salle s'alourdissait. Il n'entendait plus que les plaintes des malades qui l'entouraient, et ses propres souffrances revenaient, de plus en plus intolérables.

Après avoir quitté l'hôpital, et avant de retourner chez elle, Jeanne décida de flâner un peu dans les sentiers d'un parc de son quartier. Elle avait besoin de ces moments de solitude pour affronter son quotidien. Trop de pensées se bousculaient dans sa tête et elle se sentait incapable de rentrer directement chez elle.

Elle s'assit sur un banc et regarda les enfants qui s'amusaient à pousser des petits bateaux sur un étang. Quelques-unes de ces embarcations fragiles, faites de papier plié, basculaient rapidement et coulaient instantanément, au grand désespoir de leurs capitaines en herbe. D'autres, en bois, bien balancées, s'éloignaient pour accoster sur l'autre rive.

Pourquoi Jeanne se revit-elle soudain en train de servir le souper aux pensionnaires de sa mère ?... Il n'y avait pourtant aucun rapport entre la scène qu'elle avait présentement sous les yeux et celle qui surgissait dans sa mémoire. Était-ce à cause de ces gens qu'elle voyait, assis sur une couverture, croquant à belles dents dans des sandwiches qu'ils venaient de déballer ?...

* * *

Un bon fumet se dégageait de la soupière que Charlotte avait déposée sur la table, et de la vapeur s'enroulait autour des anses de la porcelaine fleurie. Elle atteignait le plafonnier de verre rose en douces volutes odoriférantes. Tout baignait dans cette lumière nacrée qui prêtait son reflet, aussi bien aux tabliers blancs des femmes en train de servir, qu'aux chemises fraîchement repassées des cinq pensionnaires. Cette lueur rosée donnait à tous un teint resplendissant.

Jeanne observait Marcel, en essayant de cacher l'intérêt qu'il lui inspirait. Elle serait morte de honte si sa mère avait deviné ce qui se passait entre eux quand ils se trouvaient seuls chaque matin. Devant les autres, Marcel cachait bien son jeu. Il lui adressait rarement la parole, et quand il le faisait, c'était uniquement pour qu'elle lui passe le pain ou le sel. Mais elle savait bien que lorsque sa mère et sa grand-tante seraient parties à la messe, ils se livreraient tous deux à des jeux qui devenaient de plus en plus précis et dangereux.

La première fois, quand elle l'avait surpris au lit et qu'il lui avait demandé de remonter ses oreillers, elle était restée interdite et légèrement hésitante.

— C'est pas correct, monsieur Marcel, que je sois toute seule avec vous dans votre chambre, avait-elle répondu.

— Si tu voulais me faire plaisir, tu laisserais tomber le « monsieur » et tu m'appellerais par mon prénom.

— Oh non ! J'oserais jamais ! Si ma mère m'entendait ?…

— Nous pourrions garder ce secret entre nous, mais devant les autres je serais toujours, pour toi, monsieur Marcel ?

— Si c'est ça que vous voulez, je vous appellerai de même, ajouta Jeanne après une légère hésitation. Attendez que j'arrange vos oreillers pis j'irai vous chercher un bon café.

Elle l'installa confortablement et, avant de

descendre, elle entreprit de ranger les vêtements qui traînaient en désordre sur une chaise. La grande armoire à glace lui renvoyait l'image de cet homme qui, derrière elle, observait chacun de ses mouvements.

Le soleil matinal faisait briller les montures en cuivre du lit qui semblaient faites d'or pur. Le jeu des ombres et celui de la lumière sur le papier peint des murs donnaient du relief à tous les meubles qui garnissaient la chambre. La courtepointe repoussée au pied du lit rappelait à Jeanne les champs de labours que le vent d'automne froissait chez elle, à l'Anse-à-Thomas. Elle s'approcha de la fenêtre, écarta les rideaux de mousseline, et durant quelques minutes, elle resta là, silencieuse, perdue dans une sorte de rêverie.

— Qu'est-ce que tu regardes comme ça? demanda soudain Marcel, étonné de la voir aussi immobile.

— Le mont Royal qui m'empêche de voir plus loin. La montagne me fait penser à chez nous où je suis née pis où j'aurais voulu rester encore longtemps.

— Tu en parles souvent depuis que j'habite ici. Tu t'ennuies donc toujours autant de la rivière Malbaie?

— Je pourrai jamais oublier comme j'étais heureuse là-bas ! Tenez, une journée comme aujourd'hui par exemple, le ciel se serait déchaîné sur le paysage.

— Qu'est-ce que tu veux dire ?…

— Que dans les montagnes, à l'automne, on voit souvent des nuages presque noirs qui ont l'air de se détacher du ciel pour faire exprès de nous cacher le soleil. Ça ressemble à des gros tuyaux qui bougent pis qui arrivent pour emprisonner les fermes dans leurs grands bras. Ici c'est tout gris pis je peux plus sentir l'odeur des champs rasés, ni le parfum des fleurs sauvages. J'ai tout le temps l'impression d'étouffer.

— Tu exprimes bien ce que tu ressens, Jeanne, et ça m'étonne que tu gardes de là-bas des souvenirs aussi précis.

— C'est que papa m'a appris ben des choses quand y vivait.

— Et ta mère, elle ?

— Avec un bébé chaque année, y restait pas grand temps pour qu'a nous parle.

— Viens un peu ici, dit Marcel en tapotant le drap à ses côtés. Moi, j'ai à te dire certaines choses.

— Je peux pas, répondit la jeune fille en se détournant pour reprendre son travail. Faut que je finisse ma besogne si vous voulez du café au plus vite.

— Le café peut attendre, mais ce que j'ai à te proposer est plus important.

Jeanne s'approcha timidement de lui et, appuyée contre les poteaux de cuivre qui soutenaient le lit, elle attendit que Marcel s'explique.

— Viens t'asseoir près de moi, insista-t-il.

— Vous savez ben que je peux pas. Ça serait pas correct.

— Tu n'es quand même pas pour rester debout, plantée là comme un piquet de clôture, pendant que je te parlerai ? Allons, viens.

Jeanne s'assit, hésitante, sur le bord du matelas et, aussitôt, Marcel lui prit une main qu'elle n'essaya pas de lui retirer.

— Tu sais que tu deviens un beau brin de fille ? commença-t-il. Je t'observe depuis que je loge ici et je m'aperçois aujourd'hui qu'il ne reste presque plus de traces de l'adolescente un peu gauche que tu étais à mon arrivée chez ta mère.

— Arrêtez, vous allez me faire rougir !

— C'est déjà fait et ça te va très bien.

Jeanne sentit la main du jeune homme quitter la sienne, pour remonter plus haut, le long de son bras et venir lui effleurer un sein. Elle essaya aussitôt de se dégager.

— N'aie pas peur, Jeanne. Je ne voulais pas t'effrayer, mais tu es si jolie que…

— Si c'est tout ce que vous avez à me dire, je descends de suite ! s'exclama-t-elle en faisant un mouvement pour se lever.

— Non, ce n'est pas tout, répondit-il en la retenant. Je trouve dommage que tu restes confinée à la maison alors que tu pourrais travailler à l'extérieur. D'ailleurs, depuis quelque temps, tu sembles triste et fatiguée. Si tu le voulais, je pourrais te trouver de l'embauche.

— Pour faire quoi, je vous le demande, s'étonna Jeanne. À part m'occuper de la maison pis des petits, je sais pas grand-chose…

— Tu oublies qu'il y a des métiers qui s'apprennent. Que dirais-tu de travailler à la compagnie MacDonald où je suis moi-même employé ?

— La compagnie de tabac ?… Dans votre bureau ?…

— Non, pas dans mon bureau, mais dans les ateliers où l'on fabrique les cigarettes.

— Je connais rien à ça, moi, les cigarettes !

— Tu apprendrais. Ça te ferait du bien de rencontrer d'autres personnes que les pensionnaires que tu côtoies chaque jour, et tu pourrais te faire des amis.

— Oui, mais ma mère voudra jamais ! dit Jeanne, découragée.

— Si tu acceptes ma proposition, je me charge de la convaincre.

— C'est sûr que ça me tente, mais je pense pas que ma mère va se résigner à se priver de mon aide.

Les yeux de la jeune fille brillaient d'expectative. Quitter la maison !... En finir avec la routine quotidienne !... Rencontrer des filles de son âge !... Recevoir un salaire !... Elle s'y voyait déjà. Dans sa naïveté, elle ne songea même pas à s'interroger sur les motifs qui poussaient Marcel à vouloir l'aider. Il l'attira contre lui et, toute à son rêve, elle s'abandonna.

— Tu verras, lui souffla-t-il à l'oreille, on pourra se rencontrer plus souvent et plus longuement qu'ici... Tu me plais beaucoup, tu sais, ajouta-t-il en glissant sa main sous sa robe.

La porte d'entrée qui se refermait en bas l'empêcha de compléter les gestes entrepris.

— Jeanne ? Es-tu encore en haut ? demanda Charlotte.

— A doit lambiner, comme d'habitude ! ajouta la tante Célestine.

— J'arrive, maman ! s'empressa de répondre la jeune fille, en rajustant ses vêtements. C'est monsieur Marcel qu'est malade et qu'avait besoin de quelque chose.

— Ah ?... Je pensais qu'y était déjà parti travailler.

— Je descendais y chercher une tasse de café, dit Jeanne en rejoignant sa mère.

— Laisse faire, je m'en occupe, c'est pas ta place d'être dans la chambre d'un homme quand y est couché !

Le soir même, Marcel, qui disait se sentir mieux, prit place à table avec les autres. Après avoir avalé son potage, il leva les yeux vers Jeanne, lui sourit discrètement et se tourna vers Charlotte qui tranchait le rôti.

— Madame, commença-t-il, j'ai une faveur à vous demander.

Surprise, Charlotte déposa son couteau et, apercevant sa fille qui ne mangeait plus, elle s'exclama :

— T'as pas faim ?

— C'est pas ça, maman, mais...

— Tu veux dire que t'étais encore dans la lune ? renchérit Célestine.

Redoutant l'intervention de Marcel et la réponse que sa mère ne tarderait pas à lui faire, Jeanne restait immobile, la cuillère en suspens.

Elle se sentait très mal à l'aise après cet échange de mots qui avait attiré sur elle tous les regards.

— Excusez, monsieur Marcel, si je vous ai pas répondu de suite. Vous disiez donc?... reprit Charlotte.

— Que j'avais une faveur à vous demander. Le moment pour le faire est peut-être mal choisi, mais je ne peux attendre plus longtemps. Avez-vous remarqué que mademoiselle Jeanne semblait très fatiguée ces temps-ci?

— Non, pis quel rapport avec la faveur que vous voulez me demander?

— Bien, c'est qu'elle travaille beaucoup et...

— Pas plus que les autres! coupa Charlotte, impatientée par cette intrusion dans sa vie privée. A fait sa part pis c'est pas ça qui va la faire mourir!

— Pardonnez-moi si j'insiste, madame, mais je me demandais si vous accepteriez qu'elle travaille à la MacDonald, comme moi, au lieu de rester ici?

— À votre usine de tabac?... Ben... j'ai besoin d'elle ici pour m'aider.

— Oui, je comprends, mais un travail à l'extérieur lui rapporterait un bon salaire et vous pourriez tous en profiter?...

Jeanne retenait son souffle. Ses yeux allaient

de sa mère à cet homme qui dans ses rêves les plus secrets l'emportait loin de cette maison. Aujourd'hui, par ses paroles, il lui entrouvrait les portes du paradis. Elle se sentait prête à toutes les concessions pour s'évader un peu de ce quotidien où elle étouffait, enlisée dans une routine épuisante et monotone, loin de toute amitié et privée de l'affection qu'elle était en droit d'attendre de sa mère qui ne s'intéressait plus qu'à ses pensionnaires, laissant Célestine s'occuper des enfants et comptant sur Jeanne pour l'amour à leur donner.

L'adolescente n'avait pour seules distractions que les lessives à faire, s'écorchant les doigts jour après jour sur la planche à laver. Les odeurs diverses qu'elle respirait étaient invariablement ces relents de cuisine, cette nourriture sans cesse en ébullition sur le poêle à bois qui répandait sa chaleur accablante, été comme hiver. Elle en était venue à ne plus supporter cette maison aux murs sombres, où planait toujours le souvenir de son frère Edmond. Même mort, il continuait à lui empoisonner la vie, et elle ne pouvait lui pardonner d'avoir été la cause première de leur départ de l'Anse-à-Thomas.

L'horloge grand-père égrena le quart de dix-neuf heures et le balancier continua son tic-tac régulier sans que la conversation reprenne. Chaque convive semblait gêné et mangeait en silence, comme si la réponse de Charlotte allait changer quelque chose à l'harmonie qui avait fait partie de leur vie jusqu'ici. Seuls les bruits de mastication et un rot discret et vite réprimé vinrent troubler l'atmosphère qui régnait autour de la table.

— On va y penser, monsieur Marcel, répondit enfin Charlotte en repoussant son assiette. Je suis pas ben sûre que Jeanne aimerait ça travailler ailleurs.

— Et si vous le lui demandiez ? insista le jeune homme en fixant Jeanne, certain de la réponse qu'elle donnerait. Vous ne croyez pas qu'elle serait heureuse de travailler à l'usine ?

— J'ai dit qu'on va y penser ! conclut Charlotte sur un ton qui ne souffrait pas de réplique.

Aussitôt, le visage de Jeanne s'assombrit et elle s'absorba dans la contemplation de son assiette, son appétit complètement envolé. Le reste du repas lui fut une véritable torture. Elle n'avait plus qu'une hâte : en terminer au plus tôt avec sa besogne et monter se réfugier dans sa chambre sous les toits, pour rêver de Marcel et de cette évasion qu'il lui avait fait miroiter. Il venait de terminer son dessert, et du coin de sa serviette repliée il s'essuyait délicatement les lèvres puis, entre son pouce et son majeur, il lissa presque amoureusement son épaisse moustache brune.

— Merci, madame, pour ce délicieux repas, dit-il avant de quitter la table.

Il ne ratait jamais une occasion de lui faire part de son contentement, et sa politesse avait établi une sorte de rituel parmi les autres pensionnaires qui l'imitaient. Jeanne le regarda monter l'escalier, sans qu'il ajoute une seule parole la concernant. Il semblait l'ignorer, mais elle savait que, dès le lendemain matin, quand ils se retrouveraient tous deux dans sa chambre, elle s'abandonnerait encore à ses caresses. Pour l'instant, ces brèves étreintes restaient anodines, à la limite d'une plus grande intimité, mais Jeanne n'ignorait pas qu'à la moindre occasion elles se transformeraient en des gestes plus osés, que d'ailleurs elle désirait de plus en plus.

Chaque jour maintenant, elle prenait plaisir à ranger la chambre du jeune homme. Elle s'y attardait, caressait ses objets personnels, respirait son odeur sur les vêtements qu'elle pliait amoureusement, avant de les ranger dans les tiroirs de la commode. Mais une question la laissait songeuse : était-il libre ?... N'avait-il pas chez lui, à Trois-Rivières, une fiancée ou, pire encore, une femme qui l'attendait?... Chaque semaine une lettre, oblitérée de là-bas, lui parvenait, mais Jeanne n'avait jamais pu apprendre qui lui écrivait, ni ce qu'elle contenait. Elle avait beau chercher un indice quelconque, c'était inutile. À part sa brosse, son peigne et son linge, il n'y avait rien d'autre dans ses tiroirs.

Chapitre 11

Jeanne était toujours assise au même endroit, encore perdue dans ses souvenirs qui ranimaient en elle des émotions qu'elle aurait préféré ne pas voir renaître. Elle regardait distraitement les enfants qui jouaient près de l'étang quand, derrière elle, les voix d'une femme et d'un homme la firent sursauter.

— Tu peux pas me laisser comme ça ! Je porte ton enfant et tu m'abandonnes ?... s'exclama la femme d'un ton désespéré.

— Qu'est-ce que tu veux au juste ? répondit son compagnon. Tu ne t'attends pas à ce que je t'épouse, j'espère ?

— Et pourquoi pas ?

— Je suis déjà marié, et ne viens pas me dire que tu ne t'en doutais pas un peu ? Et puis ça ne te donne rien de pleurer, continua l'homme, comme sa compagne éclatait en sanglots.

— Je ne me doutais de rien, murmura-t-elle. Autrement...

Sa voix venait de s'affirmer en prononçant ce

dernier mot. Une vague menace y perçait et elle ne tarda pas à se concrétiser.

— Je sais ce qu'il me reste à faire, ajouta la jeune femme. Je vais aller tout raconter à ton épouse!

— Et comment te proposes-tu de faire ça? ricana l'homme. Tu ne sais même pas où j'habite.

— Je trouverai bien! Je sais où tu travailles et on me renseignera sûrement.

— Si jamais tu fais ça…

C'était à son tour de menacer. Cette phrase laissée en suspens contenait un dangereux avertissement. Les sanglots de la femme reprirent, et Jeanne, qui n'osait pas se retourner, entendit les pas précipités de l'homme qui s'enfuyait. Elle dut faire un effort pour ne pas courir à sa poursuite et lui crier sa révolte, car cette histoire ressemblait tellement à la sienne, qu'elle se mit à la revivre instantanément.

* * *

Charlotte avait enfin fini par céder et Jeanne avait commencé à travailler à la compagnie MacDonald. Depuis, Marcel trouvait toutes sortes d'excuses pour la faire venir dans le bureau qu'il occupait, seul, en tant que chef de section. La jeune fille s'y rendait sous les regards moqueurs du contremaître qui savait très bien ce qui se passait derrière la porte fermée du « patron ».

Elle se sentait un peu honteuse de ces enlacements à la sauvette. Ce n'est pas de cette façon qu'elle avait rêvé du « grand amour ». Il devait bien y avoir autre chose que ces brèves étreintes sur un divan de cuir ?... La première fois que ça s'était produit, elle avait résisté quelque peu aux assauts pressants de Marcel, mais il l'avait si bien caressée qu'elle avait oublié très vite ses beaux principes, pour ne penser qu'à ce désir qui lui tordait le ventre. Ignorante des subtilités qui accompagnent l'amour physique, elle crut naïvement que c'était ainsi qu'un homme et une femme s'unissaient. Par la suite, elle se demanda si la douleur qu'elle avait ressentie quand Marcel l'avait pénétrée était normale et si elle aurait aussi mal une autre fois.

— Tu verras, dit le jeune homme en se rajustant, tu vas finir par aimer ça !

Elle était retournée à l'atelier, le corps endolori, certaine que son visage trahissait ce qui venait de se passer. Elle se sentait rouge de honte et elle ignorait encore si elle se soumettrait de nouveau à une épreuve semblable. Pourtant, elle ne tarda pas bientôt à attendre avec impatience que Marcel la fasse venir à son bureau. À la longue, ces rencontres devinrent pour elle un besoin impérieux, et dès qu'il en exprimait le désir, elle accourait vers lui, malgré les moqueries qui fusaient ouvertement autour d'elle.

— On dirait que tu deviens indispensable au « patron », dis donc ? plaisantait le contremaître en la voyant sortir.

— Y veut discuter de certaines choses avec moi.

— Ouais ! on les connaît, ces choses-là ! Ma parole, si ça continue de même, tu vas devenir sa secrétaire particulière, ricana quelqu'un. Je devrais peut-être dire sa particulière, tout court !

Seule son amie Flavie ne prenait pas part aux sarcasmes.

— T'as tort, Jeanne, de céder aux caprices de monsieur Marcel, lui répétait-elle presque chaque jour. C'est pas du nouveau pour lui, tu sais. Avant que t'arrives ici, il a eu Marthe, pis l'année d'après, Albertine, pis ensuite, Gertrude.

— Ben vite, tu vas me faire croire que toutes les filles de l'atelier y ont passé ? s'exclama Jeanne, qui cherchait à se persuader que tout ce qu'elle entendait n'était que mensonge. T'es jalouse, continua-t-elle, et c'est pour ça que tu me racontes ces histoires-là !

— Jalouse ? Moi ? Mais tu me connais mal, ma pauvre Jeanne. Si c'est ça que tu crois, ben je te plains.

— Pourquoi tu me dis tout ça d'abord ?

— Pour que tu fasses attention. T'as pas remarqué que ces filles que je viens de te nommer travaillaient plus ici ?… On s'est dépêché de les renvoyer de l'usine. Nous autres, on savait ben de qui venaient les ordres. En plus, j'ai entendu dire, pis je suis pas la seule, qu'à la haute direction on commençait à en avoir par-dessus la tête des agissements de monsieur Marcel. Les contremaîtres auraient porté plainte pis je serais pas surprise que bientôt y perde sa job.

Jeanne était atterrée par ce qu'elle entendait. Perdre Marcel !… Que deviendrait-elle sans lui ? Ses craintes et son désespoir s'accrurent après deux mois, quand elle s'aperçut qu'elle n'avait pas ses règles. Elle essayait depuis quelques jours de réprimer des nausées qui la laissaient tremblante de faiblesse. Elle se rendit bientôt compte qu'elle ne pouvait retarder plus longtemps la démarche qu'elle devait faire. Un matin, à peine arrivée à l'atelier, elle demanda au contremaître la permission de voir Marcel.

— Y t'a pas fait venir, me semble ? dit-il en la regardant ironiquement, mais devant l'air paniqué de la jeune fille, il ajouta: C'est bon, mais fais ça vite. Ici on te paye pas pour te promener!

Jeanne sortit aussitôt et suivit le corridor jusqu'au bureau qu'elle connaissait si bien. Aujourd'hui, ce n'était pas la joie, ni le désir qui lui donnaient des ailes, mais une urgence qui la faisait frissonner d'appréhension. Elle sentait confusément qu'elle ne serait pas bien accueillie et elle essayait de trouver assez de courage pour arriver au bout de sa démarche.

— Quelle belle surprise! s'exclama Marcel en la voyant entrer. Qu'est-ce que je peux faire pour toi? Aurais-tu des ennuis dans ta section?

Jeanne s'assit, sans y être invitée, dans le gros fauteuil de cuir qui faisait face au pupitre. Elle ne parvenait pas à répondre, avalait sa salive et, avec des gestes nerveux, elle n'arrêtait pas de tirer sur les plis de son tablier.

— Qu'est-ce que tu veux au juste? demanda encore Marcel. Mais parle, voyons! Je n'ai pas toute la journée pour t'écouter. Est-ce le fait de me voir derrière ce pupitre au lieu de t'attendre à la porte comme d'habitude qui te paralyse?...

Il semblait ennuyé de la voir là, alors qu'il ne l'avait pas invitée. C'est lui qui, en général, prenait les initiatives et il lui déplaisait d'avoir à supporter une présence qu'il ne désirait pas.

— C'est que… commença Jeanne, ce que j'ai à dire est pas facile…

— Dis toujours, on verra ensuite !

— Je pense que je suis enceinte…

Il sursauta et, pour ne pas tomber, il dut prendre appui sur le rebord de la fenêtre, tant la nouvelle l'avait surpris.

— Tu crois ou tu en es certaine ? insista-t-il.

— Je suis sûre !

Marcel se mit à arpenter la pièce, une main enfoncée dans la poche de son pantalon. De l'autre, il ne cessait de tirer sur sa chaîne de montre, la sortant de sa veste, pressant le bouton-poussoir pour vérifier l'heure, puis la remettant dans sa poche. Finalement, après un silence qui avait mis Jeanne au supplice, il s'arrêta devant elle et la dévisagea longuement.

— Et je suppose que tu veux me faire croire que ce bébé est de moi ?… lâcha-t-il d'une seule traite.

Jeanne rougit sous l'insulte. Subitement, son monde rempli des rêves les plus merveilleux s'écroulait. Elle comprenait soudain où il voulait en venir.

— Ben sûr qu'y est de toi ! cria-t-elle, indignée qu'il puisse mettre sa parole en doute.

— Évidemment, vous, les femmes, vous êtes toutes les mêmes ! Vous vous choisissez une bonne poire et vous vous empressez de lui faire endosser la paternité d'un autre !

— Je comprends pas… commença Jeanne.

— Ne joue pas l'innocente avec moi ! Tu as très bien compris. Avoue donc plutôt que tu as couché avec d'autres garçons et que c'est un de ceux-là qui t'a engrossée.

— C'est pas vrai pis vous le savez ben ! cria Jeanne.

Sous la colère qui l'étouffait presque, elle avait repris le vouvoiement des débuts. Elle ne pouvait croire ce qu'elle entendait. Cet homme qui l'avait séduite, alors qu'elle était consentante, ça elle devait bien se l'avouer, la traitait comme une roulure.

— Vous étiez le premier, pis vous le savez ! lança-t-elle encore.

— Peut-être, mais pas nécessairement le dernier ! répondit-il avec un sourire méprisant.

— C'est effrayant de me dire des affaires pareilles ! Vous devriez avoir honte !

— Honte ? Mais, ma pauvre fille, je ne crois pas t'avoir jamais forcée à coucher avec moi ?

Tout ce que je sais maintenant, c'est que tu me places dans une situation très embarrassante. Tu t'attendais à quoi au juste, en venant me trouver ?...

— Ben... je...

— Tu ne pensais tout de même pas que j'allais te proposer le mariage ? ricana Marcel. Ce serait vraiment trop facile. Oh non ! Pas question !

Jeanne se leva d'un bond et se dirigea vers la porte, mais un étourdissement la saisit, et pendant un instant, elle resta là, au milieu de la pièce, vacillante, se demandant si elle n'allait pas s'évanouir. Elle avait l'impression d'être blessée à mort, comme ce chevreuil qu'elle avait vu un jour, à l'Anse-à-Thomas, les pattes raides, refusant de s'écrouler, même si le coup de feu qu'il avait reçu lui avait été fatal. Elle se redressa, fière, surmontant sa faiblesse, pressée de quitter ce bureau où elle n'était plus la bienvenue.

— Attends un peu ! dit Marcel, comme elle mettait la main sur la poignée de la porte. Reviens ici !

Il avait remarqué sa pâleur et soudain sa lâcheté lui fit honte. Il savait bien qu'elle était vierge quand il l'avait séduite. Elle était différente de toutes les autres filles qu'il avait tenues dans ses bras. Même quand elle s'abandonnait à ses caresses, elle gardait une sorte de pudeur qui la protégeait de toute vulgarité. Il se refusait à endosser cette paternité, mais il crut bon de l'aider en lui offrant de l'argent. Malgré son appel, Jeanne restait toujours immobile.

— Viens ici, répéta-t-il en fouillant dans sa poche. J'ai quelque chose pour toi.

Il s'approcha de Jeanne et, s'emparant de sa main, il y glissa une liasse de billets de banque. Dès qu'elle vit cet argent, la jeune fille sursauta, comme si Marcel venait de lui brûler la peau. Elle lui fit face et, d'un geste rageur, lui lança les billets au visage.

— J'ai pas besoin de votre charité ! cria-t-elle. Gardez ça pour vous payer d'autres filles ! Moi, je souhaite rien qu'une chose, c'est de plus jamais vous parler ! Pis, à partir d'astheure, cherchez-vous une pension ailleurs, parce que si je vous revois chez nous, je dirai la vérité à ma mère !

Elle sortit en claquant la porte, le laissant interdit. Autour de lui, les billets voltigeaient encore sous la poussée de l'air que cette sortie avait déplacé. Une fois dans le corridor, Jeanne dut s'appuyer au mur, prise d'une nouvelle faiblesse. Une violente nausée lui monta aux lèvres et elle serra les dents pour la réprimer. Quand elle fut certaine que ses jambes ne la trahiraient pas et qu'elle ne vomirait pas, elle retourna prendre sa place à la grande table de l'atelier, auprès de ses compagnes.

— Je vois que la conversation a été longue? ironisa le contremaître, mais cette semaine, ta paye, elle, sera moins grosse. Ici la compagnie ne finance pas les loisirs, ma chère Jeanne!

Elle eut envie de lui répondre que tout lui était égal maintenant. Elle se remit à rouler machinalement les cigarettes, indifférente aux bruits qui l'entouraient.

— Veux-tu ben me dire ce que t'as à matin? lui souffla son amie Flavie.

— Je te le dirai tantôt, mais là, je voudrais qu'on me laisse tranquille!

Quand la sonnerie annonça l'heure du dîner, Jeanne entraîna son amie à l'écart pour lui parler.

— Écoute-moi, veux-tu, pis dis rien. Je suis ben mal prise, Flavie, et y faut absolument que tu m'aides! Je t'ai entendue parler l'autre jour d'une femme du quartier qui aidait les filles à se débarrasser des bébés qu'elles voulaient pas...

— T'es enceinte? l'interrompit Flavie qui ne pouvait rester silencieuse. Mon Doux!... Je m'en doutais ben aussi, y avait qu'à te regarder, toute pâle, sans appétit. C'est la faute au boss, hein ?…

— Ben oui, mais y veut pas le reconnaître. Ça fait qu'y faut que je me débrouille sans lui. Je peux pas le garder, ce petit-là. Veux-tu m'emmener chez la femme qui peut me libérer ?

— T'as de l'argent ?

— Un peu. Ça coûte cher ?…

— Je pense que c'est autour de vingt piastres. T'as ça ?

— Je les aurai, t'inquiète pas. Quand est-ce que ça peut se faire ?

— Ben, ça dépend. Y faut que je m'informe. Donne-moi une couple de jours, pis si tout est correct, je t'emmènerai chez elle. Mais je t'avertis que c'est ben dangereux ! Y a des filles qui sont mortes au bout de leur sang en sortant de là !

— Ça me fait rien. J'aime autant mourir que de rester de même !

Leur conversation s'était déroulée à voix basse. L'essentiel ayant été dit, Jeanne se refusa à prolonger ses confidences, malgré l'insistance de Flavie qui désirait en savoir plus. Elles rejoignirent leurs compagnons qui, assis sur le plancher, achevaient leur maigre repas, le plus souvent composé de pain et de fromage.

Chapitre 12

Yves avait à peine fini d'avaler ses céréales, en essayant de ne pas trop en répandre sur lui, quand sœur Saint-Pierre vint le chercher pour le conduire au bureau du médecin. Ces visites quotidiennes où il rencontrait différents spécialistes horripilaient Yves. Celle qui lui était le plus insupportable l'attendait maintenant derrière cette porte close. Dans un instant, le psychiatre recommencerait à fouiller dans ses pensées, essayant de faire surgir de sa mémoire des souvenirs qu'il s'obstinait à ne pas dévoiler. Il lui semblait qu'on prenait un malin plaisir à lui parler de son enfance, de son cousin surtout, et de ses problèmes avec les siens.

— Aujourd'hui, commença le médecin dès qu'Yves fut devant lui, j'aimerais que vous me racontiez à nouveau vos disputes avec André. C'est bien le nom de votre frère, n'est-ce pas ?

— Y est pas mon frère, y est juste mon cousin.

— Mais il s'appelle bien André ?

— Oui, c'est son nom, mais c'est vous qui

parlez de disputes, répondit Yves, déjà sur la défensive. Moi, je l'ai toujours aimé.

— N'y avait-il pas une certaine rivalité entre vous ? Une rivalité qui vous portait ombrage ? C'est très fréquent que des membres d'une même famille se jalousent tout en s'aimant, vous savez…

— C'est tout le temps lui qui avait le beau rôle, laissa échapper Yves en interrompant le médecin.

Sa main gauche s'était soudainement crispée sur l'appui-bras de son fauteuil, et une contraction douloureuse agitait sa mâchoire. Le psychiatre l'observait, conscient de l'expression tourmentée que devait présenter ce regard caché sous des pansements. Par expérience, il connaissait le sentiment de délivrance qu'apportent toujours les confidences qu'il arrivait à extraire péniblement de certains cerveaux malades.

Depuis l'arrivée d'Yves à l'hôpital, il avait rencontré Jeanne à plusieurs reprises, Mathilde et André une fois ou deux, et tous les trois lui avaient parlé du comportement de son patient. La seule chose qu'ils n'avaient pu lui dire, c'est la raison du départ subit d'Yves et celle de son enrôlement.

— J'en ai ben voulu à mon mari, docteur,

quand y a renvoyé Yves en ville, avait expliqué Mathilde. J'ai jamais su pourquoi, pis c'est ben ça le pire. Notre garçon a toujours fait du grabuge, pis y est déjà parti avant ça, mais me semble qu'on peut pas chasser son fils sans une bonne raison, pis moi, j'en trouve pas, une bonne raison.

— Votre mari vous l'a peut-être cachée, pour ne pas vous faire de peine?

— Ça se peut. En tout cas, moi, je peux pas lui pardonner de m'avoir privée de mon garçon.

— Mais il vous restait au moins André. Il est votre neveu et non votre fils?

— Ben sûr, si on regarde les choses de même. Moi, c'est pas comme ça que je vois ces affaires-là. Quand ma belle-sœur est morte, après la naissance d'André, son mari a pas pu vivre de même ben longtemps. Leur bébé avait juste quelques semaines quand mon beau-frère s'est suicidé. C'est là que Pierre m'a dit: «Si on l'adoptait?» Moi, j'étais enceinte de huit mois, pis je trouvais que ça serait ben de l'ouvrage, m'occuper de deux petits à la fois. Ça fait que Pierre a insisté, pis y a promis qu'y m'aiderait. J'ai ben compris ses raisons, vu que mon beau-frère défunt était le jumeau de mon mari, pis j'ai dit oui.

— Dites-moi, madame, avez-vous jamais

montré de préférence pour l'un ou l'autre de vos enfants ?

— Jamais, docteur ! Comment que vous pouvez penser une affaire pareille ? répondit Mathilde, offusquée.

— Je n'ai pas dit que vous l'aviez fait.

— Une chance, parce que c'est pas vrai. Ce petit-là, y avait l'air d'un ange, pis souriant à part ça. Moi, je l'ai aimé de suite, je me rappelle que je le berçais sur mon gros ventre en lui chantant des beaux airs du pays. Me semblait que le petit que je portais pouvait m'entendre, pis quand Yves est né, j'ai commencé à le nourrir au sein, ça fait que j'ai fait pareil avec André, en me disant que le lait d'une femme, c'était ben meilleur que le lait de vache. Y a eu l'air de ben s'en porter, pis moi, j'ai eu l'impression d'avoir des bessons. À six mois, y étaient tous les deux pareils. Non, j'ai jamais fait de différence, comme vous dites.

— Et votre mari, lui ?

— Pas plus. Mais après le départ d'Yves, son caractère a ben changé. Y est devenu coléreux et y a l'air heureux rien que quand y travaille dans les champs, en train de retourner la terre. Mais une affaire que je comprends pas, c'est que quand y croise notre bru, y lui tourne le dos. André a ben tenté de savoir pourquoi, puisque son père s'était toujours ben entendu avec Rose-Aimée avant le départ d'Yves, mais y a refusé de répondre. Y s'est contenté de marmonner je sais pas trop quoi. Je pense ben que c'est à cause de mon mari qu'André est parti vivre ailleurs avec sa femme.

Le médecin aurait donné cher pour rencontrer Pierre. Il devinait qu'un événement très grave avait dû se produire, quelque chose de plus important que de simples chicanes de famille. C'était probablement cet événement qui avait poussé Yves à s'enrôler volontairement. Mais il fallait que ce soit son malade qui en arrive peu à peu à lui révéler ses vraies motivations.

Tant et aussi longtemps qu'il s'obstinerait à maquiller la vérité, Yves ne retrouverait jamais son équilibre mental. Le médecin devait parfois rester une heure en silence devant cet être meurtri, prisonnier de son tourment intérieur et qui s'entêtait à garder le silence. Chaque jour, il espérait le voir soudainement émerger de sa souffrance, il souhaitait l'entendre crier sa rancœur, le regarder avec joie jaillir de ce fauteuil où il restait immobile, enfin libéré de son carcan d'angoisses.

Mais il s'apercevait que, aujourd'hui encore une fois, Yves ne répondrait pas à cette espérance. Il s'était de nouveau réfugié dans son passé...

* * *

Au-dessus d'une bande de nuages gris, un soleil blanc, pareil à un disque livide, semblait tournoyer dans la froidure de novembre. Le vent qui, hier encore, paraissait incapable de prendre assez d'élan pour escalader la montagne, s'était raffermi. Dès l'aurore, il avait attaqué en grondant la tête des grands pins qui s'inclinaient maintenant sous sa violence accrue. Une véritable partie de cache-cache venait de débuter, une sorte de danse cruelle où les adversaires n'étaient pas de forces égales. Dans un souffle monstrueux, la bourrasque souleva la neige en milliers de petites tornades, dénudant les champs qui commençaient à peine à disparaître sous la première bordée.

Immobile devant la fenêtre, Yves regardait le givre qui envahissait progressivement les carreaux, les couvrant de dessins merveilleux. De petites lignes fourchues s'entrecroisaient pour former peu à peu des pétales brillants qui ne tarderaient pas à se rejoindre et à couvrir entièrement la vitre.

Avec son ongle, Yves s'amusa un instant à

gratter le cœur de quelques-unes de ces rosaces, à écraser entre ses doigts la fine couche de glace qui se liquéfiait aussitôt au contact de sa chair. Il ne resta bientôt plus sur les carreaux qu'un jardin de fleurs dévasté, sur lequel le vent s'acharnait.

Chaque fois qu'il se querellait avec André, Yves sentait le besoin de détruire quelque chose. Une pulsion qu'il ne comprenait pas le poussait à tuer la beauté, avant même qu'elle ne s'épanouisse pour arriver à le séduire. C'est alors que, par tous les moyens possibles, il cherchait à blesser son cousin. C'était comme s'il voulait se punir de n'avoir su réprimer des gestes qu'il avait accomplis. La veille encore, leur affrontement avait été si violent que Mathilde avait dû intervenir pour les séparer.

Elle était avec Yves dans la grange, et André s'apprêtait à les rejoindre quand il s'était trouvé face à une horde de loups. Ils venaient de surgir de la forêt et ils s'approchaient de la maison. André rentra aussitôt, saisit la carabine de son père et la chargea comme on lui avait appris à le faire. Il sortit et, malgré la peur qui le faisait trembler de tous ses membres, il réussit à tirer dans leur direction. Après un instant d'hésitation et alors qu'André se demandait s'ils n'allaient pas l'attaquer, les loups se dispersèrent dans la forêt.

— Mon Dieu que j'ai eu peur en entendant ce coup de feu ! s'exclama Mathilde qui accourait avec Yves, au moment où le dernier loup de la meute regagnait les sous-bois. T'as été ben brave, mon garçon.

— C'est pas ça. C'est parce que papa m'a dit quoi faire si quelque chose de même arrivait. « Y faut tirer en l'air », qu'y m'a expliqué.

— Un vrai héros, ricana Yves qui regrettait de ne pas avoir été à la place de son cousin pour recevoir les mêmes louanges. On jurerait que tu viens de te battre contre des bêtes enragées !

Il dévisageait André qui, par sa seule présence, lui inspirait tant de sentiments contradictoires. Il admirait son calme, sa simplicité, sa générosité, alors que lui n'était que nervosité, orgueil et égoïsme. Il voyait, par contraste, l'image de ses propres faiblesses, et ça lui était insupportable.

Il aurait tant aimé être courageux, alors que, trop souvent, il était lâche devant le moindre danger. Il aurait aimé trouver en lui assez d'humilité pour être capable d'avouer ses torts et demander qu'on les lui pardonne, mais son amour-propre le faisait se cabrer et le portait à blesser les autres davantage. Pourquoi donc sa ressemblance avec André n'était-elle que physique ?... Pourquoi n'étaient-ils pas semblables en tout ?...

Il passa le reste de la journée à chercher noise à son cousin, allumant patiemment l'amorce capable de faire exploser la colère qui grondait sournoisement en lui. L'occasion se présenta d'elle-même au moment du coucher. Quand André mit le pied sur la première marche de l'escalier, Yves lui donna une jambette et le poussa brutalement contre le mur. Déséquilibré, André alla se cogner la tête sur la rampe et il ne put réprimer une grimace de douleur.

— Tiens, on dirait que le grand héros va se mettre à pleurnicher ? ricana Yves.

— T'as fait exprès de me pousser ! dit André en se frottant la tête. Aimerais-tu ça, toi, si je te faisais la même chose ?

— Essaie donc pour voir ! Je parie que tu pourrais même pas m'ébranler. T'es rien qu'un peureux toujours accroché aux jupes de maman !

André se rua sur Yves, autant pour lui prouver qu'il était courageux, que pour se venger. Ils roulèrent tous deux sur le plancher, échangeant des coups de poing et se griffant comme des chats sauvages. Dès qu'André prenait le dessus, Yves le rouait de coups de pied. Mathilde entra au moment où cette bataille menaçait de tourner au drame.

— C'est assez! cria-t-elle en agrippant Yves qui se trouvait à sa portée. Vous devriez avoir honte de vous conduire comme des petits voyous! Je pensais qu'à treize ans vous étiez enfin capables de vous entendre. Une chance pour vous que votre père est pas ici pour voir ça! ajouta-t-elle en relevant André qui se frottait les côtes en grimaçant.

Elle faillit bien recevoir le dernier coup qu'Yves décocha à son cousin, avant de monter l'escalier.

— Tu l'as pas volé! lança Yves en entendant le cri de douleur d'André. Pis si tu veux pas recevoir une autre volée, reste loin de moi!

Mathilde le saisit au moment où il passait près d'elle et elle lui donna une gifle retentissante.

— Tu m'as pas fait mal! cria-t-il, les yeux remplis de larmes qui démentaient ses paroles…

— Compte-toi chanceux que je sois pas assez forte pour te faire tenir tranquille quand tu te conduis de même, Yves, dit-elle. Ton père aurait jamais enduré ça, pis tu le sais ben.

— Je sais surtout qu'y m'aime pas! Y aime ben mieux mon cousin fin…fin! lança Yves en portant la main à sa joue, là où les doigts de sa mère avaient laissé leurs marques.

— Ton père est juste et bon, pis y vous aime tous les deux de la même façon.

— Si c'est vrai, pourquoi c'est toujours moi qu'on punit ?... C'est moi son vrai fils, André est rien que son neveu pis, en plus, y devrait pas vous appeler papa pis maman. Vous êtes son oncle pis sa tante !

— T'as pas le droit de dire ça, Yves. André est autant ton frère que si je l'avais mis au monde, pis y a été nourri avec le même lait que toi.

— Lui aussi y vient d'en faire, une bêtise, y s'est battu, comme moi. Pourquoi que vous le punissez pas ? Pourquoi que c'est moi que vous avez frappé ?

— Parce que tu le méritais. T'as failli estropier André. On jurerait que tu cherches toujours à nous choquer, pis t'as l'air content rien que quand tu réussis à nous faire perdre patience. Astheure, j'en ai assez de vos chicanes. Donnez-vous la main, pis oublions tout ça.

André, conciliant, s'approcha aussitôt de son cousin qui s'écarta, pour bien lui faire comprendre qu'il ne voulait pas céder à la demande de leur mère. Ils se couchèrent sans avoir fait la paix, et Yves lui tourna carrément le dos. Mais ni l'un ni l'autre ne parvint à trouver le sommeil.

Quand la lueur blafarde de l'aube éclaira la fenêtre, Yves rejeta la courtepointe qui les couvrait et se leva brusquement, pour aller se poster, immobile, devant les carreaux. De leur lit, André l'observait, fasciné par cette silhouette que la lumière naissante nimbait d'une sorte d'auréole. Il aurait tant voulu dire à son cousin combien il l'aimait, mais il sentait qu'aussitôt exprimés, ses mots de tendresse auraient été tournés en ridicule.

Après un long moment, Yves revint se glisser sous les couvertures où André feignait le sommeil. Il ne broncha pas quand les doigts de son cousin effleurèrent l'arête de son nez et les contours de son visage, en une légère caresse. Par ces gestes, Yves semblait vouloir tracer une image qu'il connaissait pourtant très bien.

— Je t'aime, entendit André murmurer à son oreille, pendant qu'il sentait Yves se rapprocher de lui pour se coller à sa chaleur, comme il le faisait chaque nuit avant de s'endormir.

Depuis qu'ils étaient tout petits, ils ne trouvaient le sommeil que réunis affectueusement ainsi et, bien au chaud, ils ne s'éveillaient que lorsque le soleil venait caresser leurs têtes brunes.

* * *

Yves ne fut pas conscient d'avoir prononcé ce «Je t'aime, André!» à voix haute, ni d'avoir ajouté: «Mais tu m'as pris Rose-Aimée!» Il l'avait fait avec la même intonation et la même douceur que ce matin-là, il y avait si longtemps.

Le psychiatre était demeuré silencieux tout au long de cet intervalle où son patient semblait replié sur lui-même. Si quelqu'un les avait vus tous les deux, ils auraient pu croire qu'ils dormaient, tellement le silence était lourd. Le médecin observait Yves avec attention, les yeux mi-clos, les mains jointes sous son menton, et il eut un sourire malicieux en entendant les paroles d'Yves.

C'était la première fois depuis son arrivée à l'hôpital que le jeune homme sortait de son marasme habituel. Quelque chose venait sans doute de se déclencher dans son esprit, une sorte de mécanisme qui pouvait mettre en marche tout le processus d'une guérison complète. C'est du moins l'espoir que nourrissait le médecin, et il se promettait bien d'apprendre prochainement ce que représentait pour Yves cette Rose-Aimée. Sans plus attendre, il pressa un bouton et, presque aussitôt, sœur Saint-Pierre entra dans le bureau.

— Vous pouvez reconduire votre protégé, ma sœur. Ce sera tout pour aujourd'hui, dit-il.

— Tout?... s'étonna Yves. Mais je viens juste d'entrer ici!

— Vous avez dû dormir un peu, monsieur Yves, dit la religieuse. N'est-ce pas ce qui est arrivé, docteur?

— En effet, il s'est assoupi un moment, ma sœur, répondit le médecin.

— Ben moi, j'ai l'impression d'avoir fait un cauchemar! s'exclama Yves.

— C'est peut-être ce qui s'est produit pendant votre sommeil, dit sœur Saint-Pierre.

Yves semblait étonné. Il était évident qu'il ne s'était pas rendu compte que plus d'une heure venait de s'écouler. Le psychiatre regarda s'éloigner le fauteuil roulant, puis une fois que la porte fut refermée, il se pencha sur le dossier encore ouvert devant lui et il écrivit longuement.

Chapitre 13

Jeanne se préparait à sortir pour aller porter à Yves les friandises qu'elle avait cuisinées pour lui. Sur la table, elle venait de déposer un petit panier rempli de sucre à la crème auquel elle avait ajouté des gâteaux glacés au chocolat et quelques fruits. Comme elle ouvrait la porte, elle se trouva nez à nez avec le postier qui, lui, s'apprêtait à sonner.

— Je gagerais que vous m'avez vu arriver? dit-il.

Puis l'apercevant avec son chapeau sur la tête et les mains déjà gantées, il ajouta:

— Ah!… vous alliez sortir, madame Jeanne?

Il semblait déçu. Chaque fois qu'il faisait sa tournée, il ne manquait jamais de s'arrêter chez elle pour faire un brin de causette. Il avait déjà fait partie des pensionnaires de Charlotte, et il savait que Jeanne avait toujours pour lui une tasse de café bien chaud et quelques biscuits. Mais aujourd'hui, il se rendait compte qu'il arrivait trop tard pour profiter de cette hospitalité coutumière.

— Je pourrai pas jaser avec vous, dit Jeanne. Je suis un peu pressée.

— Faites-vous-en pas, ce sera pour une autre fois. Tiens, vous avez une lettre à matin, ajouta-t-il, en lui tendant une enveloppe assez volumineuse. Il faut que je continue ma route astheure.

Jeanne le regarda s'éloigner, puis elle se hâta de décacheter l'enveloppe oblitérée à Québec. Elle avait hâte de lire les nouvelles que lui envoyait Sophie, sa grande amie, qui avait été longtemps sa voisine à l'Anse-à-Thomas avant de déménager à Québec. Une photo était glissée entre les pages, une photo à l'endos de laquelle Sophie avait écrit: « As-tu jamais vu une mariée aussi belle? » Puis, plus bas, elle avait ajouté: « Germaine, 30 mars 1915. »

Jeanne avait de la difficulté à se concentrer sur le contenu de cette lettre. Ses yeux revenaient sans cesse à la photo, et des larmes de joie débordaient sur ses joues. « Comme t'as pas pu venir à la noce, tu peux admirer notre fille avec la photo que je t'envoie », écrivait Sophie. Et elle ajoutait un peu plus bas: « Le photographe a pris tellement de temps pour nous envoyer l'album du mariage, que je peux t'annoncer déjà que Germaine attend du nouveau! Pense donc, notre premier petit-enfant! Tu vas être aussi contente que nous en l'apprenant, pas vrai?»

Jeanne se rappelait qu'à la veille de ce grand jour dont parlait Sophie, elle avait bien failli changer d'idée et partir sans en avertir personne. Il lui aurait suffi de monter dans le train et, une fois à Québec, de se rendre jusqu'à l'église où avait lieu la cérémonie. Là, sans se faire voir, elle aurait attendu l'arrivée du cortège nuptial, mais elle avait vite compris que ce projet ne pourrait que lui faire du mal. Elle avait choisi depuis vingt ans de rester dans l'ombre et elle n'avait pas le droit, aujourd'hui, de reprendre sa parole. C'était le prix à payer pour protéger cette partie de son passé qu'elle s'efforçait d'oublier sans vraiment y parvenir.

Personne, advenant que quelqu'un lise cette lettre, ne pourrait se douter de ce que les mots «notre fille» signifiaient pour elle et Sophie. Jeanne lut et relut les nombreux feuillets et, après avoir encore longuement contemplé la photo, elle l'embrassa avec ferveur, pour ensuite la presser contre son cœur. Comme sa Germaine était belle! Le satin de sa robe donnait un doux chatoiement à son visage radieux. Un liséré de dentelle enserrait son cou mince et gracieux comme celui d'un cygne et, sur le col étroit, était épinglé un petit camée cerclé d'or. C'était celui que Jeanne lui avait offert pour sa graduation.

Ce qu'il lui avait fallu rogner sur l'argent du ménage, pour accumuler la somme nécessaire à cet achat! Quand son mari l'avait vue emballer la petite boîte dans du papier de soie, il n'avait pu s'empêcher de lui dire:

— Pourquoi te donner tant de mal pour une fille que tu connais même pas?

— C'est surtout pour plaire à Sophie que je le fais. Elle a été si bonne pour moi autrefois! avait-elle répondu, honteuse d'avoir à mentir à Oscar.

Aujourd'hui, elle se rendait compte qu'elle avait eu bien raison de ne jamais avoir troublé la vie de Germaine en lui révélant son secret. Sophie l'avait laissée libre de le faire. Elle lui avait maintes fois affirmé que si elle regrettait son geste, si un jour elle désirait rencontrer Germaine, elle comprendrait et ne lui en voudrait pas. Mais Jeanne préféra rester dans l'ombre, quelle qu'ait pu être sa peine, et elle ne s'en était jamais repentie.

Elle avait l'impression que ses jambes ne la porteraient plus, tellement son émotion avait été forte. Elle se leva, s'essuya les yeux et alla glisser la photo dans une armoire, sous une pile de draps qu'elle seule déplaçait. Puis, un peu remise, elle se sentit assez forte pour sortir. Yves l'attendait et elle ne pouvait lui faire faux bond.

Pourquoi prit-elle ce détour?... Elle dut bien s'avouer qu'elle avait besoin de revoir cet endroit où elle était venue, il y avait près de vingt ans maintenant, bien décidée à se débarrasser de ce bébé qu'elle ne pouvait se permettre de garder. Elle se rendit jusqu'à cette rue sans issue et, pendant un instant, elle eut l'impression de revivre les moments pénibles qu'elle y avait vécus.

* * *

Flavie l'avait laissée au coin de la rue.

— T'es sûre que tu veux pas que je reste avec toi jusqu'au bout?... lui demanda-t-elle, sans pourtant trop insister.

— Non, non, ça va aller, je t'assure. T'as ben dit que c'était au numéro 90?... Je le vois pas.

— La maison est dans l'impasse. T'as qu'à entrer dans la cour intérieure pis tu vas la voir. Moi, je te promets que je vais t'attendre ici, dit-elle en s'asseyant sur le pas d'une porte qui semblait barricadée. Tu vas voir, ce sera pas long. T'as l'argent au moins?...

— Oui, oui, crains rien.

Le matin où elle avait demandé à Flavie de

l'aider, elle était retournée presque immédiatement au bureau de Marcel, espérant qu'il soit toujours là. Il avait semblé surpris de la voir, surtout après la façon dont elle l'avait quitté. Elle lui fit face, la tête haute, le dos appuyé à la porte, évitant ainsi qu'il la touche.

— J'ai ben pensé à mon affaire, monsieur Marcel, commença-t-elle. J'ai pas eu raison de me choquer de même et de pas prendre l'argent que vous m'avez offert. Si vous voulez toujours m'aider, comme vous l'avez dit, je le prends.

Elle n'avait pas l'impression de demander l'aumône. Elle ne prenait que ce qui lui était nécessaire pour mener à bien son projet.

— Je suis bien content de te voir plus raisonnable, ma belle, dit Marcel, souriant. Tu vois, ajouta-t-il en désignant son pupitre, l'argent est toujours là. Prends-le, il est à toi.

Jeanne passa devant lui en le contournant pour ne pas le frôler et, prestement, elle se saisit des billets de banque qu'elle enfouit dans la poche de son tablier. Puis, sans le remercier, sans même jeter un regard à cet homme qui l'avait si cruellement déçue et qui, elle en était persuadée, devait se sentir très généreux, elle quitta le bureau et se retrouva dans le corridor. Encore étonnée du courage qu'elle avait eu de revenir affronter Marcel, elle regagna sa place près de Flavie, sans lui expliquer la raison de son absence.

* * *

Maintenant, l'argent se trouvait là, dans son sac à main. Un montant plus que suffisant pour payer les services de cette « faiseuse d'anges », comme on la nommait entre initiées. Jeanne n'eut pas à attendre longtemps pour qu'on lui ouvre. Il lui sembla que le coup de sonnette résonnait aussi fort que les cloches de l'église quand elles annonçaient l'angélus. Mais aujourd'hui, ce n'était pas un son joyeux qui tintait à ses oreilles, mais plutôt une sorte de glas, comme celui qui précède un enterrement. Et cet enterrement était celui de ce bébé qu'elle portait et qu'elle se préparait à tuer !

— Entre, ma belle, entre vite ! dit une femme en la tirant prestement à l'intérieur.

Malgré son obésité, elle se déplaçait avec aisance, et le sourire qu'elle arborait se voulait accueillant. Mais son regard fuyant trahissait sa cupidité et Jeanne se sentit immédiatement mal à l'aise dans cette antichambre qui sentait la soupe au chou. Sur les murs, le papier peint pendait lamentablement aux endroits où l'humidité et l'usure l'avaient décollé.

— Fais pas attention, ma belle, reprit la femme en voyant les yeux inquiets de sa cliente, je suis en plein dans le grand ménage. Passe dans la pièce d'à côté, c'est là que je vas te soulager de ce qui te gêne. T'as l'argent, toujours ben ?

Jeanne la paya et entra aussitôt dans une pièce, au centre de laquelle il y avait une table recouverte d'un drap. Sur une desserte, contre le mur, des instruments d'une propreté douteuse gisaient pêle-mêle sur une serviette qui ressemblait plutôt à un linge à récurer. Des taches brunâtres rouillaient les trames de la toile, et Jeanne frémit en les voyant. Il s'agissait de toute évidence de sang séché. Un haut-le-cœur la secoua et elle dut faire un effort pour ne pas vomir.

— Déshabille-toé que je me rende compte où t'en es rendue, dit la femme qui s'apercevait du malaise de sa cliente et qui avait hâte d'en finir avec ces préliminaires pour passer à l'action. Ça te gêne de le faire devant moé?... ajouta-t-elle. Faut pas, ma belle, je suis habituée pis je sais ben qu'au dernier moment vous êtes toutes pareilles. Si t'aimes mieux ça, je vas te laisser seule. Moé, j'en profiterai pour aller brasser ma soupe. Quand t'auras fini, couche-toé pis attends. Aie pas peur, je te ferai pas mal !

Elle avait parlé sans arrêt, essayant sans doute

d'anesthésier ainsi la frayeur qu'elle voyait, bien présente, dans les yeux de la jeune fille. Mais quand elle sortit de la pièce, Jeanne fut soulagée du silence qui l'environna tout à coup. Ce bavardage l'avait étourdie, et maintenant elle ne pensait plus qu'à en finir avec cette épreuve qui l'attendait, pour aller ensuite retrouver Flavie.

Elle s'assit au bord de la table, les bras croisés sur sa poitrine, grelottante d'angoisse. Avec ses doigts tremblants, elle déboutonna sa jupe, tira un peu pour la faire glisser, puis elle la plia soigneusement et la déposa à ses côtés. Il lui fallait encore enlever sa petite culotte, mais elle ne pouvait se décider à le faire. Elle se contenta de l'abaisser sur ses cuisses et regarda son ventre nu et toujours plat, dans lequel une vie se formait depuis déjà deux mois. Elle eut soudain l'impression d'établir un contact avec son bébé, à travers la mince couche de chair qui les séparait tous les deux. Une vague de tendresse l'envahit tout à coup. Instinctivement, ses mains vinrent enserrer son ventre, comme si elle voulait par ce geste lui communiquer leur chaleur, calmer ces crampes d'angoisse qui le glaçaient.

— T'es pas encore prête ? s'exclama la femme qui venait d'entrer sans que Jeanne l'entende.

J'ai pas rien qu'toé à voir aujourd'hui, tu sais! Couche-toé qu'on commence!

Jeanne obéit machinalement et, pour ne pas regarder ce que lui ferait cette femme, elle se mit à examiner le plafond. Elle sentit qu'on lui retirait complètement sa petite culotte et qu'on lui écartait les cuisses. Elle regarda avec plus d'attention la grande lézarde qui zigzaguait d'un côté à l'autre du plafond, et pendant un court instant, il lui sembla qu'elle s'entrouvrait, qu'elle allait l'engloutir et l'avaler. Et elle se prit à l'espérer. Disparaître!… Pouvoir se soustraire aux doigts de cette femme qui violait son intimité!…

Une voix s'éleva dans la pièce voisine:

— T'es-tu là, Émérencienne?…

— Ben oui, je suis là. Qu'est-ce que tu veux?

— Je m'en venais t'emprunter du sucre. T'en as-tu? insista la femme.

— Comme si a le savait pas!… soupira Émérencienne pour elle-même.

— M'entends-tu, coudon? cria encore la femme.

— Ben oui, je t'entends! Crie pas si fort, j'arrive! lança Émérencienne en s'écartant de Jeanne. Bouge surtout pas, hein? Je reviens de suite, commanda-t-elle avant de s'éloigner vers la cuisine en marmonnant: Y faut toujours qu'a vienne se fourrer le nez oùsqu'à a pas d'affaire, celle-là ! J'aurais donc dû barrer la porte de ma cuisine !

Une fois seule, Jeanne se redressa. Non, elle ne pouvait aller jusqu'au bout de cette épreuve ! Elle se leva d'un bond, enfila ses vêtements à la hâte et se glissa silencieusement dans le hall, pendant que la femme discutait avec Émérencienne. Jeanne parvint à ouvrir la porte extérieure sans qu'on l'entende, et, sans penser un seul instant à reprendre son argent, elle se retrouva dehors. Jamais l'air ne lui avait semblé si pur ! Elle s'enfuit en courant, comme si elle avait des ailes, jusqu'à l'endroit où l'attendait Flavie, et elle lui sauta littéralement au cou.

— C'est déjà fini ?... s'exclama son amie, étonnée de revoir Jeanne si tôt. T'as pas mal au moins ?... Tu saignes pas trop ?...

— Y a rien de fait, pis je garde mon bébé.

— Mais t'es folle ! Comment tu vas t'arranger ?...

— Je penserai ben à une solution. En attendant, arrive ! Tout d'un coup, j'ai faim. Me semble que ce serait bon de lécher un cornet de crème à' glace. T'en veux un, toi aussi ?

— Ben, je dis pas non. Mais sais-tu que t'as des goûts de femme enceinte ! dit Flavie en riant.

— Non, c'est juste une idée de quelqu'un qui vient de l'échapper belle !

Quand elle fut chez elle, Jeanne s'empressa d'écrire une longue lettre à Sophie. Elle ne lui cacha rien, lui raconta tout ce qui lui arrivait et lui demanda un conseil sur ce qu'elle devrait faire dans les mois à venir. Sophie ne l'avait jamais abandonnée quand elle était sa voisine à l'Anse-à-Thomas, et Jeanne avait gardé le contact avec elle après que la jeune femme se fut installée à Québec pour s'y marier.

Jeanne ne savait pas trop ce qu'elle attendait de son amie, à part des encouragements qu'elle n'avait pas cessé de lui prodiguer dans tous les moments difficiles qu'elle avait eu à traverser après son arrivée à Montréal. Elle connaissait aussi sa discrétion, et son secret serait bien gardé. Un peu rassérénée, elle mit la lettre à la poste dès le lendemain et elle s'efforça de reprendre son travail comme si de rien n'était. Elle prit bien soin d'éviter toute rencontre avec Marcel qui, d'ailleurs, envoya chercher ses affaires personnelles le soir même, à la grande surprise de Charlotte.

— Je comprends toujours pas qu'un homme ben comme lui me fasse un affront pareil ! soupira-t-elle, en regardant sortir les valises.

* * *

Assise, depuis un moment, au pied du lit où dormait Yves, Jeanne pensait à tous les événements qui avaient bouleversé sa vie.

La lettre de Sophie y était probablement pour quelque chose. Elle avait réveillé, en elle, bien des souvenirs pénibles. Si, il y avait vingt ans, la compagnie MacDonald n'avait pas brûlé, tout aurait peut-être été différent. Le fait de penser à ce jour-là, la ramenait dans cet enfer de flammes qui avait bien failli la tuer.

C'était le 24 avril 1895.

Il était plus de dix-sept heures. Malgré les contremaîtres qui surveillaient l'atelier, le rythme du travail avait ralenti, et les employés parlaient déjà de ce qu'ils feraient dans la soirée. Jeanne se sentait épuisée. Depuis le matin, elle combattait des nausées qui l'avaient obligée à s'absenter pour aller vomir plus d'une fois.

— T'es donc ben pressée d'aller chez monsieur Marcel ! ricanait le chef d'atelier à chaque fois qu'elle sortait en courant de la salle.

— Pourtant, me semble qu'y t'ouvre pas sa porte ben ben souvent, de ce temps-ci, ironisa quelqu'un d'autre. C'est-tu à cause de ça que t'es toute blêmette ?…

— Ah, arrêtez donc vos farces plates ! s'exclama Flavie qui prenait sa défense. Ce que fait le boss, ça nous regarde pas !

— Mais on dirait que ça regardait joliment Jeanne jusqu'astheure !

— Un peu de silence ! ordonna le contremaître. Vous êtes ici pour travailler, pas pour parler !

Pendant cet échange, les grandes feuilles de tabac séchaient au cinquième étage, attendant d'être finement hachées et prêtes à servir à la fabrication des cigarettes. Soudain, spontanément, sans que rien ne le laisse prévoir, une flamme s'éleva et, avant que quelqu'un puisse la maîtriser, elle devint incontrôlable. Le feu se propagea à une vitesse incroyable, et bientôt la fumée se mit à envahir les étages, s'insinuant par toutes les issues.

En un instant ce fut la panique. Tous ceux qui travaillaient dans l'atelier essayèrent de descendre pour atteindre la rue, mais on les repoussait en leur ordonnant de remonter et d'attendre du secours. Malgré les ordres, les employés se ruèrent vers les fenêtres, mais dans leur affolement, ils oublièrent que chaque ouverture était grillagée avec une résille de métal ferme et serré qu'on avait vissée en place, pour empêcher quiconque de jeter des cigarettes à l'extérieur, à l'intention de ceux qui convoitaient cette manne venue du ciel.

— Flavie, on va mourir ! cria Jeanne.

— Si ça tient rien qu'à moi, on va sortir d'ici vivantes ! lança la jeune fille.

Et elle ajouta :

— Prends ma main et surtout la lâche pas !

Jeanne obéit comme un automate et, à travers la fumée qui se faisait de plus en plus dense, elles coururent vers le corridor qui menait aux escaliers. Mais un rideau de feu leur barra la route et elles durent rebrousser chemin vers l'atelier où, comme les autres, elles s'emparèrent de tous les objets qui pouvaient leur servir à briser les vitres. Dès que l'air s'engouffra dans la salle, il activa les flammes qui se mirent à danser, fonçant sur tous ceux qui essayaient encore de fuir. Elles semblaient se moquer des cris qui fusaient à leur approche et elles rugissaient dans un grondement effrayant.

Dans cette ruée vers les fenêtres, Jeanne fut bousculée et la main de Flavie lui échappa. La peur lui tordait l'estomac. Bien qu'elle ait été entourée de compagnons qu'elle connaissait pourtant très bien, elle se sentait isolée avec sa peur. Elle avait l'impression d'être seule dans ce brasier qui se transformait en un enfer d'où elle ne pourrait jamais s'évader.

On la projeta tout à coup contre les fenêtres aux vitres brisées, et des morceaux de verre traversèrent les minces semelles de ses souliers, la coupant douloureusement. Elle était maintenant prisonnière parmi cette foule de gens affolés qui la pressaient contre le mur et, derrière les grilles solides qui quadrillaient le ciel, elle pouvait entendre les cris de ceux qui attendaient, massés dans la rue, trois étages plus bas. À travers les clameurs qui montaient vers elle et ses compagnons d'infortune, lui parvenaient le son des cloches des nombreux camions d'incendie.

Devant Jeanne, il y avait la liberté si, enfin, quelqu'un arrivait à arracher les grilles. Derrière elle grondait une véritable fournaise qu'elle aperçut en se retournant. Puis elle leva le menton vers le plafond, à la recherche d'un peu d'air qui lui permettrait de respirer. Il lui sembla qu'il gondolait, rougissait, ondulant comme un mirage brumeux sous la chaleur étouffante d'un été. Plus forte que la lumière du soleil, la lueur du brasier l'aveuglait et les silhouettes tassées devant le mur de feu devenaient incandescentes.

Soudain, Jeanne sentit des bras qui la soulevaient, la projetant plus haut, au-dessus des autres, la coinçant contre la grille d'une des fenêtres. Elle s'y trouva crucifiée, véritable papillon fragile en attente de la fusion. Envahie d'une force surhumaine quintuplée par un désespoir sans nom, elle se mit à tirer sur ce treillis qui lui brûlait les doigts sans qu'elle s'en rende compte. Elle sentait confusément que bientôt, très bientôt, si elle ne parvenait pas à arracher cette barrière qui la séparait de la liberté, il serait trop tard. Elle suffoquait déjà. D'autres mains vinrent se joindre aux siennes et une voix d'homme, la voix d'Oscar, l'un de ses compagnons d'atelier, lui souffla :

— On va s'en sortir, Jeanne !

Quelques instants plus tard, sous les efforts conjugués de tous, la grille tombait dans la rue, mais Jeanne faillit bien être précipitée dans le vide à cause de la ruée de tous ceux qui se lançaient à l'assaut de cette issue. À travers la fumée, elle entrevit Flavie, debout sur le rebord de la fenêtre voisine. Prise de panique, elle essayait d'échapper aux mains qui la retenaient pour l'empêcher de se précipiter dans la rue. Elle y réussit, mais, hélas, sourde à ceux qui lui criaient de patienter, d'attendre les secours, elle se jeta dans le vide et disparut en hurlant.

Jeanne s'accrochait désespérément à ce

compagnon qui la protégeait et lui évitait ainsi d'être piétinée. Il la tint contre lui jusqu'à l'arrivée des pompiers et elle put enfin descendre la longue échelle qui la conduisit parmi la foule. Elle s'écroula dans la rue, indifférente aux bruits qui l'entouraient et à l'eau qui giclait des boyaux d'arrosage. Ses vêtements étaient déchirés, sa figure noircie par la suie, et elle s'aperçut, pour la première fois depuis le début du sinistre, que non seulement ses pieds saignaient, mais que ses doigts étaient brûlés et ensanglantés.

Tous les témoins du drame assistèrent, hébétés et impuissants, à la chute de plusieurs autres victimes qui, pressées par les flammes et devenues folles de terreur, préféraient tenter leur chance de survie en sautant des étages supérieurs. Les corps s'écrasaient à quelques pas des survivants qui se rapprochèrent instinctivement, comme pour se soustraire à cette vision d'horreur. Ce sont les ambulanciers qui les séparèrent pour les transporter dans les hôpitaux voisins.

Jeanne, dont les blessures n'étaient que superficielles, se laissait dorloter par sa mère qui la visitait tous les jours. Charlotte, loin de se douter que les nausées qui secouaient sa fille pouvaient avoir une autre cause que celle de l'incendie, lui répétait :

— Pauvre petite fille, va ! C'est pas surprenant que t'aies mal au cœur, avec toute la fumée que t'as avalée ! Pis ta Flavie qu'est morte !... C'est-y pas effrayant une affaire pareille ! répétait-elle sans cesse.

Ces attentions de la part de sa mère étaient quelque chose de nouveau pour Jeanne qui en avait toujours été privée jusqu'ici. Même sa grand-tante Célestine semblait s'être radoucie et, après son retour à la maison, on l'entoura de tendresse. Mais les jours passaient sans que la lettre qu'elle attendait de Sophie lui parvienne. Sa grande amie restait sa seule planche de salut. Si, par malheur, elle ne pouvait rien faire pour l'aider, il faudrait bien qu'elle avoue bientôt son état à sa mère. L'angoisse que lui causait cette perspective aggravait ses malaises, et elle était dans un état lamentable.

Chapitre 14

Yves venait de terminer une longue séance d'examens et il se sentait soulagé de pouvoir regagner son lit. Comme son fauteuil roulant passait devant une fenêtre ouverte, une odeur particulière et bien connue lui effleura les narines. Il y retrouvait bien sûr les différentes senteurs que lui apportait le vent, mais il s'y mêlait un parfum familier.

— Je suis certain qu'y a des fleurs près d'ici, dit-il à sœur Saint-Pierre qui sourit en l'entendant, pis ça doit être des géraniums!

— Vous avez raison, monsieur Yves. Il y a trois pots de grès remplis de ces belles fleurs rouges sur le rebord de la fenêtre.

— Poilues et avec des feuilles en dentelle qui ont une odeur spéciale que je reconnais. Je me trompe pas, hein?

— Votre odorat est très sensible, monsieur Yves.

Il entendit cette remarque sans y porter trop d'attention, parce que les images que lui apportaient ces odeurs faisaient surgir dans sa tête une foule de souvenirs. Il revoyait sa mère qui prenait plaisir à écarter les rideaux chaque printemps, pour laisser la lumière caresser les feuilles jaunies de ses géraniums.

Dès les premiers beaux jours de mai, Mathilde sortait les plantes languissantes des pots, pour remplacer la terre appauvrie par le manque de soleil. Elle secouait les longs cheveux de leurs racines et les déposait sur la table. Puis elle se rendait au jardin avec les pots vides pour les remplir de terre noire à peine réchauffée par la tiédeur du printemps. Elle plongeait ses mains avec délices dans le sol de son jardin, respirait le parfum très particulier de l'humus qu'elle pétrissait entre ses doigts, avant de le tasser presque amoureusement dans les pots. Une fois dans la cuisine, elle arrosait la terre, y creusait un trou profond et replaçait les géraniums dans leurs nouveaux nids.

Chaque matin, avec son cousin, Yves examinait les plantes qui reprenaient vie lentement. Pour les deux petits garçons, c'était toujours un émerveillement renouvelé de voir ces tiges qui tendaient leurs feuilles naissantes vers le soleil, et d'observer dans le creux de chacune d'elles un nouveau bourgeon qui pointait. Juillet arrivait en même temps que les géraniums fleurissaient, et il serait bientôt temps pour eux de pouvoir se rouler dans les marguerites et les épervières qui tachetaient déjà de jaune, de blanc et d'orange les champs reverdis.

Aujourd'hui, tant d'années plus tard, Yves se demandait comment il avait pu rester si longtemps aveugle à tous ces moments de bonheur qu'il n'avait pas su apprécier dans le temps. Il regrettait amèrement de ne pas avoir profité de son enfance qu'il avait gâchée par son caractère exécrable. Aurait-il encore une fois la chance de retrouver tout ce qu'inconsciemment il avait aimé ?... Pourrait-il respirer à nouveau l'odeur de la terre fraîchement retournée et voir les couleurs variées dont elle se parait à chaque heure du jour ?... Serait-il encore capable de toucher les sillons humides, d'y puiser une poignée de terre grumeleuse, sans regretter de ne pouvoir se servir de ses deux mains pour l'égrener lentement, comme il aurait pu le faire quand il en était encore capable ?...

Yves espérait que, quel que soit son âge au moment où il reviendrait chez ses parents, il prendrait goût à cette vie sur la terre qu'il avait dédaignée jusque-là. Il souhaitait avoir la possibilité de redevenir ce petit garçon qu'il avait été dans le temps et qui se roulait dans les sillons qui creusaient toujours la terre. Il lui semblait les voir en pensée: larges sous ses pas quand il les foulait, puis s'éloignant vers la montagne en se resserrant, pour disparaître finalement dans la forêt, en des lignes fines et à peine bosselées. Tout ce qu'il avait détruit, piétiné avec dédain, saccagé méchamment, le hantait maintenant.

C'était lui qui aurait dû partir chaque automne à la place de son père. Il avait alors la jeunesse, alors que son père se fatiguait plus rapidement avec les années. Il connaissait par cœur tous les détours qu'il aurait pu prendre pour se rendre jusqu'aux chantiers. Il savait avec quelle facilité il était possible de triompher de tous les obstacles qui parsemaient les sentiers de la forêt. Il se souvenait de ces arbres immenses qui semblaient vouloir lui barrer la route et que son père comparait à des sentinelles à l'affût. Derrière ces troncs s'ouvrait une pente douce qu'il devait gravir pour dépasser le sommet de la montagne et atteindre une clairière, sorte de cirque libéré de ses grilles.

Et si par malchance la première neige était venue lui griffer le visage, il aurait pu marcher plus rapidement pour éviter de trébucher dans le creux des fossés que la tempête naissante commençait déjà à remplir. Il se serait hâté pour ne pas s'exposer aux loups qui attaquaient souvent ceux qui s'attardaient dans l'ombre de la nuit. Cette route qu'il connaissait bien pourtant pouvait s'avérer dangereuse quand la neige tombait, dense, dans les sous-bois, cachant les étoiles qui aidaient les voyageurs à s'orienter par temps clair.

Ces sentiers, qu'il avait tant de fois parcourus en pensée, lui étaient aussi familiers que ceux qui le menaient de l'Anse-à-Thomas jusqu'aux villages voisins, mais il avait préféré céder sa place à son père et à André et se sauver à Montréal pour ne pas avoir à les remplacer. Il sentait que l'avenir serait trop court pour lui permettre de réparer le mal qu'il avait fait aux siens.

Quand il regagna son lit, son esprit se remit à vagabonder. Comme toujours, il lui semblait que son corps était celui d'un autre à qui on avait fait subir les pires tortures, mais qui avait encore ses deux mains et ses yeux. Et c'est toujours dans ces instants que la vérité l'atteignait cruellement. Il essayait inutilement d'ouvrir ses paupières sans y parvenir, à cause de cette bande de gaze qui les recouvrait, et il cherchait aussitôt à se saisir de la clochette, sur sa table de chevet, pour demander de l'aide, pour qu'on vienne le débarrasser de ces pansements qui l'aveuglaient.

Mais il ne réussissait qu'à renverser encore une fois tout ce que sa main rencontrait.

Devant son impuissance, il préférait s'abandonner à sa faiblesse et au sommeil qui l'accompagnait. C'est uniquement de cette façon qu'il parvenait à fuir loin de son corps mutilé. Il redevenait pour quelques instants ce petit garçon d'autrefois qui s'émerveillait d'un rien, mais qui se gardait bien de le laisser paraître. Il se revoyait, aidant ses parents à traîner de lourdes branches qu'ils entassaient sur les souches fumantes. Les flammes ne tardaient pas à rejaillir, lançant vers le ciel des étincelles incandescentes qui lui offraient le plus beau des feux d'artifice.

Quel symbole de victoire sur la forêt ne présentaient-ils pas?... Elle reculait chaque jour, cette forêt, laissant la place à une terre riche et débarrassée des roches où les printemps tardifs offraient chaque année la repousse de tiges fragiles. Mais c'est l'automne qui était la saison préférée d'Yves. Quand les souches fumaient encore, et avant que la froidure vienne éteindre la braise qui couvait toujours, il aimait écouter la voix puissante du vent qui hurlait dans la cheminée.

Bien au chaud dans la cuisine, près du poêle où crépitaient les bûches, il regardait la brume qui couvrait les jardins dénudés et parait la rivière d'un voile soyeux. Pendant que les montagnes se dépouillaient lentement de leur feuillage doré, il ne restait plus sur le paysage que cette teinte rosée qui s'accrochait toujours aux arbres et qui durerait tout l'hiver. Seuls les ormes et les saules penchés au-dessus de l'eau garderaient encore pour quelques semaines leurs longues chevelures qui continueraient de flotter à la dérive, au rythme des courants.

C'est alors que le noroît, tel un dément, criait sa victoire. Il franchissait la barrière fragile des clôtures de perches qui semblaient le défier. Il arrachait au passage les dernières fleurs des clématites, et il ne laissait sur les murs que leurs squelettes. Il éparpillait ensuite les fruits rouges des sorbiers sur les champs jaunis.

Yves se souvenait de ce moment où il commençait à compter les semaines. Il guettait le jour où son père rassemblerait ses minces bagages avant de quitter l'Anse-à-Thomas. Il savourait l'instant où il aurait sa mère pour lui seul, se promettant d'avance de ne pas partager son affection avec personne d'autre, d'écarter son cousin, s'il le fallait. Il la regardait s'attrister du prochain départ de Pierre, la voyait le combler d'attentions pendant les dernières semaines qui précédaient cet exil, et il en était jaloux.

Jamais Mathilde ne lui paraissait plus belle que dans ces moments-là. Yves se retenait pour ne pas intervenir quand son père la prenait dans ses bras. Les séparer, ne fût-ce qu'un instant, l'aurait rempli de joie. Pourquoi n'était-ce pas lui qui murmurait de douces paroles à l'oreille de Mathilde?... Pourquoi n'était-ce pas à cause de lui que les joues de sa mère s'empourpraient de plaisir.

Et quand les mains de Mathilde, comme des oiseaux légers prenant leur envol, venaient redresser une mèche rebelle de ses cheveux pour redescendre ensuite le long de ses hanches et replacer un pli de sa jupe, Yves avait l'impression que c'était sur son corps que les mains de sa mère s'attardaient. Il sentait confusément qu'il y avait quelque chose d'anormal dans ce sentiment qui l'attirait vers sa mère, mais il n'aurait pas su le nommer. Il y avait tant de tristesse dans les yeux de Mathilde quand Pierre s'éloignait pour de longs mois, tellement d'inquiétude qu'il ne pouvait comprendre... Il se demandait bien pourquoi le départ prochain de son père lui causait un tel désarroi, puisque quand il aurait quitté la maison, les disputes quotidiennes et les punitions cesseraient automatiquement.

Une crampe dans sa main droite réveilla Yves, et il chercha aussitôt à masser ses doigts qui se raidissaient. Mais il n'y avait pas de main, ni de doigts à frictionner. Il gémit de douleur et de frustration. Il avait ressenti la même douleur autrefois, à l'Anse-Saint-Jean, pendant un séjour chez sa tante Isabelle. Une écharde avait pénétré dans sa chair, loin sous son ongle. Il se rappelait cette douleur cuisante, cet élancement aigu qui l'avaient fait trépigner sur place. Une sorte d'engourdissement avait gagné son poignet, paralysant peu à peu son avant-bras, pour l'ankyloser jusqu'au coude.

— Ma tante ! Ma tante ! avait-il crié en courant vers la maison. Je sens plus mon bras ! Je suis certain qu'on va être obligé de le couper !

En entendant ses hurlements, son oncle Joseph était sorti de la grange avec André. Il s'était approché de son neveu, tandis qu'Isabelle, alertée par les cris d'Yves, sortait sur la galerie, son dernier-né dans les bras.

— Laisse faire, ma femme, dit Joseph, continue de prendre soin du petit, moi je m'occupe de ce grand braillard-là !

Yves lui avait tendu son doigt où, à travers

la transparence de l'ongle, une fine ligne noire tranchait sur le rose de la chair.

— Je vois ce que c'est, constata Joseph. Crie pas de même ! Une *écharpe* ça fait pas mourir personne ! Je vas te l'enlever pis tu t'en rappelleras plus le jour de tes noces !

Et il ajouta en se tournant vers André :

— Pis toi, pourquoi que tu grimaces comme ça ? Viens pas me dire que tu t'es fait mal, toi itou ?

— Ben non. C'est juste que j'aime pas ça quand quelqu'un se blesse.

Joseph l'ignora pour reporter son attention sur Yves. Malgré les cris et les mouvements désordonnés de son neveu qui essayait de lui échapper, Joseph écarta fermement la peau de dessous l'ongle et, après l'avoir bien dégagée, il réussit enfin à saisir l'écharde.

— Je la tiens, ça sera plus long astheure ! dit-il. Serre les dents et braille pas. T'es-tu un homme ou ben donc un bébé ?

La pointe sombre du mince filament de bois commença à glisser hors de la chair. Il s'y était bien incrusté, et Joseph dut appuyer fermement sur le doigt pour en faire sortir une goutte de sang.

— C'est de même qu'on empêche l'infection,

mon gars. Y te reste plus rien qu'à te laver les mains, dit-il, satisfait.

Maintenant qu'il était soulagé, Yves se sentait honteux d'avoir crié si fort pour une aussi petite blessure, et son embarras se mua en une colère qu'il dirigea aussitôt contre André.

— Pourquoi t'as ri de moi ?

— J'ai pas ri, répondit piteusement André.

— Je suis sûr que oui ! lança Yves. Si t'avais eu une *écharpe* de même, t'aurais crié ben plus fort que moi. T'es rien qu'un peureux, pis tu le sais ben !

Sur cette dernière insulte, la seule qui lui semblait appropriée, celle qui pour lui renfermait toute la lâcheté du monde, il tourna les talons pour aller reprendre le bout de bois qu'il s'amusait à sculpter au moment de l'accident. Il se remit au travail sans plus s'occuper de son cousin qui s'éloignait déjà, avec son oncle, en direction de la grange. Yves se retrouvait seul, rongeant son frein, ne comprenant plus pour quelle raison il avait désiré s'isoler des autres, ni pourquoi le fait d'être seul comme il l'avait désiré le rendait aussi malheureux.

Aujourd'hui, son gémissement s'accentuait. Il ressentait la même solitude qu'autrefois, mais sa douleur était beaucoup plus vive. Il ne pouvait rien pour soulager les élancements qui torturaient sa main amputée, ni pour combler le vide qui l'envahissait à la pensée de ce retour chez ses parents, à l'idée d'avoir à côtoyer chaque jour sa Rose-Aimée. Comment arriverait-il à vivre avec son père qui savait tout ce qui s'était passé entre eux ce fameux jour, près de la rivière ? André semblait n'en avoir jamais rien su, mais en voyant sa femme en présence de son frère, ne devinerait-il pas leurs sentiments ? Parviendrait-il un jour à voir clair en lui ?... Comment arrive-t-on à démêler ses émotions ?... Réussirait-il à retrouver assez de sérénité pour connaître enfin cette paix à laquelle il aspirait ?...

Chapitre 15

Yves écoutait distraitement les conversations où se mêlait aussi bien l'anglais que le français. Dans cette salle, comme dans tout l'hôpital d'ailleurs, il n'y avait pas de distinctions de races ni de religions. Chacun y était respecté, et une bonne camaraderie régnait parmi tous ces hommes que la guerre avait blessés physiquement ou psychologiquement. On se moquait bien quelquefois de certains d'entre eux qui se plaignaient un peu trop, mais quand ces moqueries se produisaient, c'était invariablement les plus atteints qui prenaient leur défense.

De temps à autre, une infirmière entrait pour répondre à l'appel d'un patient qui avait soif, et l'eau qui coulait dans l'évier rappelait à Yves le bruit qu'il avait entendu pour la première fois à l'Anse-à-Thomas.

Son père avait installé une pompe manuelle dans la cuisine et l'eau en avait jailli avec force, éclaboussant le plat émaillé déposé sur la tablette. Yves se rappelait, comme si c'était hier, le cri de joie et d'étonnement qui s'était échappé alors des lèvres de sa mère. Elle comprenait que, désormais, elle n'aurait plus à descendre chaque jour à la rivière pour puiser l'eau nécessaire aux besoins de sa famille. À l'automne, elle ne risquerait plus de se briser les reins dans la pente abrupte, rendue glissante à cause des premières gelées, ni de se noyer en avançant sur la mince pellicule de glace qui recouvrait la rivière et qui menaçait de céder sous ses pas à tout moment.

Aujourd'hui, Yves était surpris de voir avec quelle facilité il acceptait tous les progrès qui simplifiaient l'existence de chacun. Autrefois, une nouveauté comme la nouvelle pompe lui avait semblé miraculeuse, mais personne maintenant ne poussait de cri de joie quand l'eau coulait abondamment d'un robinet.

Le va-et-vient qui l'entourait ne tarda pas à l'engourdir à nouveau, et il sombra presque aussitôt dans un sommeil agité où un rêve étrange le rejoignit.

* * *

Il se retrouvait chez lui, à l'Anse-à-Thomas. Dans un geste de colère, il avait brisé la pompe, et l'eau giclait partout dans la cuisine, noyant les meubles qui s'y trouvaient et qui flottaient maintenant autour de lui. Il essayait de nager, mais tout à coup l'eau se transforma en une boue noirâtre et sanguinolente qui l'emprisonna. Horrifié, il sentit cette espèce de gangue l'immobiliser, pendant que sa mère lui tendait une longue perche pour qu'il s'y accroche.

Un oiseau quitta l'épaule de sa mère pour voler vers lui et se poser sur sa tête. Mais André le rappela aussitôt en sifflant, et l'oiseau revint vers la table flottante où il se mit à picorer dans une assiette, avec des petits bruits qui résonnaient sur la vaisselle en fer-blanc, pendant que lui, Yves, continuait de s'enfoncer dans la boue visqueuse.

Soudain, avant qu'il ne disparaisse, les yeux de l'Allemand qu'il avait tué émergèrent à la surface. Des yeux sans tête, suppliants, retenus ensemble par un lambeau de chair déchiquetée. Puis, tout à côté, la main droite d'Yves, sectionnée au poignet, surgit elle aussi des profondeurs, pour venir rejoindre son moignon qu'il tendait vers elle, comme pour éloigner de lui cette vision d'épouvante. À l'extérieur de la maison, un homme blond surveillait la scène et, au moment où il allait entrer par la fenêtre pour se porter au secours d'Yves, son père le repoussa, l'empêchant de rejoindre le jeune homme qui coulait lentement en avalant de grandes gorgées de terre boueuse qui l'étouffait.

— Je te dis que t'étais rendu loin !... s'exclama Jeanne qui, arrivée quelques instants auparavant, venait de lui saisir la main pour essayer de le calmer. Attends un peu que je t'éponge le visage, t'es tout en sueur.

Il l'entendit qui allait de l'évier à son lit et, peu après, elle l'essuyait avec un linge humide et frais.

— Merci, Jeanne, soupira-t-il, soulagé d'être enfin sorti de son cauchemar. Je me demande pourquoi on fait des rêves pareils... Pendant que je dormais, j'ai vu ta perruche...

— Kiki ?... Et t'as dû entendre en même temps les cris de la tante Célestine ?

Un sourire détendit les lèvres crispées d'Yves. Il revoyait l'expression de la vieille femme, quand Jeanne ouvrait la cage de son oiseau. La perruche semblait deviner le pouvoir d'agacement qu'elle exerçait sur la tante Célestine et, invariablement, elle volait dans sa direction. Dans un battement d'ailes qui laissait échapper quelques plumes vertes sur la nappe immaculée, elle approchait son bec de l'assiette et se mettait à picorer.

— Viens chercher ta sale bête ! criait aussitôt

Célestine. C'est-tu Dieu possible, a fait ses fientes devant moé! T'as pas honte, Jeanne? Si tu vas pas la renfermer de suite dans sa cage, je te jure ben que j'ouvre la porte pis que je la jette dehors!

— Tu t'en rappelles, toi aussi, hein? dit Jeanne à Yves. Pauvre tante, on l'a ben taquinée et pourtant on la détestait pas, malgré son vilain caractère.

Ils restèrent silencieux un moment, se remémorant cette femme, avec ses manies, ses exigences de célibataire endurcie, mais aussi avec ses qualités. Par sa présence, elle avait apporté une aide précieuse à sa nièce Charlotte, après la naissance de son dernier enfant. Elle s'était dévouée sans compter auprès d'Edmond, l'entourant de soins et d'amour, comme si de cette façon elle espérait faire naître une lueur d'intelligence dans ce petit cerveau malade. Yves ne pouvait oublier l'accueil qu'elle lui avait réservé à son arrivée à Montréal. Dès le premier soir, elle était venue s'asseoir sur le bord de son lit et elle l'avait bordé en disant:

— Je sais ben que t'es triste loin de chez vous, mon gars, mais je sais itou que t'aimais pas ça plus que moé de vivre sur la terre à l'Anse-à-Thomas. Tu verras ben, dans moins d'un mois tu voudras plus repartir d'icitte. Pis, dans le temps de Noël, je t'emmènerai voir les belles vitrines des grands magasins. Je suis sûre que t'auras pas assez de tes deux yeux pour tout regarder, pis que tu croiras pas ce que t'auras vu !

Elle continuait à lui parler longuement de tout et de rien jusqu'à ce qu'il s'endorme puis, quelques jours avant Noël, elle tint sa promesse. Ils partirent tous les deux ensemble pour le centre-ville. C'était la première fois qu'Yves montait dans un tramway, et Célestine se mit à rire en voyant son air ébahi.

— Tu pensais pas que Montréal, ça pouvait être distrayant de même, hein ?... Ben attends un peu, on est à la veille de débarquer pis tu vas les voir, ces fameuses vitrines !

Elle lui montra tous les ornements qui garnissaient l'extérieur des grands magasins. Que ce soit chez Morgan, Eaton ou Simpson, les vitrines regorgeaient de jouets de toutes sortes, et Célestine s'amusait de l'air extasié d'Yves.

— Toute ça, c'est pas pour le pauvre monde, mon gars, précisa-t-elle. Mais c'est pas défendu de regarder, pas vrai ? Quand ben même je voudrais, je pourrais pas t'acheter la plus petite bébelle qu'est là, mais crois-moé, c'est pas le désir qui me manque, c'est rien que l'argent qui me fait défaut!

Au jour de l'An, elle lui offrit une montre de poche.

— Je la gardais pour Edmond, lui expliqua-t-elle, mais je pense pas que même si y avait vécu y aurait été capable d'apprendre à lire l'heure. Ça fait qu'astheure je te la donne si ça te fâche pas? T'es presque un homme pis je sais que tu peux comprendre que t'as plus besoin d'une montre que d'une bébelle.

Ce bijou, Yves l'avait porté longtemps. Mais, comme toutes les montres de l'époque, elle s'était détériorée, et il avait dû s'en séparer.

Jeanne attendait patiemment pendant le long silence d'Yves. Elle comprenait ce que tous ces souvenirs qu'il évoquait contenaient d'émotions. Dans sa mémoire aussi revenaient ces nombreuses années qu'elle avait vécues à l'Anse-à-Thomas, ces jours heureux quand, bien que pauvre, elle était entourée de l'affection de ces gens qui la protégeaient, et elle revivait la peine immense qui avait été la sienne quand son père était mort, puis celle non moins pénible quand elle avait dû quitter ceux qu'elle aimait pour aller s'installer à Montréal.

— Je pense que la plus grosse peine de

ma tante Célestine a été que je cède pas à ses demandes pour que je devienne aussi pieuse qu'elle, dit Jeanne en rompant le silence. A était certaine que je serais damnée si a parvenait pas à me convaincre d'aller à la messe tous les matins. Pis après, quand a s'est aperçue que je l'écoutais pas, a été sûre que c'était de sa faute, assez en tout cas pour s'en confesser. C'est ça qu'a m'a dit.

— Tu penses que ça a duré jusqu'à sa mort ?

— J'ai ben peur que oui, mais qu'est-ce que tu veux, moi, j'ai jamais réussi à devenir comme elle voulait, surtout pas après ma première visite au presbytère. J'avais pensé que tous les curés étaient pareils. Plus tard, je me suis ben rendu compte qu'y en avait d'autres qui étaient pas comme lui, pis j'ai pratiqué ma religion un peu mieux, surtout après mon mariage à Oscar.

— Ça fait combien d'années le feu à l'usine, Jeanne ? demanda soudainement Yves, sans que rien dans leur conversation précédente ait laissé soupçonner cette question qui devait de toute évidence le tracasser.

— Pourquoi tu penses à ça tout d'un coup ? répondit Jeanne, mal à l'aise. C'est-tu parce que j'ai parlé de mon mariage avec Oscar ?…

— Non, pas à cause de lui, mais parce que

c'est à cause du feu que t'es partie pis que t'as arrêté d'envoyer des nouvelles chez nous. Si tu savais comme on s'est ennuyés de toi!

— Je pouvais pas rester, Yves. Je pense que si je l'avais fait, je serais morte, pis quand Sophie m'a invitée chez elle à Québec, j'ai pas pu refuser...

— Ma mère pis la tienne ont jamais ben compris pourquoi, reprit Yves. Pourquoi t'as aimé mieux les soins de Sophie? Me semble que t'aurais guéri aussi ben à Montréal qu'à Québec?...

Jeanne entendrait toujours sa mère qui avait tout tenté pour la convaincre de rester à Montréal. Elle avait été à deux doigts d'avouer les raisons de son départ, mais au dernier instant, et surtout pour ne pas blesser Charlotte, elle avait gardé son secret. Quand la lettre de Sophie était arrivée, l'invitant à venir passer ses derniers mois de grossesse, puis sa convalescence chez elle, sa mère s'était révoltée.

— Ma grand'foi, on croirait qu'a pense que je suis pas capable de prendre ben soin de toi! s'était-elle exclamée. Rester chez eux cinq mois, un an peut-être ben!... C'est à croire que tu partirais pour un an!... Elle est folle!

— Je serai mieux avant ça, maman, avait répondu Jeanne. Pis, vous avez pas trop besoin de moi à la maison, astheure que ma sœur Cécile me remplace.

— Cécile, c'est pas toi, ni elle ni tes autres sœurs, tu sauras !

Charlotte l'avait accompagnée à la gare, et quand le train s'ébranla, Jeanne sentit un grand calme l'envahir. Elle ne savait pas encore ce que Sophie et son mari feraient pour l'aider, mais la seule perspective d'échapper aux regards curieux de son entourage la soulageait. Elle n'aurait pas pu supporter les reproches de sa mère quand son état serait devenu apparent, mais c'était surtout les sarcasmes de sa grand-tante qu'elle craignait.

Aussitôt que les wagons s'immobilisèrent à la gare de Québec, Jeanne saisit sa valise et s'empressa de descendre sur le quai pour retrouver Sophie et son mari qui l'attendaient.

— Il y a longtemps que je te parle de Jacques dans mes lettres, lui dit la jeune femme, eh ben, le voici, lui dit Sophie. Tu sais, si un jour on m'avait dit qu'en venant vivre à Québec je rencontrerais mon mari, je serais partie de l'Anse-à-Thomas ben avant.

— J'ai eu le coup de foudre en la voyant au sortir de la messe, un dimanche, dit Jacques. De toute façon, je pense pas qu'on peut rester longtemps indifférent aux charmes de ma femme !

— Charmeur toi-même ! répondit Sophie.

C'est le soir après le souper que tous les deux expliquèrent à Jeanne le plan qu'ils avaient conçu pour elle. Elle resterait chez eux jusqu'à la fin de sa grossesse et elle pourrait réfléchir calmement sur ce qu'elle comptait faire de son bébé. Ou bien elle le gardait après sa naissance, ou alors Sophie et Jacques l'adopteraient en laissant croire aux gens qu'il était le leur.

— Mais on va me voir ici ?... On s'apercevra ben vite que c'est pas toi qu'es enceinte, Sophie ?...

— Oh, tu sais, Jeanne, aujourd'hui avec les robes qu'on porte pis les tabliers froncés qu'on met par-dessus, toutes les femmes ont l'air d'être enceintes !

— Mais, si je gardais mon bébé, vous pensez pas que je pourrais me débrouiller seule, pas vrai ?

— On prendra tout le temps qu'il faudra pour en parler, dit Jacques, mettant ainsi fin à l'inquiétude de Jeanne. Dans les mois qui viennent, tu vas surtout ne pas trop y penser et tu te laisseras dorloter. On décidera quoi faire quand le temps sera arrivé.

Sophie annonça au voisinage que sa cousine, qui venait d'échapper au feu de la compagnie

MacDonald, passerait quelques mois chez elle pour se remettre de ses blessures. Elle ajouta que les médecins lui avaient interdit toute visite. La nouvelle ne tarda pas à se répandre dans leur entourage, et personne ne fut étonné d'apercevoir la jeune fille sur la galerie arrière, étendue sur une chaise longue et toujours recouverte d'un grand châle, même pendant les grosses chaleurs de l'été.

En septembre, Jeanne avait pris sa décision. Si ses deux amis désiraient adopter son bébé, elle y consentait. Elle avait compris qu'il lui était impossible de retourner à Montréal avec un enfant dont toute sa famille ignorait la naissance, et qu'elle ne réussirait jamais à faire vivre convenablement sans aide.

— Tu peux pas savoir à quel point tu nous rends heureux ! s'était écriée Sophie à l'annonce de cette nouvelle. On a beau avoir tout fait pour avoir un enfant, on a pas réussi. Je commençais à croire que je connaîtrais jamais ça, le bonheur d'être mère. Oh, ajouta-t-elle, pardonne-moi, j'ai pas réfléchi longtemps avant de parler ! Je vois ben que je t'ai fait de la peine.

— T'en fais pas, répondit Jeanne. C'est parce que t'es contente, que t'as pas pensé que ça pouvait me faire de la peine d'être obligée d'abandonner mon bébé.

— T'es ben fine de prendre ça de même, dit Sophie. Il me reste trois mois pour annoncer à tous que j'attends un bébé, et dès qu'il naîtra, Jacques et moi on le fera baptiser comme le nôtre.

— Je pense que c'est ce qui est mieux de faire, soupira tristement la jeune fille.

— Mais, Jeanne, ajouta Jacques en voyant les yeux de la jeune fille se remplir de larmes, je tiens à dire que tu pourras toujours changer d'idée si tu veux.

— Jamais je pourrais faire une chose pareille ! Si j'ai décidé que je vous donnais mon petit, c'est que j'avais ben réfléchi avant de vous le dire.

— Mais si plus tard tu le regrettais ?... insista Sophie.

— Je dis pas que j'aurai le cœur gai en repartant d'ici sans mon enfant, mais il sera mieux dans un foyer heureux comme le vôtre, qu'avec moi toute seule. Pis, en plus, il faut me promettre que jamais vous lui direz que vous êtes pas ses vrais parents. Pis comme c'est pas moi qui viendrai lui apprendre ça, vous pouvez dormir tranquilles !

La première grosse tempête de l'hiver soufflait

en rafale, quand l'accouchement se produisit. Jeanne avait décidé d'avoir son bébé à la maison avec la seule aide de son amie, mais Sophie crut qu'elle n'arriverait jamais à délivrer Jeanne sans demander du secours à un médecin. Enfin, après dix-huit heures de travail, et alors que l'aube blanchissait les fenêtres, Jeanne accoucha d'une fille.

Pendant plus d'une semaine, elle garda le lit, chaque jour plus émerveillée par son bébé qui dormait à ses côtés. Plus d'une fois, Sophie la surprit en train de caresser les petits pieds roses. Elle la regarda écarter un à un les doigts menus qui s'agrippaient aux siens. À plusieurs reprises aussi, quand elle voyait Jeanne donner le sein à son bébé, elle se mit à douter des intentions de son amie. Elle était persuadée que dès la fin de sa convalescence, elle lui annoncerait qu'elle reprenait sa parole et qu'elle gardait son bébé. Son cœur se serrait à l'idée du vide que créerait alors ce départ, au silence qui envahirait la maison, maintenant qu'elle et son mari s'étaient habitués aux doux vagissements qui les entouraient.

* * *

Jeanne était restée si longtemps silencieuse, qu'Yves avait fini par s'endormir, fatigué par la chaleur et las d'attendre une réponse qui ne venait pas. Il était aussi pâle que les oreillers qui le soutenaient, et elle décida de repartir sans l'éveiller. Mais au bruit léger qu'elle fit en se levant, Yves sursauta.

— Tu m'as toujours pas encore dit pourquoi Sophie t'a gardée aussi longtemps à Québec? s'exclama-t-il, reprenant la conversation là où elle avait été interrompue.

— Penses-tu que sœur Saint-Pierre va te conduire encore dans le jardin, ces jours-ci? dit Jeanne.

— Pourquoi tu réponds pas à ma question à la place de m'en poser une autre?

— Parce que je suis sûre qu'on a ben des choses à se raconter, nous deux, pis qu'on peut pas faire ça devant les autres.

— C'est vrai, Jeanne. Je demanderai à sœur Saint-Pierre si on peut rester longtemps dans le jardin, la prochaine fois que j'aurai la permission de sortir.

Chapitre 16

L'après-midi était très ensoleillé et l'air sentait les roses qui fleurissaient les bordures du jardin bien entretenu, quand Jeanne poussa le fauteuil d'Yves un peu à l'écart, au bout d'une allée. Elle prit soin d'envelopper les jambes du jeune homme dans une couverture de laine, puis elle s'assit sur l'herbe, lui prit la main et, guettant sur ses lèvres des questions qui ne venaient pas, elle commença:

— Tu sais, l'autre jour, quand tu m'as demandé pourquoi je répondais pas à ta question, je t'ai dit qu'on avait ben des affaires à se raconter en privé. Devant tes compagnons, j'aurais pas pu parler, mais me semble qu'ici ça sera pas pareil.

— T'as raison, dans la grande salle, on peut pas se raconter grand-chose.

— Si je répondais pas, continua Jeanne, c'est parce que je rêvais à un passé que personne connaît à part moi. Avant de venir te voir, j'avais reçu une lettre avec, dedans, la photo d'une ben belle mariée. Quand le docteur t'enlèvera le bandeau que t'as sur les yeux, je te la montrerai. Je pense que c'est la plus belle mariée que j'ai vue de toute ma vie pis j'en suis ben fière, à cause…

— C'est toujours beau, une mariée, coupa Yves.

Il s'imaginait avec Rose-Aimée sur une photo semblable à celle que lui décrivait Jeanne. Ce n'était, hélas, encore qu'un autre rêve, un rêve plus agréable que les cauchemars qui le hantaient le plus souvent, mais il le laissait tout aussi perturbé que ceux-là. Rose-Aimée appartenait à son cousin et si elle avait été sienne un moment, c'est qu'elle l'avait voulu autant que lui. Il était convaincu de ça.

— Pourquoi t'es si triste tout d'un coup ? demanda Jeanne.

— Je te le dirai plus tard. Pour astheure, continue ton histoire, j'ai hâte d'en savoir plus.

— Ben, j'allais te dire que cette mariée-là, c'est quelqu'un que tu connais pas, mais que c'est ta petite-cousine, ma fille.

— Ta fille ? s'exclama Yves. Depuis quand t'as une fille ?

— Depuis dix-neuf ans, mais je l'ai eue avant mon mariage. Oscar a jamais su que j'étais enceinte quand y m'a sauvée du feu à la

MacDonald. C'est Sophie pis son mari qui l'ont adoptée.

— C'était pour ça ton long voyage à Québec ?

— T'as ben deviné.

— Mais le père, c'est qui d'abord ?

— Un des pensionnaires de maman, dans le temps.

— Pourquoi tu l'as pas marié ?…

— Parce qu'y voulait que je me fasse avorter. Y disait que c'était pas de lui, ce bébé-là. C'est là que j'ai compris qu'y m'aimait pas vraiment, qu'y cherchait rien qu'à s'amuser avec moi, pis que j'ai décidé d'écrire à Sophie pour tout lui raconter.

— T'as ben fait de pas l'avoir écouté, cet homme-là, Jeanne.

— Mais j'ai ben failli le faire. Je me suis même rendue chez une faiseuse d'anges avec l'argent qu'y m'a donné. C'était effrayant, une maison pareille, Yves. Au dernier moment, j'ai pris mes jambes à mon cou pis je me suis sauvée.

— Pourquoi t'as pas tout dit à ta mère au lieu d'aller à Québec ?

— Je pouvais pas, Yves. Après le feu à la MacDonald, j'avais plus de forces. Je me sentais pas capable d'endurer tous les reproches qu'elle me ferait. Me semblait que ça durerait des mois de temps, pis que la tante Célestine manquerait pas de rire de ma condition.

— Peut-être que tu te trompais ? Si ta mère avait su, t'aurais pas été obligée de donner ton bébé. T'as pas pensé à ça, Jeanne.

— Ça se peut, mais astheure que c'est fait, je regrette rien. Sophie pis son mari ont élevé cette enfant-là comme une princesse. J'aurais pas pu en faire autant.

— T'as jamais cherché à la voir ?

— Non, jamais. C'était mieux pour elle, pis j'avais promis. Mais y a pas une journée qu'a passé sans que je pense à elle, surtout quand c'était sa fête. Avec les photos que Sophie m'envoyait, me semblait que je la voyais grandir.

— Ça a dû être ben dur pour toi, Jeanne.

— Tu sais pas comment ! Je compte pas les fois où j'ai failli prendre le train pour aller à Québec la chercher. J'oublierai jamais sa petite menotte qui serrait mes doigts pis sa bouche en cœur qui buvait mon lait après sa naissance. Je sais pas comment j'ai fait pour garder ce secret-là tant d'années, acheva Jeanne sur un sanglot.

— Pleure un bon coup, dit Yves en lui serrant la main, ça va t'aider pis tu te sentiras mieux après.

Jeanne pleura longtemps en silence. De temps

à autre, Yves lui caressait la joue sans rien dire. Sa présence était suffisante pour la consoler, et bientôt elle put parler.

— Je devrais avoir honte de pleurer pour une affaire qui s'est passée y a quasiment vingt ans, pendant que toi, t'es là pis tu te plains pas, dit-elle. Mais me semble que tu voulais me raconter de quoi, toi aussi ?

— Je ferai ça une autre fois si tu veux. J'aimerais mieux que tu me ramènes en dedans, j'ai un peu froid.

— C'est vrai que le soleil s'est caché. Je m'en étais pas aperçue, excuse-moi, dit Jeanne qui prit tout à coup conscience du danger qu'il y avait pour Yves de subir un refroidissement, et elle s'empressa de le reconduire à l'intérieur.

* * *

Il se passa plus d'une semaine avant qu'il puisse sortir de nouveau. Sœur Saint-Pierre l'avait conduit au jardin où il espérait que sa cousine vienne le retrouver. Il n'eut pas à attendre longtemps.

— Tu savais que je viendrais aujourd'hui, hein ? dit Jeanne en s'approchant doucement de lui.

— J'en étais pas certain, mais je le souhaitais.

— Comment va la santé cet après-midi ? s'enquit-elle. Ça doit ben aller puisqu'on t'a permis de sortir.

— J'avais hâte de te parler, répondit Yves. J'ai pas arrêté de penser à tout ce que j'allais te dire. C'est pas ben long, mais je sens que ça va me délivrer d'un grand poids. Tu te rappelles comment j'étais quand je suis revenu chez ta mère, l'an dernier ?

— Maman m'a rapporté que t'étais ben mal en point. J'ai failli te questionner là-dessus, pis j'ai compris que tu parlerais quand tu serais prêt à le faire, mais tu t'es enrôlé pis t'es parti pas longtemps après pour les vieux pays, sans nous avoir raconté ce qui était arrivé.

— J'aimais mieux pas, j'étais trop enragé contre mon père pour parler de ce qu'y m'avait dit.

— Qu'est-ce qui s'était donc passé de si grave pour t'enrager de même ? questionna Jeanne. Si t'aimes mieux attendre pour m'expliquer ça, tu sais ben que je peux comprendre.

— Non, non, aujourd'hui je suis prêt à te dire pourquoi je suis arrivé à Montréal dans un état pareil. Je sais que tu vas garder ça pour toi, comme moi, je garde le secret sur ce que tu m'as raconté l'autre jour.

Il se tut un moment. Jeanne vit passer sur son visage toute une gamme d'émotions, et sa main se crispa fortement sur l'appui-bras de son fauteuil.

— Papa m'a chassé de chez nous ! reprit-il enfin.

— Si y a fait ça, c'est sûrement parce que t'avais fait quelque chose de ben grave, hein ?

— Oui, c'était ben grave. Je faisais l'amour à Rose-Aimée quand y nous a surpris.

— À Rose-Aimée ? La femme de ton cousin ?... dit Jeanne, stupéfaite. Mais comment t'as pu faire une chose de même ?

— Je l'aime, Rose-Aimée. Je l'aime comme un fou depuis le jour de son mariage, quand je l'ai vue pour la première fois. Je pensais pas rester à l'Anse-à-Thomas après la noce, mais j'ai pas pu partir. J'avais besoin de l'avoir autour de moi, pis depuis le début je voulais l'enlever à André. Dis rien, Jeanne, je sais ce que tu penses, pis t'as ben raison de penser ça, mais c'était plus fort que moi, Rose-Aimée me partait pas de la tête. C'était comme si a m'avait ensorcelé.

« J'ai cherché un moyen tout l'été. Quand on a fait les foins pis que je l'ai vue dans la charrette en train de tasser les longues tiges avec une grande fourche qui semblait ben que trop pesante pour ses bras, j'ai failli grimper sur les roues pis aller la rejoindre. Je pensais rien qu'à la prendre dans mes bras, pis je me voyais l'embrasser à pleine bouche, en me disant qu'elle aimerait peut-être ça. »

Jeanne se gardait bien de l'interrompre, maintenant qu'il avait commencé à parler. Elle sentait qu'il devait y avoir des mois que son amour défendu l'étouffait, comme elle l'avait été longtemps avec son secret tout aussi lourd à porter. Depuis qu'elle l'avait confié à Yves, elle était beaucoup mieux, et elle espérait que cette confession aurait le même effet sur son cousin, quand il aurait fini de lui raconter ses souvenirs.

— Pis un jour, j'ai vu André dans la grange avec Rose-Aimée, reprit Yves. Y faisait ben chaud même si le vent soufflait fort. C'est à cause du vent qu'y m'ont pas entendu entrer. Je suis resté là, caché derrière une stalle, à les regarder s'embrasser. J'étais comme malade de désir. André caressait les seins de Rose-Aimée pis a gémissait doucement de plaisir. J'ai eu ben envie d'aller les séparer, mais je me suis retenu. Je me rappelle que quand y se sont couchés dans la paille, le vent torturait le bâtiment. Y passait entre les planches en sifflant. La poussière pis les brins de foin revolaient dans la grange presque pas éclairée. Je me souviens que, pour pas voir les cuisses blanches de Rose-Aimée que mon cousin venait de découvrir, j'ai fermé les yeux, mais j'ai tout entendu.

« Pis un après-midi, le jour où papa nous a surpris, j'ai vu ma belle-sœur entrer dans le bois. Elle avait sarclé avec nous autres pendant des heures pis j'ai deviné qu'a s'en allait sûrement se baigner dans la rivière. J'avais pas arrêté de la regarder pendant qu'on travaillait. A avait relevé ses jupes pis les avait attachées sous sa ceinture. La sueur collait ses cheveux à son visage rougi par le soleil pis la chaleur. Chaque fois qu'a levait ses bras pour s'éponger le front, je voyais les grandes taches de transpiration qui cernaient sa robe, pis je sais pas encore pourquoi, mais ça m'a excité.

« Je l'ai suivie dans la forêt sans qu'a me voie pis je l'ai aperçue qui entrait, toute nue, dans l'eau. On aurait pu croire que la rivière l'avait engloutie, parce que pendant un moment je l'ai plus vue nulle part. Quand a est remontée à la surface, le soleil faisait briller sa peau, pis c'est là que j'ai décidé de lui faire l'amour. Je me suis dit qu'a voulait peut-être ça autant que moi. Ben, astheure, je suis sûr que je m'étais pas trompé.

« Tu peux pas savoir, Jeanne, comment on

s'est aimés ! Je pensais pas qu'une femme pouvait s'abandonner de même dans les bras d'un homme. Ça a duré ben longtemps, me semble, en tout cas jusqu'à ce que papa pousse un grand cri. Quand y a hurlé nos noms, Rose-Aimée a eu l'air de sortir d'un rêve, pis a m'a repoussé. Si t'avais pu voir la honte sur son visage !... C'est là que mon père m'a dit de le suivre dans la grange pendant que Rose-Aimée se rhabillait.

« J'avais peur pour elle qu'André apprenne ce qui venait de se passer, mais pour être honnête avec toi j'aurais pas haï ça. Peut-être que mon cousin l'aurait chassée de la maison pis que c'est moi qui serais parti avec elle. Mais c'est pas comme ça que ça s'est passé. Mon père m'a dit de partir et ça m'a l'air qu'André a jamais rien su de ce qui était arrivé, parce qu'y est resté avec elle. Mais, la seule chose nouvelle que j'ai appris en revenant de la guerre, c'est que tous les deux avaient déménagé dans l'ancienne maison de ta mère pis que Rose-Aimée avait eu un bébé au printemps. Tout d'un coup que ce bébé-là serait de moi ?... Tu penses pas que c'est possible, Jeanne ?... »

— Mets-toi pas des idées de même dans la tête, Yves. Si tu fais ça, tu guériras jamais de ton amour pis tu pourras jamais retourner vivre à l'Anse-à-Thomas.

— Je sais ben tout ça, Jeanne, mais la vérité, c'est que j'ai pas envie de guérir de cet amour-là. Y faut ben que je retourne là-bas, pis que je revoie André pis Rose-Aimée, pis le petit aussi comme de raison. La seule affaire que je peux te promettre, c'est de pas faire le fou, pis d'essayer de pas m'engueuler avec mon père. Pour le reste, je peux pas donner ma parole.

— Si je passais un bout de temps avec toi, ça pourrait t'aider, tu penses?

— T'es sérieuse? Oscar te laisserait partir pour longtemps?

— Peut-être pas pour aussi longtemps que tu voudrais, mais pour une semaine ou deux, ça c'est sûr.

— Me semble que je me sens déjà mieux. En tout cas ton idée est ben bonne!

Chapitre 17

Après le départ de Jeanne, Yves recommença à s'en faire sur ce retour projeté. André lui avait écrit à quel point ses parents étaient heureux, et il était convaincu que c'était son départ qui avait amené ce changement entre Mathilde et Pierre. Quand il vivait à l'Anse-à-Thomas, ils ne cessaient jamais de se disputer, et il était très souvent la cause de leurs mésententes. Aussi redoutait-il ce changement de vie pour eux.

Il se tracassa tellement avec ces pensées que sa guérison s'en trouva compromise. Jeanne s'en aperçut rapidement et, à l'occasion de l'une de ses visites, elle ne put s'empêcher de le lui faire remarquer.

— Veux-tu ben me dire pourquoi t'as si peur de retourner chez vous, Yves ? Me semble que quand on en a parlé, t'étais content à l'idée de revoir ton monde…

— T'as pas compris que c'est à cause de tout ce que je t'ai raconté ? Je sais ben que je pourrai pas rester là sans mettre le grabuge chez eux.

— Quand on veut, me semble qu'on peut ! Je

pense que t'as assez réfléchi là-dessus pour te contrôler astheure.

— Moi, j'en suis pas sûr…

— Y va encore falloir qu'on se parle, nous deux. Si quelqu'un peut me donner une bonne idée, je te la dirai la prochaine fois que je viendrai.

Dès le lendemain, elle était de retour, tenant à la main son grand sac en tissu.

— M'apportes-tu encore d'autres gâteries? dit Yves en l'entendant ouvrir le fermoir du sac.

— Ça pis une autre affaire, répondit-elle en déposant sur le lit un petit livre. Attends un peu, ajouta-t-elle en voyant Yves tendre la main pour essayer de saisir ce qu'elle venait de mettre sur la couverture. Je te dirai ce que c'est, mais avant j'ai des sucreries à partager parmi tes camarades. T'auras ta part, crains rien.

Yves se la représenta en train de circuler dans la salle. Il entendait les exclamations de plaisir qui fusaient autour de lui. Cette fois encore, elle avait dû cuisiner de bonnes choses. Elle revint finalement près de lui, et ce fut son tour de se délecter.

— Y a personne qui fait du sucre à la crème de même, Jeanne.

— C'est parce qu'y a du sucre du pays dedans, pis que j'y rajoute des noix.

— Me semblait aussi que ça goûtait le sucre d'érable.

— T'as ben deviné. Pendant que tu manges, j'ai quelque chose à te lire.

— Une autre lettre d'André?

— Non, t'en as pas reçu aujourd'hui.

— C'est quoi d'abord?

— Je t'ai apporté mon « petit catéchisme ».

— Tu penses qu'y a dans ce livre-là une affaire pour moi?...

— Je suis sûre que oui, mais je sais pas comment tu vas prendre ça si je te le lis. Les commandements de Dieu, tu te souviens de quoi ça parle?

— Y a ben que trop longtemps que j'ai appris ça pour m'en rappeler.

— J'en ai trouvé deux qui sont plus importants que les autres pour toi. Je te les lirai en premier.

— Je suis prêt à t'entendre, vas-y.

« Tes pères et mères honoreras afin de vivre longuement », lut Jeanne.

— Ça, je m'en rappelle. Mon père pis ma mère, je les ai toujours honorés, affirma Yves.

— T'es ben certain de ça?... répondit Jeanne.

— Peut-être que des fois…

— Des fois t'as oublié de le faire, hein?

— Si tu veux parler de quand je suis parti de chez nous, c'est pas pareil.

— Dans ce que j'ai lu, y disent pas quand ni comment y faut les honorer. C'est juste écrit de les honorer.

— C'est-tu assez important pour qu'on perde du temps à s'en souvenir? coupa Yves qui avait hâte de passer à autre chose.

— Change pas de sujet, Yves. Y a un commandement qui te regarde pis que je te lis de suite. Ça dit de même: «L'œuvre de chair ne désireras qu'en mariage seulement.»

Yves avait baissé la tête. Effectivement, ce que venait de lire Jeanne le concernait, et il devait bien s'avouer qu'il l'avait oublié.

— T'es pas choqué au moins? dit sa cousine en voyant son air accablé.

Elle regrettait presque de lui avoir fait part de sa lecture, mais Yves reprit avant qu'elle n'insiste:

— Non, ça me fait juste réfléchir encore plus sur ce que j'ai fait, dit Yves. Pis, ajouta-t-il, sœur Saint-Pierre a parlé de moi à l'aumônier qui lui a copié un psaume de son bréviaire. Y a dit de me le lire, que ça me ferait du bien. J'étais ben surpris quand a m'a raconté que c'était un des psaumes qu'on trouve dans la Bible. Tu savais ça, toi, que les prêtres avaient le droit de lire des affaires de même ?

— Ben non, mais j'ai hâte que tu m'en parles. L'as-tu encore, ce papier-là ?

— Y est dans le tiroir de la table. J'aimerais ça que tu me le lises encore. Je suis sûr que tu vas comprendre pourquoi ça me fait du bien, ces écrits-là.

Jeanne ouvrit le tiroir et en sortit le papier que sœur Saint-Pierre y avait laissé. Elle le déplia et commença aussitôt sa lecture :

Au jour d'angoisse j'ai cherché le Seigneur;
la nuit, j'ai tendu la main sans relâche,
mon âme a refusé d'être consolée.
Je me souviens de Dieu et je gémis,
je médite et le souffle me manque.
Tu as retenu les paupières de mes yeux,
je suis troublé, je ne puis parler;
j'ai pensé aux jours d'autrefois,
d'années séculaires, je me souviens;
je murmure dans la nuit en mon cœur,
je médite et mon esprit interroge…

Yves écoutait la voix de Jeanne, sa main gauche soutenant son menton. En entendant le mot « interroge », il lui dit :

— Va pas plus loin…

— Quand ben même je voudrais, je pourrais pas, c'est toute ce qu'est écrit sur le papier, l'interrompit-elle.

— Je m'en rappelais pas. Tu sais, y a ben des affaires qui me revenaient pendant que tu lisais, mais y en a ben d'autres que je comprends pas par exemple. C'est vrai que j'arrête pas de penser aux jours d'autrefois, pis après que mon père m'a chassé…

— Dis pas ça, Yves ! T'as pas compris que si ton père t'a demandé de t'en aller de chez vous, c'est parce qu'y savait que tu serais plus heureux ailleurs. C'est toi-même qui m'as raconté qu'y t'a dit ça, pis moi, je trouve que c'est une preuve d'amour.

— Comment ça, une preuve d'amour ?…

— Ben, quand on aime quelqu'un pour de vrai, y faut se priver des fois pour qu'y soit heureux autrement qu'avec nous autres. Après ce qui venait de se passer entre toi pis la femme de ton cousin, y a pensé que ça serait mieux que tu retournes chez ma mère. Pis en plus, t'as jamais aimé ça, le travail de la ferme, ça fait que comment t'aurais voulu qu'y te parle ? Tu penses pas qu'y a ben fait ?

— T'as peut-être raison… En par cas, rien n'empêche que pendant des années j'ai tout fait pour oublier les deux commandements que t'as lus. Je voyais pas pourquoi j'étais obligé de respecter un père qui avait aimé mieux garder mon cousin chez lui, au lieu de me chasser, moi, son fils. C'est vrai que j'haïssais ça, travailler la terre pis passer les hivers dans les chantiers. Mais j'aurais aimé rester chez nous pareil.

— En te chicanant tout le temps ? En faisant de la peine à tout le monde ? Pis surtout en essayant d'enlever sa femme à ton cousin ?… coupa Jeanne. T'as jamais pensé que c'était André qu'a voulait, elle ?

— Je suis pas encore si sûr de ça.

— Tu vas pas recommencer toutes tes manigances quand tu vas retourner là-bas, au moins ?…

— Crains rien. J'ai essayé d'oublier ben des affaires depuis que je suis ici, mais je donnerais cher pour plus penser à ce que j'ai vu dans les vieux pays ! répondit Yves, comme s'il se parlait à lui-même tout à coup.

Jeanne comprit qu'il poursuivait une fois de plus son long monologue intérieur et, mettant ses mains sur la sienne, elle la pressa pour lui faire comprendre qu'elle compatissait à ce qui lui était arrivé. Il n'était pas rare qu'elle reste ainsi des heures à ses côtés, silencieuse, respectueuse de ces souvenirs qu'Yves évoquait.

— C'était l'enfer!... soupira-t-il.

Elle comprit qu'il était inutile de poursuivre une conversation qui pourrait fatiguer son cousin. Il valait mieux pour elle retourner à la maison d'où elle était trop souvent absente, selon les dires de son mari et de ses enfants qui s'en plaignaient, et elle ne pouvait les blâmer.

Chapitre 18

Était-ce la nervosité combinée à la chaleur qui donnait à Yves cette sensation d'étouffement ? Il avait l'impression de n'avoir jamais connu un mois d'août aussi humide. Avec d'autres patients, il attendait dans une petite pièce attenante au bureau du médecin. Quelques minutes encore et il saurait… On allait lui enlever ses pansements et il tremblait d'angoisse devant la perspective que, peut-être, il ne recouvrerait pas la vue.

La semaine précédente, quand le médecin avait examiné ses yeux, il lui avait semblé voir des ombres vagues, perdues dans une sorte de brouillard sombre et mouvant qui lui avait donné la nausée. Cette fois-ci, est-ce que sa vision se serait améliorée ? Aurait-il encore la sensation de flotter entre deux eaux, d'être englouti dans un univers brouillé où il serait à jamais dépendant de tous ?…

On avait beau l'avoir rassuré en lui disant que ce n'était qu'une question de temps, que bientôt sa vue redeviendrait normale et que, si au prochain contrôle il y avait un progrès certain, il pourrait retourner chez lui, il n'y croyait pas trop encore.

La seule pensée de vivre à l'Anse-à-Thomas le remplissait d'appréhension. Il avait cru y revenir en héros, en faisant étalage de ses nombreuses décorations, en pleine possession de tous ses moyens, et voilà qu'il regagnerait les siens, diminué et attendant l'aide de chacun. Cette idée le révoltait et, soudain, tous les bruits qui l'entouraient lui devinrent insupportables. Des crampes envahirent son moignon et, lorsque l'un de ses compagnons tira une chaise en la faisant grincer sur le plancher, il sursauta comme si on l'avait piqué.

— C'est pas endurable une chaleur de même ! s'exclama-t-il. Y a pas moyen d'ouvrir une fenêtre ? Y me faut de l'air, moi !

Sa remarque fut suivie d'une réaction à la chaîne, et plusieurs protestations fusèrent autour de lui.

— Ce serait dangereux, répondit une infirmière. Plusieurs d'entre vous ont les poumons encore très fragiles, et le vent ne tardera pas à s'élever. Vous voyez bien qu'une tempête se prépare.

— Si vous voulez mon avis, ce serait plutôt un ouragan qui s'en vient ! répliqua quelqu'un.

— Ben, justement, on te demande pas ton avis ! répondit un autre.

Presque au même instant, une violente rafale ébranla la fenêtre, et la pluie se mit à fouetter les vitres. Maintenant que l'orage s'était déchaîné, Yves ressentait un calme étrange, et toutes ses peurs semblaient l'abandonner. Il écoutait les bruits extérieurs, essayant de visualiser les arbres qui devaient se tordre sous la bourrasque. La pluie dansait sûrement dans les rues et les gens couraient sans doute se mettre à l'abri. Un coup de tonnerre fit vibrer les vitres, pendant que le vent redoublait de violence et, étrangement, cette violence le draina de toute cette peur qui épuisait ses énergies depuis une semaine.

Il n'avait pas cessé de se tracasser à la pensée de cette nouvelle visite qu'il devait faire à l'ophtalmologiste. Quand on lui enlèverait les pansements qui recouvraient ses yeux, sa vue se serait-elle améliorée ?... Était-ce possible que, malgré ce qu'on lui avait laissé espérer, il continue à ne distinguer que des ombres ou, pire encore, qu'il voie moins bien qu'avant ?... Si ce malheur qu'il appréhendait devait arriver, il avait décidé qu'il se laisserait mourir plutôt que de vivre ainsi. Il était tellement perturbé à la pensée de cette éventualité, qu'il avait perdu du poids et que son état psychologique menaçait sérieusement sa guérison. Il ne décolérait plus, envoyant promener tout le monde qui essayait de l'encourager, y compris cette pauvre sœur Saint-Pierre qui ne savait plus où donner de la tête.

Il tremblait comme une feuille quand il se trouva dans le bureau du médecin, et quand ce dernier commença à dérouler ses pansements, il s'agrippa à sa chaise.

— Détendez-vous, lui dit le médecin qui constatait son état. Ça va bien aller, vous allez voir.

— Êtes-vous ben certain?... demanda Yves. C'est-tu sûr que ma vue est comme avant?

— Nous allons vérifier tout ça dans un instant.

Yves sentait que peu à peu le médecin achevait de dérouler la bande de gaze qui lui enserrait la tête. Il savait que, dans un instant, il devrait ouvrir ses paupières qu'il gardait fermées, tellement il avait peur d'être toujours aveugle.

— Là... dit enfin le spécialiste, j'ai terminé. Vous pouvez me regarder.

Il obéit, mais au même instant, un éclair

illumina la pièce. Il sembla à Yves que cette brillance lui avait brûlé les yeux.

— Je vois rien, cria-t-il, affolé.

— N'ayez pas peur, monsieur Yves, ce n'est que l'effet de cet éclair qui nous a tous aveuglés, répondit sœur Saint-Pierre qui se tenait à ses côtés.

Enfin la lumière normale revint et Yves put nettement distinguer tout ce qui l'entourait. Pour la première fois, il vit le visage de la religieuse et il constata à quel point ses traits s'accordaient bien avec sa voix. Il comprenait pourquoi elle réussissait à calmer tous les blessés. On n'avait qu'à regarder la douceur qu'elle dégageait pour se sentir aussitôt réconforté.

— Je vous avais bien assuré que votre vue redeviendrait normale après un certain temps, n'est-ce pas ? dit le spécialiste.

— Oui, mais je vous croyais pas.

— Et vous aviez tort. Maintenant il vous suffira d'être prudent, de ne pas vous exposer à de la lumière trop vive avant plusieurs mois et, quand les autres médecins vous diront que vous êtes complètement guéri, vous pourrez enfin retourner chez vous.

* * *

— Nous reviens-tu pour de bon? demanda Mathilde, pleine d'espoir, en sortant de l'église, le matin des noces de son cousin.

Elle s'accrochait à son bras, comme si le fait de le tenir ainsi pouvait l'empêcher de repartir loin d'elle. Jusqu'au dernier moment, elle avait été presque certaine qu'il ne viendrait pas au mariage d'André, et maintenant qu'il était là, elle avait envie de lui crier à quel point il lui avait manqué.

— Je sais pas trop… tout dépendra… répondit Yves évasivement.

— As-tu trouvé de l'ouvrage au moins? demanda son père, après avoir pris place à leurs côtés dans la voiture pour se rendre à la réception.

— Rien de ben régulier. Je fais n'importe quoi qu'on me demande de faire, dit Yves.

Il se doutait bien de la réaction qu'aurait son père, s'il apprenait la vraie raison qui l'avait poussé à revenir chez lui. Le mariage d'André n'avait été qu'un prétexte pour ce retour. Il avait eu lieu au bon moment, un point c'est tout.

Depuis bientôt quatre ans, il accumulait bêtises par-dessus bêtises. À son arrivée à Montréal, il avait accepté d'être tour à tour livreur, aide-menuisier, peintre en bâtiments, mais l'effort constant l'ayant toujours rebuté, il ne tarda pas à perdre ses emplois et il commença à errer à travers les rues de la ville, tout en faisant croire à sa tante Charlotte qu'il partait travailler chaque matin.

Au cours de ces errances, il rencontra toutes sortes de compagnons, la plupart aussi désœuvrés que lui, et ils formèrent bientôt une sorte de bande. Ils couraient les tavernes où ils fomentaient leurs futurs larcins. Yves les suivait dans leurs sombres entreprises, fréquentant quelquefois avec eux des bordels, d'où il ressortait dégoûté de lui-même, à demi satisfait de ces pulsions qui lui laissaient au fond de l'âme un écœurement grandissant.

Jusqu'à tout récemment, il avait eu la chance d'échapper à la justice, mais un voyou de la bande s'était fait prendre sur le fait alors qu'il se préparait à pénétrer par effraction dans une maison qu'il croyait déserte. Quand ils avaient été surpris par le propriétaire, Yves et les autres attendaient à l'extérieur qu'il pénètre dans la maison et qu'il vienne leur ouvrir.

Ils avaient décampé en vitesse, laissant leur comparse à son sort, et ils avaient pris des directions différentes pour égarer les recherches. Pour s'en sortir plus facilement, l'homme n'avait pas tardé à dénoncer ses complices, et Yves fut le seul qui échappa à la rafle. Jamais il n'avait dévoilé son adresse à ses compagnons. Il sentait confusément qu'il lui fallait protéger sa tante Charlotte et sa famille.

Il apprit par les journaux qu'on le recherchait et, depuis ce jour, il avait évité de sortir de la maison, de peur d'être reconnu et arrêté grâce à la description qu'avaient donnée de lui ses « amis ». C'est alors qu'Yves avait compris qu'il était préférable pour lui de quitter Montréal. L'annonce du mariage de son cousin lui donna la raison qu'il cherchait pour retourner chez lui. La veille de son départ, il mit Jeanne au courant de la situation, lui demandant de taire à tous l'endroit où il était parti. Même sa tante Charlotte devait ignorer qu'il avait regagné l'Anse-à-Thomas. C'était essentiel pour sa propre sécurité, mais aussi pour celle de ses parents qu'il se préparait à rejoindre.

* * *

— En tout cas, on est ben contents de te revoir, mon gars ! dit Pierre en se rapprochant de ce fils qu'il n'avait pas revu depuis longtemps.

Il n'avait plus à ses côtés l'adolescent qui les avait quittés à seize ans. Celui qu'il brûlait de serrer maintenant dans ses bras était devenu un homme, plus grand que lui, plus fort aussi, et s'il n'avait pas ressenti une certaine gêne à lui montrer, par ce geste, qu'il l'aimait et que sa présence lui avait grandement manqué, il l'aurait embrassé devant tous les autres.

Soudain, le rappel de ce passé fit monter en lui une immense vague de tendresse. Il revoyait Yves et André quand ils étaient petits et il se rendait compte que lorsqu'ils étaient devenus des adolescents, il avait cessé toutes ces effusions qu'il jugeait, bien à tort, comme des marques de faiblesse réservées uniquement aux femmes. Trop longtemps, il s'était privé de les serrer contre lui, et il se contentait d'une vigoureuse poignée de main, accompagnée d'une tape affectueuse sur l'épaule, pour leur montrer son affection.

Mais quand ils n'étaient que des enfants, combien de fois ne s'était-il pas levé, la nuit, pour simplement s'assurer qu'ils étaient bien couverts ? Il se rappelait cette sorte d'éblouissement qui l'envahissait chaque fois qu'il les regardait dormir. Presque infailliblement, il les trouvait lovés l'un contre l'autre, leurs petites jambes entremêlées, s'étreignant innocemment dans le sommeil, leurs bras potelés enserrant leurs épaules.

Pierre s'asseyait alors au pied du lit, et la vue de ces deux petits lui faisait croire à un miracle que le ciel lui aurait accordé, multipliant par deux cet espoir qu'il avait caressé pendant des années.

Quand il avait épousé Mathilde, il était veuf depuis longtemps. Il savait bien que les sentiments de la jeune fille n'étaient pas les mêmes que les siens, mais il espérait l'amener peu à peu à l'aimer. Elle n'avait que douze ans quand il était venu s'installer à l'Anse-à-Thomas avec sa toute jeune femme, qui était décédée peu après. Ce deuil l'avait beaucoup rapproché de ses voisins qui ne savaient quelle consolation lui apporter pour adoucir sa peine.

Les parents de Mathilde l'invitaient souvent à venir partager leurs repas et, comme il accompagnait les hommes aux chantiers l'hiver, il n'avait pas tardé à nouer une solide amitié avec le père. Chaque printemps, quand il revenait chez lui, il ne manquait jamais de s'arrêter en passant chez ses amis, et il retrouvait une Mathilde transformée. Il voyait bien qu'elle ne lui portait pas beaucoup d'attention et qu'elle semblait plus attirée par les jeunes garçons du voisinage, et il était convaincu, pour l'avoir entendu dire, qu'elle le considérait comme un vieux, bien qu'il fût à peine dans la quarantaine. À ses yeux, il était «le vieux veuf d'à côté». Puis, quand la mère de Mathilde était décédée en mettant au monde un bébé mort-né, la jeune fille s'était retrouvée seule à seize ans pour prendre en charge ses huit frères et sœurs.

Pendant les deux années qui suivirent, Pierre lui apporta toute l'aide qu'il pouvait quand il se trouvait à l'Anse-à-Thomas. L'admiration qu'il vouait à la jeune fille ne cessait de grandir devant le courage extraordinaire dont elle faisait preuve, surtout l'hiver alors qu'elle devait rester seule, comme toutes les femmes dont le chef de famille partait pour de longs mois dans les chantiers. Cette admiration ne tarda pas à se transformer en amour.

Il se rappelait souvent cet après-midi de juillet, quand il avait osé lui dévoiler ses sentiments. Mathilde, entourée de ses frères et sœurs, étendait du linge sur une corde tendue entre les branches de deux arbres. Tout à coup, le vent s'était levé, gonflant les draps, les couches et les jupons qui, un instant plus tôt, s'agitaient mollement au soleil. Pierre, qui travaillait aux champs, entendit les cris de Mathilde et, en tournant vivement la tête, il aperçut tout ce beau linge immaculé qui se tordait et s'emmêlait, pendant que la jeune fille essayait de le maintenir en place. Une bourrasque plus forte rompit la corde et emporta la lessive, qui s'envola pour retomber plus loin, dans la boue où se prélassaient les cochons.

Pierre courut vers Mathilde, assise par terre et complètement découragée.

— Y va falloir que je relave tout ça ! sanglotait-elle.

— On va le faire ensemble, lui dit-il. Attends un peu, je descends à la rivière chercher de l'eau, pis on rincera ta lessive.

— C'est pas assez de la rincer, y faut que je m'use encore les doigts sur la planche à laver à frotter la boue pis à tordre le lavage. Quand je pense à tout le temps que j'ai mis depuis le matin pour faire mon ouvrage… dit-elle en jetant un regard désespéré en direction des cochons.

— Pleure pas, je te dis que je vas t'aider, répéta Pierre.

— Vous êtes ben bon, monsieur Pierre, dit la jeune fille en s'essuyant les yeux du revers de la main, sans penser qu'elle se maculait de boue.

— C'est pas de la bonté, Mathilde. Je t'aime pis je ferais tout pour que tu sois heureuse !

Elle le regarda, surprise. Pas un instant elle n'aurait pensé que Pierre pût l'aimer autrement que comme la fille de son ami. Bien sûr, elle s'apercevait qu'il venait de plus en plus souvent à la maison, qu'il lui rendait d'innombrables services, et peu à peu elle en vint à s'attacher à lui.

Quand il la demanda en mariage, elle accepta, peut-être parce que cette union lui permettrait de continuer à vivre sans rien changer à ses habitudes, tout en prenant soin de sa famille. Pierre était persuadé qu'à ce moment-là elle n'était pas amoureuse de lui. L'amour vint beaucoup plus tard, et l'adoption d'André, suivie peu après de la naissance d'Yves, raffermit leur union.

Ils étaient heureux, d'un bonheur tranquille qui ne tarda pas, hélas, à être troublé par de fréquents désaccords au sujet des enfants. Mathilde n'approuvait pas sa sévérité à l'égard d'Yves qui s'en prenait toujours à son cousin en vieillissant. Et quand Yves quitta la maison pour aller demeurer chez sa tante Charlotte, elle en garda rancune à son mari. Pierre voyait bien qu'elle le tenait responsable de ce départ et, pendant près de quatre ans, il eut droit à une froideur grandissante de sa part.

Mais aujourd'hui, il semblait à Pierre que le bonheur d'autrefois était revenu dans sa famille.

Il essayait de se convaincre que son fils était revenu pour rester, mais après avoir entendu la réponse d'Yves à la question de Mathilde, une chose l'inquiétait encore. Il ne put s'empêcher de demander à son tour:

— Pis pourquoi tu resterais pas ici pour de bon, mon gars?...

— J'ai pas dit que je resterais pas, c'est juste que je suis habitué à la vie de Montréal, astheure. Y fait moins froid qu'ici, pis je pense que je me suis fait à ce climat-là.

— Tu vas te refaire au nôtre, assura Mathilde qui dévorait son fils des yeux.

Ce n'était pas le climat qui avait décidé Yves à rester à l'Anse-à-Thomas, mais bien le sentiment qu'il avait éprouvé à la vue de Rose-Aimée, et surtout ce désir pour elle qu'il avait ressenti après l'avoir tenue dans ses bras pour danser.

La réception chez les parents de la jeune mariée se termina assez tard dans la soirée, et il faisait nuit quand, tous ensemble, ils regagnèrent la maison. Yves regarda avec envie son cousin qui entrait dans la chambre du haut, leur ancienne chambre, avec sa femme. Que n'aurait-il pas donné pour être à sa place?... Pierre et Mathilde parlèrent un moment de Montréal, de Charlotte qui n'avait jamais regretté sa décision de s'installer là-bas, de Jeanne déjà mariée et mère de quatre enfants, enfin ils évoquèrent une foule de souvenirs, comme pour masquer la gêne qu'ils ressentaient à la pensée de ce qui devait se passer en haut.

Yves se coucha sur le banc-lit, dans la cuisine, pendant que son père et sa mère se retiraient dans leur chambre. Mais il ne parvenait pas à trouver le sommeil. Il ne tarda pas à se relever et il sortit sur la galerie où il s'appuya contre la rampe, avant de se mettre à marcher de long en large. Il se torturait à la pensée que s'il n'était pas parti, ce serait peut-être lui qui serait couché avec Rose-Aimée. En la voyant à l'église ce matin, il avait eu l'impression de recevoir en plein cœur et la foudre et le tonnerre en même temps. Pourquoi était-ce encore André qui avait toutes les chances?...

Pierre, lui, resta de longues heures les yeux ouverts, à regarder l'ombre de son fils au dehors. Mathilde dormait paisiblement à ses côtés et, tout à coup, une envie folle le prit de la réveiller pour lui faire l'amour. Il avait besoin de la posséder, comme si le fait d'accomplir ce geste pouvait compléter le bonheur qu'il ressentait de savoir sa maison enfin remplie de tous ceux qui lui étaient chers. Mais la pensée d'Yves qui rentrerait sûrement bientôt et qui pourrait les entendre le fit renoncer à sa soudaine pulsion. Un étrange sentiment de solitude l'envahit, et il se colla à la chaleur de Mathilde pour se réconforter.

Chapitre 19

Jeanne attendait dans « le salon de Monseigneur », comme Yves et elle avaient baptisé cette pièce. Une valise attendait à ses côtés et, dans son sac, elle avait glissé les deux billets pour le train.

Après bien des jours d'hésitations, elle avait enfin vaincu les réticences qui l'avaient si longtemps fait hésiter à accompagner son cousin chez lui. Elle savait que le train s'arrêterait à la gare de Québec et qu'il lui faudrait combattre son désir très fort d'y descendre pour se rendre chez Sophie, plutôt que de continuer son voyage jusqu'à l'Anse-à-Thomas. Elle était finalement sortie victorieuse de ses angoisses, comprenant qu'elle n'avait plus vingt ans et qu'il ne fallait pas sur un coup de tête détruire tout ce qui lui avait pris des années à construire.

Elle accompagnerait Yves jusqu'au bout et, en passant devant cette gare, elle essaierait de ne plus penser à l'image qui la hanterait toujours, celle de Sophie lui tendant sa fille bien emmitouflée de laine, pour un dernier baiser. Elle se souvenait d'avoir gravi les marches du wagon sans rien voir de ce qui l'entourait, tellement elle pleurait. Chaque secousse du train qui s'éloignait lui rappelait la distance qui la séparait de son bébé, et elle était restée indifférente à tout. Elle était devenue sourde aux conversations des voyageurs, aux bruits causés par les ballottements des bagages en équilibre précaire au-dessus de sa tête, et elle ne voyait pas le paysage enneigé qui défilait sous ses yeux.

Jeanne repoussa ses pensées moroses et s'approcha des fenêtres du salon où elle se trouvait. Les vitres étaient garnies de chaque côté par des panneaux de vitrail, et Jeanne s'amusa à regarder à travers cet univers déformé par les bulles qui gonflaient le verre. Un poisson dans un aquarium devait avoir la même vision des choses extérieures à son environnement. Les vitres transparentes du milieu lui offrirent un paysage où les ors et les rouges de l'automne commençaient à peine à tacher le vert du feuillage.

À l'Anse-à-Thomas, les montagnes étaient sûrement moins vertes qu'ici, et Jeanne avait hâte de partir maintenant. Après avoir si longtemps hésité, elle ne tenait plus en place et elle se voyait déjà à La Malbaie où André et peut-être aussi sa femme les attendraient pour les conduire, par le Chemin des Marais, jusqu'à ce petit hameau qu'elle n'aurait jamais dû quitter.

Elle ne pouvait s'empêcher de penser aussi à tous ceux qui les accueilleraient là-bas. Elle avait été trop longtemps la confidente d'Yves pour ignorer leurs sentiments. Combien ils devaient être tourmentés à la perspective de revoir ce fils qui était absent de leur vie depuis si longtemps ! Ils devaient se demander comment ils s'y prendraient pour apprivoiser ses craintes, pour réussir à le garder avec eux jusqu'à sa complète guérison. Jeanne savait à quel point ses parents occupaient la pensée d'Yves, mais eux, là-bas, croyaient peut-être que ces années d'éloignement avaient laissé leur fils complètement indifférent.

Elle entendait des pas qui s'approchaient, et, quelques instants plus tard elle vit apparaître Yves, suivi de sœur Saint-Pierre qui portait un sac.

— Je vous ai fait préparer un petit en-cas pour le voyage, dit-elle.

— Je lui avais dit qu'on mangerait à la gare, mais comme tu vois, j'ai pas pu y faire comprendre le bon sens.

Jeanne examinait son cousin. Depuis qu'il voyait à nouveau, il avait enfin recouvré sa bonne mine d'autrefois. Elle ne put s'empêcher de remarquer le crochet qui lui servirait désormais de main droite, et Yves, qui avait vu son regard s'exclama en riant :

— Tu peux me serrer la pince si tu veux !

— Je m'aperçois que t'as encore le sens de l'humour, répondit-elle. C'est toi qu'as raison, moi, je pense pas que je pourrais en rire.

— C'est quand même mieux que rien, tu trouves pas ? Avec ça, je pourrai au moins aider sur la ferme.

— Je ne veux pas vous presser, dit sœur Saint-Pierre, mais si vous continuez à parler, vous allez manquer votre train.

— Mon Doux, j'y pensais plus ! s'exclama Jeanne. J'étais tellement habituée à rester avec Yves des après-midi de temps, que j'oubliais qu'y partait avec moi.

La religieuse regardait le jeune homme avec des larmes dans les yeux. Elle s'était attachée à lui pendant ces longs mois où il avait été son patient. D'ailleurs, chaque départ la bouleversait ainsi. Bien qu'elle fût heureuse de voir tous ces militaires repartir guéris, c'était chaque fois un arrachement pour elle.

— Je peux pas croire que vous avez de la peine de me perdre, ma sœur ? essaya de blaguer

Yves, très ému lui aussi. Me semblait que vous seriez contente, ajouta-t-il, j'ai pas été assez tannant?...

— Voyons, vous savez bien que non. Quand vous avez été tannant, comme vous dites, c'est parce que vous étiez trop souffrant. Je suis certaine que personne ici ne s'est jamais plaint pour rien.

— J'ai quelque chose à vous demander avant de partir, ma sœur.

— Si je peux répondre à cette demande, je me ferai un plaisir de le faire.

— Quand je vous la dirai, ma demande, vous changerez peut-être d'idée... Je voudrais vous embrasser.

La religieuse rougit en entendant ces mots, mais ce fut elle qui s'avança vers Yves pour le serrer dans ses bras. Il l'embrassa sur les deux joues en disant:

— Je vous suis ben reconnaissant, ma sœur. Je pourrai jamais assez vous remercier! Manquez surtout pas de dire merci pour moi à sœur Poitras pis à sœur Deneau. Si j'ai été aussi souvent dans votre jardin, c'est à cause d'elles.

— Yves, je veux pas t'empêcher de remercier toutes les sœurs, mais on va manquer le train, coupa Jeanne en riant.

— Allez, allez, monsieur Yves, je répéterai vos messages à mes compagnes, dit sœur Saint-Pierre en l'accompagnant jusqu'à la porte. Surtout, ajouta-t-elle, prenez bien soin de vous et faites un bon voyage.

Elle resta un moment à les regarder s'éloigner avec un air pensif. Elle savait combien Yves était encore fragile, malgré son grand sourire, et elle redoutait ce retour chez lui où rien ne serait aussi facile qu'il le croyait.

* * *

Le train roulait depuis déjà plusieurs heures quand Yves et Jeanne songèrent à ouvrir le petit sac que leur avait remis la religieuse. Ils y trouvèrent quelques sandwiches et, dans une enveloppe, une image pieuse représentant Jésus enfant. Une courte note l'accompagnait: « Je souhaite qu'Il vous protège toujours ! »

— Mon Doux qu'elle est fine, cette religieuse-là ! dit Jeanne.

— Si je vous avais pas eues, toi pis elle, je pense pas que je serais dans le train astheure…

— Next stop, Quebec city ! cria le « train man » en passant dans les allées.

— Québec… soupira Jeanne, songeuse tout à

coup. Ça fait pas longtemps que le pont a tombé. Tu t'en rappelles ?

— Tu sais ben qu'on peut pas oublier une date de même ! Je me souviens que le 11 septembre au matin, les sœurs nous ont demandé d'oublier un peu nos souffrances, pour penser à tous ceux qui avaient péri dans l'accident. Me semble qu'on avait ben assez de la guerre, sans rajouter d'autres morts avec une affaire pareille !

Après un moment de silence, Yves reprit :

— Tu vas pas avoir l'idée de débarquer là, hein ? s'exclama-t-il.

— Crains pas, je suis pas assez folle pour faire ça !

— Ouf ! J'avais peur que tu me laisses tout seul pour me rendre jusqu'à chez nous.

— Y a longtemps que j'ai promis de pas aller voir ma fille, pis je la tiendrai, ma promesse. En plus, j'ai dit que j'allais à l'Anse-à-Thomas avec toi, pis comme tu vois je suis là.

— T'es ben fine, Jeanne ! dit Yves, soulagé de savoir que sa cousine l'accompagnerait jusqu'au bout.

Mais malgré toutes ces belles paroles, l'arrivée à Québec fut un dur moment à passer. Jeanne était pâle et il était facile de voir qu'elle faisait de grands efforts pour dissimuler sa détresse.

Sans dire un mot, Yves lui pressa les mains pour qu'elle sente bien toute sa sympathie, et quand le train s'ébranla de nouveau, ils poussèrent tous les deux un soupir de soulagement.

— Regarde, Yves, il commence à pleuvoir pis le brouillard s'amène, dit Jeanne.

À travers la vitre mouillée, ils pouvaient voir les couleurs de l'automne qui s'estompaient sous la pluie. Les rouges et les oranges disparaissaient maintenant sous cette couche de brume qui les recouvrait lentement. Seule l'ombre des épinettes tranchait encore sur cette grisaille.

— Pourvu que le vent s'élève pas en plus, dit Yves. Si ça arrive, tu sais ce que ça veut dire, hein?...

— Oui, qu'on va être pris pour rester à Rivière-Ouelle. C'est ben sûr qu'une goélette pourra pas nous emmener de l'autre bord si les vagues sont trop hautes. Pis, on n'a pas les moyens de prendre le gros traversier Eurêka.

— Croise-toi les doigts, Jeanne, peut-être qu'on embarquera pareil.

Il ne se trompait pas. À leur arrivée au quai de Rivière-Ouelle, il y avait une goélette prête à prendre le large.

— On est parés, leur dit le capitaine. Les

copeaux de bois sont chargés, pis même si la mer est vilaine, on va essayer de passer.

Les vagues claquaient sur le quai et l'écume jaillissait jusqu'à eux.

— Y est pas sérieux, hein, Yves? demanda peureusement Jeanne. Avec nous autres pis le bois, le bateau va caler, c'est sûr!

— Tu sais ben que si le capitaine dit qu'y va essayer, c'est qu'y connaît ça. C'est pas la première fois que la mer est de même.

Ils montèrent à bord, malgré les appréhensions de Jeanne, et les marins lestèrent les amarres. À peine à quelques mètres du quai, le capitaine se rendit compte qu'il ne pourrait continuer sur cette mer maintenant déchaînée. Le bois cordé sur le pont commençait à être dangereusement déséquilibré et menaçait à tout instant de se renverser sur les quelques rares passagers blottis les uns contre les autres et fouettés par le vent et la pluie.

— On est obligés de revenir au quai, messieurs, dames. J'ai espoir que le vent va tomber avant la noirceur, pis qu'on va pouvoir traverser.

Et en effet, le vent se calma avant la tombée du jour, en même temps que la pluie cessait, et ils purent reprendre la mer.

— Regarde, Yves. C'est-tu assez beau de voir

toutes les belles couleurs qu'y a sur la côte ! s'exclama Jeanne en se retournant vers le quai qu'ils avaient quitté depuis un bon moment déjà.

Le soleil baissait rapidement à l'horizon et, derrière eux, les arbres avaient pris cette teinte mauve qui adoucissait le coloris parfois trop vif de l'automne. Sur la rive nord, l'ombre s'étendait graduellement sur les montagnes de Charlevoix, à mesure que la lumière disparaissait, et le quai de La Malbaie était maintenant visible au loin.

— Penses-tu que Rose-Aimée nous attend avec André ? demanda Yves, tout à coup.

— Tu vas pas recommencer à faire des plans de même, pis juste avant qu'on accoste ? répondit Jeanne. Je t'avertis, si t'as dans l'idée de continuer ça, moi, je débarque pas. Je repars au prochain voyage pis tu partiras chez vous tout seul !

Yves se taisait, et Jeanne se mit à craindre le pire. Elle avait cru bien sincèrement aux bonnes résolutions de son cousin, et voilà que ses paroles démentaient déjà tout le bien qu'il avait projeté d'accomplir pour les siens. Elle se dit qu'elle avait eu raison de penser que la rencontre prochaine d'Yves et de Rose-Aimée ne pourrait apporter que des événements dramatiques.

Chapitre 20

Pendant que le bateau approchait, André avait eu le temps de repenser à tout ce qui s'était passé en arrivant à La Malbaie, mais surtout à l'attitude étonnante de Rose-Aimée quand elle avait appris le retour d'Yves.

Depuis que la lettre de Jeanne leur était parvenue, et dans les semaines qui suivirent, l'humeur de sa jeune femme se transforma de plus en plus, à un point tel, d'ailleurs, qu'il se mit à craindre le pire.

— Mais qu'est-ce que t'as à tourner en rond de même? demanda-t-il un matin où il la vit accomplir distraitement des gestes qui, d'habitude, allaient de soi.

— Pourquoi que tu dis que je tourne en rond?

— Ben, tu vois pas ce que t'es en train de faire?... Tu viens de mettre plein de sel dans ta tarte aux pommes au lieu du sucre. Pis, à matin, t'as sûrement oublié d'ajouter du levain quand t'as pétri le pain, parce qu'y est aussi plat qu'une crêpe!

— Ah! C'est donc pour ça... Je sais pas ce que

j'ai de ce temps-ci, je fais tout de travers, soupira Rose-Aimée.

— C'est peut-être parce que tu dors mal?… T'arrêtes pas de te retourner d'un bord à l'autre du lit en parlant quasiment toute la nuit.

— Qu'est-ce que je peux ben dire? demanda la jeune femme, inquiète.

— Tu cries: « Non, non, arrête! Fais pas ça! » Pis d'autres affaires que je comprends pas. À quoi tu peux ben rêver pour t'agiter de même?

— Ça doit être à la jument, répondit-elle en se retournant pour qu'il ne la voie pas rougir, et elle s'affaira à retirer les pommes de la tarte pour les rincer.

Elle savait que son visage devait être cramoisi, à cause de la bouffée de chaleur qui lui était montée à la tête. Elle se rappelait certains de ses rêves, dans lesquels elle se retrouvait toujours sur la plage avec Yves. Avait-elle pu parler de lui en dormant?… Était-il possible que son mari le lui cache?…

— C'est pas de ma faute si je fais des cauchemars, André, pis c'est ben de valeur si ça te réveille, dit-elle en replaçant les pommes dans la pâte et en les saupoudrant de cassonade. Bon, ben, je pense que ma tarte va être meilleure de même! ajouta-t-elle.

— Vas-tu la mettre au four sans rien ajouter dessus?... demanda encore André, voyant que Rose-Aimée ouvrait la porte du fourneau et se préparait à y déposer son assiette.

— Tu sais ben que non! s'exclama-t-elle, s'apercevant que sa tarte n'était pas complète.

Elle s'affaira aussitôt à découper une grande rondelle de pâte, dans laquelle elle fit des fentes qui ressemblaient aux traces que laissent les pattes des oiseaux quand ils sautillent sur la neige, et elle la déposa sur les pommes tranchées.

— Avec tout ça, tu m'as toujours ben pas dit pourquoi t'es nerveuse de même? reprit André.

— C'est à cause du retour d'Yves.

— T'es pas contente qu'y revienne par ici?

— Ben sûr que oui, mais je peux pas m'empêcher de penser à ce qui va arriver quand y sera là.

— Ça peut pas mal se passer, voyons donc! T'as pas vu comment mes parents ont hâte de le voir?

— Ta mère, oui, mais ton père, j'en suis pas sûre.

— Tu te fais des imaginations.

Rose-Aimée garda le silence un moment, puis elle vint s'asseoir près d'André.

— J'ai une chose à te demander, dit-elle

soudain. Quand tu vas descendre à La Malbaie, j'aimerais ça que tu nous emmènes, moi pis le petit.

— C'est ben certain que vous allez venir avec moi, répondit André avec un étonnement grandissant. Pourquoi que t'en doutes ?

— J'ai pas fini de m'expliquer, continua Rose-Aimée. Je le sais ben que tu vas m'emmener avec toi, mais c'est chez mes parents que je veux aller, pas sur le quai pour attendre Yves pis Jeanne. Je m'ennuie de chez nous, pis y a longtemps qu'y ont pas vu Laurent.

— Après que le bateau aura accosté, on ira tous ensemble les saluer. C'est promis !

— Tu comprends pas ce que je te demande, André. Je viens de te dire que c'est pas pour attendre le traversier que je veux aller à La Malbaie, mais pour rester chez mes parents ! cria presque Rose-Aimée.

Son mari restait bouche bée devant la violence avec laquelle la jeune femme venait de s'exprimer. Il ne comprenait pas pourquoi, mais il commençait à perdre patience, lui qui était si calme d'habitude.

— Comment ça, rester chez tes parents ? s'exclama-t-il. Tu veux rester là pour combien de temps ?... Pis juste quand Yves revient ? Qu'est-ce qu'y va penser ?

Le ton de sa voix avait monté, à mesure qu'il énumérait ses questions. Rose-Aimée avait eu bien raison de lui dire qu'il ne comprenait pas le sens de sa demande. Comment pouvait-elle refuser de l'accompagner pour aller attendre Yves et Jeanne ? Il regardait sa femme avec inquiétude. Elle était maintenant toute tremblante à ses côtés.

— Qu'est-ce que t'as, ma Rose-Aimée ? demanda-t-il, soudain radouci. Es-tu malade ?... Je gagerais que t'es enceinte !

— Va pas t'imaginer des affaires ! C'est juste que je veux prendre le temps de voir mes parents avant l'hiver qui s'en vient, pis ça sera pas long astheure. Y a rien qu'à regarder les arbres qu'ont presque plus de feuilles, pis sentir le vent qui fraîchit pour comprendre ça. T'as dû t'en apercevoir comme moi ?...

— Je sais ben, mais...

— Mais tu sais itou que, quand la neige sera là, y sera temps pour toi de partir aux chantiers, pis que je pourrai plus descendre chez nous.

— Ça sera pas pareil cette année, Yves sera là. Si tes parents peuvent pas venir passer les fêtes ici, y te conduira à La Malbaie avec la sleigh.

Ça se peut itou que je revienne en temps pour t'embrasser, à Noël ou ben au jour de l'An…

— Je sais toute ça. Mais c'est là, astheure, que j'ai besoin d'aller chez nous !

André était songeur. Sa femme n'avait pas l'habitude de faire tant de chichi. Elle avait affirmé qu'elle n'était pas enceinte, mais il se rappelait quand elle avait porté Laurent. Pendant des semaines elle était devenue une autre femme : capricieuse, froide, refusant ses avances, sous prétexte de différents malaises, et ce n'est qu'après son accouchement que tout était rentré dans l'ordre, ou à peu près, car en y pensant bien, elle n'avait plus jamais été la même avec lui. Il se rappelait les débuts de son mariage… Il se souvenait avec quelle ardeur elle répondait à ses caresses… Il revoyait avec nostalgie certains après-midi, quand il entraînait Rose-Aimée dans la grange pour lui faire l'amour, loin des regards de ses parents… Il entendait encore le vent qui passait à travers les planches de bois, faisant voler les brins de paille autour d'eux en une sorte de gémissement, pareil à celui de sa femme quand son plaisir montait.

Après le départ d'Yves, tout avait été transformé entre eux. Leur mésentente augmentait de jour en jour. Était-ce parce que son père refusait de parler à sa bru, et qu'il restait indifférent quand on lui offrait de prendre Laurent dans ses bras?... André était d'autant plus malheureux, qu'il ne s'expliquait pas tous ces changements d'humeur dans sa famille. Décidément, rien n'allait plus dans son ménage.

Et comme si ça ne suffisait pas, il y avait ces rumeurs qui couraient au sujet du recrutement des hommes pour la guerre qui, au lieu de se terminer rapidement comme tous l'espéraient, ne cessait d'aller en s'aggravant. Seulement à la bataille d'Ypres, où Yves avait été blessé, il y avait eu plus de 10 000 morts parmi les soldats. On parlait maintenant de conscription. On disait que tous les jeunes hommes devraient bientôt partir, même ceux qui étaient mariés et avec des enfants. Son tour viendrait, il en était persuadé, mais il savait aussi que lorsque ce jour arriverait, il se sauverait plutôt que de servir de chair à canon.

À son avis, le fait de s'enfuir n'était pas un acte de lâcheté, mais bien une conviction profonde que lui dictait sa conscience. Il ne voyait pas pourquoi il risquerait sa vie pour l'Angleterre, un pays qu'il ne connaissait pas. Son pays à lui, c'était Charlevoix, ses montagnes, ses rivières qui se jetaient dans la mer, et c'était le seul qu'il serait prêt à défendre si l'ennemi l'envahissait. Il ne croyait pas à ces annonces mensongères qu'on placardait dans les rues des villes et des villages pour impressionner les gens. On y voyait un soldat allemand, baïonnette au fusil, s'apprêtant à tuer une femme et son enfant étendus par terre. Si jamais on menaçait sa Rose-Aimée et son fils, il consentirait à prendre les armes. Mais pas avant!

Il regarda sa femme qui attendait toujours sa réponse, et son amour pour elle le submergea.

— Si tu veux vraiment aller te reposer chez tes parents, je te laisserai là-bas avant de me rendre sur le quai pour accueillir Yves et Jeanne, dit-il en lui pressant les mains. Mais je t'assure qu'y seront ben désappointés de pas te voir avec moi.

Rose-Aimée ne répondit pas. Elle s'affairait maintenant près du poêle, brassant son lavage qui bouillait dans une grande casserole. À l'aide d'un long bâton, elle le tournait et le retournait. Plus tard, quand elle étendrait son linge à l'extérieur, elle serait encore une fois très fière de la blancheur de sa lessive. Quand elle la rentrait, ses draps et ses vêtements étaient chargés de toutes les odeurs de la forêt et des herbes chauffées par le soleil. C'était tellement plus agréable de sécher son linge au dehors. L'hiver, il lui fallait tendre des cordes d'un bout à l'autre de la cuisine, et l'air ambiant devenait aussi humide que celui des jours de pluie.

— Quand t'auras fini, je t'aiderai à épingler tout ça, dit André en s'approchant d'elle et en la prenant par la taille.

— T'es ben fin, mais je peux m'arranger toute seule.

— Je le sais, mais je trouve que t'as l'air pas mal fatiguée depuis une semaine.

— C'est vrai, pis c'est pour ça que je veux rester un bout de temps à La Malbaie.

— Profite donc de ces vacances pour voir un docteur. Tu penses pas que ce serait une bonne idée?...

— Peut-être. Je verrai ça... répondit-elle, évasive.

— T'es sûre que je peux pas te faire changer d'idée?... Tu veux toujours pas venir sur le quai avec moi?

— J'ai dit non! s'exclama-t-elle, exaspérée. Pis arrête d'en parler! Laisse-moi, astheure, ajouta-t-elle en se libérant des bras d'André, qui l'enlaçait toujours. J'ai encore ben des choses à faire.

— Je t'en reparlerai plus, si c'est ça que tu veux. Je pense que je suis mieux d'aller voir aux animaux. Cherche pas Laurent, je l'emmène avec moi.

Rose-Aimée remarqua avec quelle tendresse son mari relevait son fils, accroupi près de la maison et occupé à faire des châteaux de terre. Elle s'en voulut d'avoir été aussi brusque avec André, mais sa décision de partir était prise depuis un certain temps, et les questions qu'il posait l'énervaient. En fait, depuis qu'elle avait appris le retour d'Yves, ses angoisses étaient revenues. Elle était déchirée entre son amour pour son mari et cette passion qui la faisait rêver à celui qui, pour la première fois, lui avait fait connaître ce qu'était réellement le plaisir.

Elle se sentait d'autant plus coupable, qu'elle ne pouvait avouer à qui que ce soit ce qui s'était passé. Le regard que lui jetait son beau-père suffisait à lui rappeler sa faute, et elle avait hâte de se confesser enfin. Mais la seule perspective d'avoir à tout raconter au curé Hudon la terrifiait. On lui avait parlé de son intransigeance et de sa sévérité à l'égard de ceux et celles qui venaient chercher l'absolution. Son séjour à La Malbaie la déciderait peut-être à soulager sa conscience.

Chaque fois que la fin du jour éteignait les rayons du soleil, elle pensait devenir folle. Elle regardait l'ombre s'allonger sur les champs, pendant que le rougeoiement du couchant finissait d'éclairer la forêt. Après ce moment de beauté trop court, les feuilles semblaient s'empourprer, et l'écorce des bouleaux devenait incandescente. Puis le sol grisonnait lentement dans cette obscurité qui le couvrait, et Rose-Aimée savait que c'était l'instant où les silhouettes des pins géants se mettaient en marche, mangeant peu à peu la lumière, avançant vers la maison, vers elle, comme l'auraient fait des soldats en pays conquis.

Toutes ces fins de jour rendaient Rose-Aimée de plus en plus vulnérable à mesure que les semaines passaient. Il lui prenait des envies de fuir, de s'élancer dans les feuilles rousses et de courir à perdre haleine vers la rivière, pour s'y jeter et se laisser porter par le courant jusqu'à La Malbaie.

Ne plus vivre à l'Anse-à-Thomas ! Ne plus croiser le regard de son beau-père ! Ne plus avoir à chercher d'explications pour faire comprendre à son mari ses sautes d'humeur ! Retrouver sa chambre de jeune fille. Y dormir longuement, sans toujours revoir en rêve le visage d'Yves au-dessus du sien ! Ne pas s'éveiller avec ce vide au cœur en sachant qu'il serait bientôt tout près d'elle, mais inaccessible ! Ne plus désirer ces caresses qu'elle avait connues et qui lui durcissaient les seins et lui mouillaient les cuisses quand elle y pensait ! Supporter sans se plaindre cette vie sans passion qui était sienne depuis qu'il était parti, rendant ses rapports avec André si monotones !

Perdue dans ses pensées, elle ne s'aperçut pas qu'elle avait remis dans la cuve le linge déjà essoré et prêt à étendre. Il lui fallait tout recommencer. Ce qu'elle fit, des larmes de désespoir plein les yeux.

Chapitre 21

Il y avait bien une heure qu'André regardait vers le large. Le vent traversait sa vareuse et il grelottait. Il aurait pu croire que, prenant naissance dans le lointain, là où le pays est toujours désert, la bourrasque s'amusait à se faufiler entre les courbes tortueuses des montagnes, pour venir jusqu'au quai et le dépasser, reprenant plus de force une fois en mer.

La goélette n'était plus très loin maintenant. D'énormes vagues la ballottaient, et elle les gravissait péniblement, pour redescendre ensuite dans des creux si profonds, qu'elle semblait incapable d'émerger et de se stabiliser. Et pourtant, sa proue réapparaissait, écumante de ces trombes d'eau qui inondaient le pont et menaçaient de l'entraîner vers le fond.

Enfin elle accosta. Yves et Jeanne réussirent tant bien que mal à prendre pied sur le quai. C'était une opération des plus difficiles, à cause de la houle qui faisait osciller la goélette et menaçait de précipiter ses passagers dans la mer.

André s'élança vers son cousin et l'embrassa fougueusement.

— Pis, moi? s'exclama Jeanne. T'es pas content de me voir?

— Tu sais ben que oui! Je pense que c'est le plus beau jour de ma vie!

— Ah, oui? dit Yves, moqueur. Moi, j'étais sûr que le plus beau jour, c'était celui de ton mariage?

— Occupe-toi pas de lui, André, intervint Jeanne. On dirait qu'y s'amuse à faire étriver tout le monde depuis un bout de temps.

Sans se préoccuper de la remarque de son cousin, André les entraîna tous les deux vers la voiture.

— Embarquez vite, dit-il, ça fait ben deux bonnes heures que le cheval attend, pis on a une longue route à faire avant d'arriver à l'Anse-à-Thomas. Profitons-en pendant que le jour nous éclaire un peu.

Il restait encore de la lumière au-dessus de la forêt, mais sur le turquoise pâle du ciel, parsemé des roses du soleil couchant, s'effilochaient de lourds nuages d'automne qui nappaient le paysage de taches sombres.

— Rose-Aimée est pas avec toi? demanda soudain Yves.

— Non, répondit André. Je l'ai laissée chez ses parents.

— Pis on va aller la chercher en passant ?

Jeanne, voyant que la conversation prenait une mauvaise tournure, décida d'y mettre un terme.

— Je sais pas pourquoi tu questionnes André de même, y est ben bon de prendre la peine de te répondre.

— Laisse faire, Jeanne, dit André. Si Rose-Aimée reste un bout de temps chez eux, c'est parce qu'a se sent pas trop ben. Je pense que l'idée de me voir partir dans quelques semaines aux chantiers, ça la chicote.

Quand la voiture passa devant l'église sans s'arrêter, et quitta le village pour s'engager sur le Chemin des Marais, Yves comprit que son cousin avait dit vrai : Rose-Aimée ne les accompagnerait pas.

— Pis a va rester à La Malbaie combien de temps ? insista-t-il.

— Au moins deux semaines, répondit patiemment André.

— Pour quoi faire ?

— Je veux qu'a voie un docteur, pis y faut qu'a achète des affaires à Laurent. C'est un beau petit gars, tu sais.

— Avec des parents comme vous deux, c'est pas surprenant, s'exclama Jeanne.

La voiture sautillait sur les cahots de la route de terre, et tous les trois avaient l'impression d'escalader des vagues.

— J'ai ben hâte d'arriver! soupira Jeanne. Je pense que ça va me prendre des jours avant d'être capable de marcher droit. Des heures de bateau, pis astheure des trous pis des bosses… Je commence à en avoir assez!

— C'est pareil pour moi, gémit Yves. Je suis ben fatigué!

Malgré sa lassitude, il s'étonnait de voir avec quelle facilité il s'intégrait au décor. C'était comme s'il n'avait jamais quitté la région. Il retrouvait les montagnes et la rivière Malbaie qui séparait les parois rocheuses. Pareille à une profonde blessure, elle coulait tout en bas, ruban sombre au pied de ces falaises gigantesques que les derniers rayons du couchant ensanglantaient.

Après les bruits de la ville où il avait poursuivi sa longue convalescence, il ressentait un calme bienfaisant au contact de cette nature sauvage. Au-dessus de leurs têtes, des outardes en voilier poursuivaient un dernier envol.

— Je me rappelais plus comment ces oiseaux-là criaient fort, s'exclama Jeanne. Quand on vivait par ici, j'avais toujours le cœur gros en les voyant s'en aller. C'était le signe que les grandes froidures étaient pas loin.

— C'est pas l'hiver qu'est triste, soupira André. C'est juste l'idée qu'y faut partir, nous autres itou. Toi, Yves, t'auras la chance de rester à l'Anse avec maman.

— Je pensais pas que papa montait toujours aux chantiers, dit Yves.

— Ben oui, mais je suis à peu près sûr que ça sera la dernière année qu'y pourra le faire. Y a pas l'air ben fort astheure, expliqua André. L'an passé, y s'essoufflait à rien. J'étais obligé de l'aider souvent, en faisant semblant de rien pour pas que le boss du camp s'en aperçoive. Tu te rappelles comme c'est dur de jucher les arbres coupés sur les plates-formes des sleighs, de les corder dessus, de les attacher ben solide, pis de tirer les chevaux pour qu'y avancent avec leurs charges ? Je voulais pas qu'y monte en novembre, vu que tu revenais. Me semble qu'y aurait pu se reposer tranquille à la maison, en fumant sa pipe, mais tu le connais ? Quand j'y en ai parlé, y m'a dit, ben fâché : « Tu sauras que je suis encore capable de gagner mon pain ! »

Yves ne répondit pas. Il songeait à son père qu'il n'avait pas revu depuis près de trois ans.

De quelle façon le recevrait-il ? N'était-ce pas à cause de lui qu'il désirait partir pour l'hiver ? Peut-être ne voulait-il pas renouer des liens qu'il avait lui-même coupés ? Son orgueil l'emporterait-il sur sa raison ?

Après avoir atteint le sommet de la montagne, la route descendait en épousant les courbes, évitant les sous-bois trop touffus. Le cheval avançait presque de lui-même. Il était inutile de le guider. Rendu à cette distance de la maison, son instinct lui disait qu'il retrouverait bientôt la grange et de la nourriture.

* * *

Depuis quelques heures, Pierre faisait les cent pas. Il allait de la fenêtre à son fauteuil, ouvrait la porte et regardait le ciel qui s'assombrissait de plus en plus.

— Qu'est-ce qu'y peuvent ben faire pour arriver tard de même ? s'exclama-t-il.

— Le bateau est peut-être pas parti à l'heure, dit Mathilde, essayant de le calmer.

— Avec tout ça, y vont pas avoir le temps de souper.

— Tu sais ben qu'y ont dû manger en route.

— Où ça, veux-tu ben me dire ? demanda

Pierre, en retournant sur la galerie et en allumant sa pipe.

Il scrutait l'obscurité grandissante, espérant apercevoir la lueur de la lanterne qu'on allumait aussitôt la nuit venue, pour que la voiture puisse se diriger dans le bon sentier. Il écoutait attentivement les échos qui lui parvenaient. Il y avait ceux de la rivière qui coulait derrière les arbres, ceux des derniers chants d'oiseaux qui gazouillaient encore dans la forêt toute proche, ceux du bruissement des feuilles que la brise du soir agitait, mais ceux qu'il cherchait vainement étaient toujours absents.

Il aurait tellement voulu confier à quelqu'un son angoisse. Il savait que Mathilde la devinait, mais il aurait ressenti un tel soulagement s'il avait pu l'exprimer. Damné orgueil! Maudite étroitesse d'esprit qui l'avait toujours fait rester sur ses positions! Pendant plus de deux ans, il s'était refusé la joie d'entendre parler de son fils. Il avait joué l'indifférence, s'était convaincu que si Yves était parti, ça n'était pas sa faute. Il était allé jusqu'à essayer de rayer son souvenir de sa mémoire, mais sans y parvenir, puisque chaque nuit son fils le rejoignait dans ses rêves.

Mais aujourd'hui, il devait faire face à la réalité. À cause de lui, ce fils lui revenait mutilé, et il se demandait encore de quelle façon il allait l'accueillir. Seigneur qu'il était bête ! Pourquoi ne pouvait-il écouter son cœur, tout simplement ? Mais s'il agissait de la sorte, ça supposait qu'il faudrait aussi oublier ce qu'il avait vu, et pardonner à Rose-Aimée ?...

Un nouveau bruit se mêlait maintenant aux autres. C'était, à n'en pas douter, celui d'une voiture qui approchait.

— Mathilde ! Y s'en viennent ! s'exclama-t-il.

— T'es ben sûr de ça ?

— Je suis pas sourd ! Si je suis capable d'entendre hurler les loups, je suis capable, itou, de reconnaître le grincement des roues d'une voiture.

— Ben, d'abord, y faut que je fasse chauffer la soupe ! s'exclama Mathilde en remettant une bûche dans le poêle. Y doivent avoir faim pis, après ce voyage dans la noirceur, y ont sûrement froid.

Elle se sentait toute fébrile. La pensée de revoir Yves lui serrait le cœur à tel point, qu'elle avait l'impression qu'il allait éclater de joie. Mais en même temps, l'inquiétude la rongeait. Comment son mari se comporterait-il ? Elle le connaissait, son Pierre. Dur en apparence, parfois trop fier pour avouer ses torts, mais avec le cœur sur la main et une sensibilité à fleur de peau.

— T'es content, au moins, de les voir? demanda-t-elle.

— Tu parles d'une question! répondit-il, sans ajouter rien d'autre.

— Ben, d'après ta façon de réagir jusqu'astheure, je pense que j'ai raison d'avoir peur.

— J'ai ben retourné tout ça dans ma tête depuis ce temps-là. Crains pas, je sais que j'aurais jamais dû me fâcher avec Yves. Y serait pas parti, pis y serait pas allé à la guerre pour nous revenir estropié. J'en ai ben du remords des fois...

Il se sentit soulagé de l'avoir admis. Il y avait si longtemps qu'il gardait ça en dedans de lui.

— Penses-tu qu'y m'a pardonné? ajouta-t-il, pensif.

— Lui itou, y a dû réfléchir, mon mari. Mais je me demande une chose: tu m'as toujours ben jamais dit pourquoi tu t'étais enragé de même après lui? demanda Mathilde.

— Non, pis je te le dirai pas non plus. C'est plus important, astheure. Continue à brasser la soupe, ma femme, y arrivent!

Chapitre 22

C'est le matin de leur départ pour La Malbaie que les oies blanches avaient commencé à descendre la rivière.

— Me semble qu'a passent ben de bonne heure cette année, dit André, tout en déposant les bagages de sa femme dans la voiture.

— Les oiseaux sont ben plus fins que nous autres. Y ont senti ça, que le froid arrivait, soupira Rose-Aimée. T'as vu les toitures pis les fossés à matin ? Y étaient pleins de gel.

— Je m'en suis aperçu. Y avait de la glace partout. Aussi ben sur les champs que sur la rivière.

— En tout cas, je suis pas fâchée de partir avant que ça rempire. Près de la mer, on aura pas mal plus chaud. Quand y fera ben froid, j'aurai eu au moins un petit répit.

Elle avait hâte de se retrouver chez elle. Pour Rose-Aimée, ce « chez elle » était toujours La Malbaie. Là, elle n'aurait pas besoin de s'esquinter pour entrer du bois de chauffage. Elle n'aurait pas, non plus, pour soulager un besoin naturel, à s'enfermer dans une cabane en bois, qui laissait passer le vent froid en hiver, et les insectes en été, surtout ces grosses araignées qu'elle craignait tant! Et c'était sans parler de l'odeur qui y régnait, malgré la chaux qu'on répandait abondamment. Elle n'aurait pas à s'isoler, honteuse d'avoir à faire sa toilette intime dans la cuisine, en craignant toujours d'être surprise par quelqu'un.

— Mais moi, tu sais pas comme je trouverai le temps long sans vous deux, s'exclama soudain André, pendant que le cheval trottinait sur la route de terre.

— Je te comprends. Pis, va pas croire que je penserai pas à toi, répliqua Rose-Aimée qui se sentait tout à coup légère comme ces oiseaux qui les survolaient.

André regardait sa femme à la dérobée. Elle était resplendissante. Il se doutait bien que, une fois chez les siens, elle oublierait rapidement l'Anse-à-Thomas. Avait-il eu raison d'accepter qu'elle le quitte pour quelques semaines?... Et si, après ce séjour chez ses parents, elle décidait de rester là-bas? N'était-ce pas ce qu'il avait toujours craint?

— Dis-moi que tu vas revenir, Rose-Aimée! s'exclama-t-il, avec un ton suppliant.

— Pourquoi que je t'aurais menti sur une

affaire grave de même? Comment tu peux penser ça?

— C'est parce que t'as l'air tellement contente aujourd'hui. T'avais si hâte de partir, que t'as pas voulu aller dire bonjour à chez nous.

— Y ont des affaires ben plus importantes à penser, dit la jeune femme, durement. Pis t'oublies que ton père m'aime pas, ça fait que...

Elle laissa sa phrase inachevée, espérant que son mari ne reparle plus de cette situation éprouvante.

— Pourtant, y t'haïssait pas au début de notre mariage, soupira songeusement André.

— Justement. On dirait que depuis que ton cousin est parti, y a rejeté toute sa rancœur sur moi, dit Rose-Aimée.

— Je sais ben pas pourquoi...

— En tout cas, ça me fait plus rien.

André savait que sa femme mentait. Il se souvenait de ses larmes à chaque fois qu'ils revenaient d'une visite chez lui. Il était étonné que Rose-Aimée dise aujourd'hui que ça n'avait plus d'importance, mais il se garda bien de lui en faire la remarque.

Malgré le plaisir évident qu'elle ressentait à la pensée de s'éloigner de l'Anse-à-Thomas, la jeune femme ne pouvait rester indifférente à la beauté du paysage qui défilait sous ses yeux. À travers les rouges et les oranges des dernières feuilles, pointait le vert sombre des épinettes, et l'eau de la rivière reflétait toute la gamme de ces couleurs que le courant fragmentait en centaines de petits points lumineux.

Laurent dormit tout au long du voyage et il ne s'éveilla que lorsqu'ils arrivèrent vers l'heure du midi à La Malbaie. André, le visage tendu, prit les bagages de sa femme et les déposa sur la galerie de ses beaux-parents.

— Tu veux pas rentrer ? demanda Rose-Aimée.

— Non, j'aime autant pas.

— T'es pas content que je vienne me reposer ici ?

— C'est pas à cause de ça, pis tu le sais ben.

— Qu'est-ce que mes parents vont penser ?

— Y penseront ben ce qu'y veulent ! s'exclama André, bougon.

À ce moment de leur discussion, la porte s'ouvrit et Laurent poussa un cri de joie :

— Grand-maman !

Catherine le prit dans ses bras, un grand sourire de bonheur éclairant son visage.

— Mais t'as grandi sans bon sens, toi, dit-elle. Pis regarde-moi la belle visite que tu m'emmènes !

— Zuste maman, précisa l'enfant.

— Ah ! bon. Comme ça, vous restez pas à dîner, mon gendre ? demanda-t-elle, surprise.

— Je suis trop pressé, madame. Je sais pas trop à quelle heure arrive le traversier. Ça fait que y faut que je m'en aille l'attendre.

Le regard de Catherine allait d'André à sa fille qui, silencieuse, la mine triste, ne savait trop si elle devait entrer ou embrasser son mari avant de le quitter. Enfin elle se décida.

— Ben, pars d'abord ! dit-elle en lui donnant rapidement un baiser.

André ne se fit pas prier pour obtempérer, pendant que la jeune femme saisissait ses valises et se précipitait à l'intérieur. Aussitôt, elle se jeta en pleurant dans les bras de sa mère.

— Mais qu'est-ce que t'as, Rose-Aimée ? s'exclama Catherine. Es-tu malade ?

— Je sais pas ce que j'ai, répondit la jeune femme. Je pense que je suis juste ben fatiguée.

— Ben si c'est ça, tu vas te reposer. Monte dans ta chambre pendant que j'emmène Laurent à son grand-père. J'irai te rejoindre tantôt.

— Je vas me coucher en vous attendant.

— C'est une bonne idée, ma fille, je vois ben que t'en peux plus.

— Toute me fatigue de ce temps-ci.

— Tu serais pas enceinte, des fois ? demanda Catherine.

— André aussi a pensé ça, mais je suis sûre que c'est pas le cas. J'ai eu mes règles, ça fait que…

— Ça veut rien dire. Y a des fois que ça arrive pareil. En tout cas, demain je t'emmène chez le docteur. T'as sûrement besoin de quelque chose pour te redonner des forces. On dirait que depuis la naissance du petit, tu traînes de la patte. Pour astheure, monte dans ta chambre, moi, je m'occupe de Laurent.

— Pauvre Laurent, y doit penser que je l'aime pas. Ça fait des semaines que je m'occupe presque plus de lui.

* * *

Rose-Aimée venait à peine de s'allonger pour dormir, quand elle entendit frapper à sa porte.

— C'est moi, dit Catherine. Je peux-tu entrer ?

— Ben certain, voyons donc, répondit la jeune femme, qui ne s'attendait pas à ce que sa mère revienne si rapidement.

Catherine lui tendit une tasse de chocolat chaud, en disant :

— Tiens, bois vite avant que ça refroidisse. Du lait chaud, y a rien de mieux pour calmer quelqu'un. Pis je connais ton goût pour le chocolat, t'as toujours aimé ça.

— Merci, maman. Mais vous deviez pas vous occuper de Laurent ?

— Ton père l'a emmené avec lui. Y vont aller chercher ton filleul, à l'école.

— Roger ? Y avait l'âge de Laurent, la dernière fois que je l'ai vu.

— C'est vrai que tu viens pas souvent ici, dit Catherine en s'assoyant au pied du lit. Astheure, tu ferais ben de me raconter la vérité vraie, Rose-Aimée. Y est temps que tu parles. Moi, je crois pas pantoute à ton histoire de fatigue.

— Mais je vous l'ai dit, je sais pas ce que j'ai.

— Y a de quoi d'autre, je le sens. T'as pas à avoir peur de me parler. Je peux toute entendre.

— C'est tellement compliqué, pis difficile à comprendre. Je sais pas par où commencer, murmura Rose-Aimée, en se mettant à pleurer.

— Commence par le début, pis le reste va suivre ! répliqua Catherine, avec son gros bon sens.

— Maman, j'aurais pas dû marier André !

— Ah non ? Pourquoi ça ? Tu l'aimais, me semble. Quand on t'a dit que t'étais ben jeune pour t'engager, t'as juré sur tous les saints du paradis qu'y était l'homme de ta vie !

— Pis je l'aime toujours. Mais j'en aime un autre, itou.

— Qui c'est, cet autre-là ? demanda Catherine, surprise.

— Yves.

— Pis c'est parce qu'y revient aujourd'hui, que t'es dans tous tes états de même ?

— Vous avez ben deviné.

— Mais comment ça s'est fait, ces amours-là ? Y était même pas à l'Anse.

— C'est arrivé avant qu'y s'en aille.

— Qu'est-ce qui s'est passé ?

— J'ai honte de vous le dire, maman… On s'est aimés comme des fous.

— Tu veux m'avouer que… t'as couché avec lui ? T'as ben raison de dire que vous étiez des fous. Pis, André le sait-tu ?

— Des fois, je me demande si y se doute pas de quelque chose, rien qu'à sa manière de me regarder. Mais, pour astheure, y a juste mon beau-père qu'est au courant.

— Y a rien dit à ton mari ?

— Je pense pas, autrement…

— Autrement, t'aurais pas pu rester à l'Anse, conclut Catherine.

— Mais je me comprends pas, maman.

Comment on peut aimer son mari, pis en vouloir un autre ?

— Ça, ma fille, c'est ben mystérieux. Le désir, on le contrôle pas toujours. L'amour pis le désir, c'est deux affaires qu'on pense pareilles, mais qui sont ben différentes, des fois.

— Vous, maman, est-ce que ?…

Rose-Aimée se tut soudain. Elle était devenue rouge de gêne. Comment avait-elle pu poser une telle question à sa mère ?

— T'aimerais savoir si j'ai déjà été tentée ? Quasiment. Tu sais, quand un homme vieillit, y est un peu moins ardent, pis c'est justement quand une femme a le plus besoin d'amour. En plus, quand on est dans le commerce, c'est pas rare qu'on rencontre quelqu'un qui nous plaît. Y en avait un…

Catherine s'interrompit. Elle ferma les yeux, comme pour mieux revivre ces instants qu'elle évoquait.

— Vous avez trompé papa ? insista Rose-Aimée, étonnée que sa mère, qu'elle croyait toujours si parfaite, ait pu éprouver les mêmes sentiments que les siens.

— Non, non ! J'ai jamais fait ça. Mais y faut comprendre que, si une femme est pas trop laide, on se gêne pas pour l'aguicher. C'est ben tentant de faiblir, surtout quand son mari a plus l'air de la trouver autant de son goût qu'avant. On dirait, des fois, qu'a fait partie des meubles. Y est tellement habitué de la voir là, qu'y a voit plus.

La jeune femme regardait sa mère, et elle sentit le besoin de la serrer dans ses bras.

— J'aurais jamais pensé que ça pouvait être de même entre vous pis papa, dit-elle, attristée par ce qu'elle venait d'apprendre.

— C'est pas si pire que ça, on a eu notre bon temps. Mais là, ce qui compte, c'est ce qui t'arrive. T'es trop jeune pour gâcher ta vie de même. Y faut que tu te reprennes.

— Si vous saviez comme je le souhaite, soupira Rose-Aimée.

— As-tu été à confesse, depuis ce temps-là ?… Non… Je vois ben que c'est pas le cas, rien qu'à voir ton visage. C'est pour ça que tu mangeais chaque fois que t'allais à la messe ? Tu le savais que, de même, tu pourrais pas communier. Y faut que tu le fasses, ma petite fille. Après, le bon Dieu va t'aider, tu verras.

Chapitre 23

Pendant que sa fille dormait, Catherine prépara de la pâte à biscuits et, après l'avoir roulée et y avoir découpé de belles rondelles, elle les déposa sur une lèchefrite et la mit dans le fourneau.

Elle les sortait du poêle, quand son mari et ses deux petits-fils revinrent.

— Ça sent rudement bon dans la cuisine! s'exclama Georges.

— J'ai cuit des biscuits à la mélasse, comme tu les aimes, dit Catherine.

— T'es ben fine, ma femme. As-tu quelque chose à te faire pardonner?

Plutôt que de lui répondre, Catherine débarrassa les enfants de leurs manteaux, et elle plaça les biscuits sur la table, devant eux. Les deux petits regardaient les belles galettes avec des yeux de convoitise.

— Gênez-vous pas pour en manger. La mélasse, l'automne, c'est bon pour la santé, dit-elle, en leur servant à chacun un grand verre de lait.

Elle s'assit à son tour, et elle invita Laurent à grimper sur ses genoux. Il se blottit aussitôt contre elle, tout en continuant à grignoter son biscuit. De temps en temps, elle lui faisait boire une gorgée de lait. Il était encore bien jeune, à dix-huit mois, pour se débrouiller seul, alors que son cousin de sept ans, Roger, manquait de s'étouffer, tellement il mangeait gloutonnement.

— Ma foi, s'exclama Catherine en riant, à te voir, on dirait que ta mère te nourrit pas !

— Ben non, on a de quoi manger. Mais vos galettes sont ben bonnes, mémère.

Catherine détestait qu'on la nomme ainsi. C'est son gendre qui avait pris cette habitude de l'affubler de ce nom, quand il parlait d'elle. Sa fille avait beau réprimander Roger, il continuait à lui dire « mémère ».

— Pendant qu'on mange, vous voulez nous conter une de vos histoires ? reprit l'enfant.

— Tu les connais toutes, me semble, dit Catherine.

— Mais j'aime ça quand tu les racontes. C'est comme des images dans un livre.

— Vas-tu encore y farcir la tête avec tes singeries, ma femme ? demanda Georges, en la regardant par-dessus ses lunettes.

— T'apprendras, mon vieux, que c'est aussi

important de mettre du rêve dans sa tête, que de la nourriture dans son estomac !

Son mari haussa les épaules, tout en marmonnant.

— Laurent veut histoire.

— Ben, je vas te la raconter, à toi itou. Ça se peut que tu la comprennes pas toute, mais Roger, lui, y aime ben l'entendre.

— Laquelle tu vas conter, mémère, demanda Roger.

— Celle du bouleau voyageur, commença-t-elle. Tu te souviens que la dernière fois que je t'en ai parlé, y avait laissé tomber sa mousse au printemps, et a était partie au vent pour s'accrocher à une autre mousse, une mousse de pissenlit qui montait dans le ciel.

— C'est quoi, mousse, grand-maman ? demanda Laurent, en levant les yeux sur Catherine.

— C'est comme une plume, qu'a dit mémère, l'autre jour, expliqua Roger.

— Tu vois ben qu'y sont trop petits pour écouter des affaires de même, ma femme, grogna Georges.

— Moi, je suis pas trop petit, pépère, pis j'aime ben ça, dit encore Roger. Pis, ajouta-t-il à l'intention de sa grand-mère, t'as dit, après, que les deux avaient voyagé longtemps, accrochées ensemble.

— Pis, je les ai entendues qui criaient, continua Catherine, pendant que Laurent s'était mis à sucer son pouce.

— Ta grand-mère entend des voix, astheure ! s'exclama Georges.

— Mon Doux que t'es terre-à-terre, mon mari ! Une chance que je sais que tu veux juste m'étriver…

— Pantoute ! Je suis ben sérieux. Mais si y aiment ça, tes histoires, continue donc.

— C'est en plein ce que je vas faire, répliqua-t-elle. Les mousses criaient : « Ouille ! Ouille ! Que ça brasse ! » Ça pouvait pas être autrement, expliqua Catherine, la bourrasque les charriait d'un bord pis de l'autre, pis y ressemblaient toutes les deux à des petits bateaux qui montent sur les vagues.

— Ce que tu peux inventer ! soupira Georges en regardant sa femme, non sans une certaine expression d'admiration dans les yeux.

— Laurent veut galette, dit soudain Laurent, en enlevant son pouce de sa bouche.

— Viens la manger sur mes genoux, si ça te tente, dit Georges.

— Ze veux maman, pleurnicha l'enfant.

— A dort pour astheure, expliqua Catherine. Tu veux dormir, toi itou ?

— Tu vois ben qu'y en peut plus, s'exclama Georges. Attends, je vas le prendre, y a déjà les yeux qui ferment.

Il prit Laurent dans ses bras et il se mit à le bercer.

— Tu vas-tu la continuer pour moi, ton histoire, mémère ? demanda Roger.

— Ben sûr. J'étais rendue où, au juste ?

— Tu disais que les mousses avaient l'air de petits bateaux…

— Ah, oui, je me rappelle. Toujours est-il que, tout d'un coup, le vent est tombé, ça fait que les mousses ont commencé à descendre, à descendre, vite, vite. Pis y avait une drôle de senteur. Ça sentait salé. C'est parce qu'y avait la mer en dessous d'eux autres. Tu comprends ben que les mousses avaient peur de tomber à l'eau, pis de se noyer. Un autre coup de vent les a séparées. La mousse de pissenlit a continué de voler, mais celle du bouleau a calé dans la fente d'un gros rocher. Comme le soleil dardait ben fort, la pauvre a commencé à avoir soif. Une chance que la pluie s'est amenée, ça l'a empêchée de sécher. Après un bout de temps, y s'est mis à y pousser des pattes.

— Des pattes ? questionna Roger, étonné.

— Ben oui, des semblants de pattes, des racines si t'aimes mieux ça, pis une tige a sorti du rocher. C'était un petit bouleau. Un après-midi qu'y se reposait parce qu'y était ben fatigué de grandir, y s'est endormi. Tout d'un coup, un drôle de bruit l'a réveillé. Juste au-dessus de lui y a vu un grand chien noir qui le regardait en grondant. Tu sais pas ce qui est arrivé, je gage ?

— Y l'a mordu ? demanda Roger.

— Pantoute, mais c'est aussi pire. Y a fait pipi sur ses petites feuilles, pis y a jappé, comme si y était content de son mauvais coup. Pauvre bouleau, ça y a pris deux jours avant de sécher.

— Ça l'a empêché de pousser ? dit Roger, tristement.

— Ben non. Tu sais ben que c'est fort, un arbre. Plus tard, quand y a relevé sa tête, y a vu que plein de fleurs remplissaient les champs. Y avait des vaches qui mangeaient les grandes herbes, des chattes qui promenaient leurs bébés, pis un renard qui, en passant, y a laissé des poils roux sur la tête.

— Comme un chapeau, hein ? s'exclama Roger.

— T'as raison, mon chou, un vrai chapeau de fourrure. Le bouleau s'est endormi, après, quand la neige l'a couvert. Au printemps, y a reverdi. Les vaches sont revenues avec des petits veaux, les chattes, itou, avec des nouveaux bébés. Pis, pendant l'été, y a servi de ber aux oiseaux. Des fois, y ressemblait à un bouquet de violettes, tu sais, comme celles qui sont sur le rebord de ma fenêtre. C'était à cause des papillons mauves qui se posaient sur ses feuilles.

— Qu'est-ce qu'y est devenu, après ça? demanda l'enfant.

— Ben y a vieilli. Son écorce a blanchi, pareille à nos cheveux, à grand-papa pis moi.

— Y a-tu perdu ses cheveux, comme pépère?

— Non, y s'est mis à friser, à la place. Son écorce roulait autour de son tronc, pis ben du monde en enlevait des morceaux pour jouer avec, pendant que d'autres gravaient des cœurs dessus.

— Je trouve ça ben plus beau, frisé de même. Pépère, lui, sa tête, a reluit.

— Bon, ça va faire! s'exclama Georges, vexé. Avec tes histoires, les petits sont rendus qu'y ont plus de respect pour moi. Arrive, Roger, que j'aille te reconduire chez vous; ta mère doit commencer à s'inquiéter de toi.

— Je peux pas rester encore, mémère? demanda le petit garçon.

— Si tu fais tes devoirs avant le souper, je pense pas que ta mère refuse que tu manges avec nous autres. Qu'est-ce que t'en dis, Georges ?

— Allez-vous vouloir que je couche ici, itou ? demanda encore Roger.

— T'exagères pas un peu, mon gars ? dit son grand-père.

— Ben, non !

— Georges, dit Catherine, va donc avertir notre fille qu'on garde le petit jusqu'à demain.

— Pis si a veut pas ? s'inquiéta Roger.

— Crains pas, ton grand-père va ben y expliquer ça. Pis, tu penses pas qu'a sera contente de passer une soirée toute seule avec ton père ? dit Catherine en riant.

Elle aida son petit-fils à sortir ses livres de son cartable et, tous les deux, ils s'installèrent à la table de la cuisine pour travailler.

— Laurent itou veut'voir, dit le petit, qui venait de s'éveiller.

— Attends un peu, grand-maman va arranger ça, expliqua Catherine, en donnant à Laurent une feuille de papier sur laquelle il se mit à gribouiller de grands cercles avec son crayon.

Pendant un bon moment, tout fut calme autour d'eux.

— Mon Doux, je pensais que vous étiez tous

partis, dit Rose-Aimée qui venait se joindre au petit groupe.

— T'as bien dormi, ma fille? demanda Catherine.

— Maman, maman, cria Laurent, en lui tendant sa feuille de dessins.

— C'est ben beau, mon bébé, dit Rose-Aimée. Pis toi, mon Roger, j'ai de la misère à te reconnaître tellement que t'as grandi.

— Pis je sais écrire, tu sais, s'exclama fièrement l'enfant.

— Sais-tu lire, itou?

— Rien qu'un peu. C'est difficile, effrayant!

— Je sais pas si André est arrivé à l'Anse, dit soudain Rose-Aimée, pensive.

— Y est encore trop de bonne heure, ma fille, répliqua Catherine. On sait pas quand le traversier a débarqué ses passagers, pis avec les journées qui raccourcissent, me semble qu'y fait encore trop clair pour qu'y soient rendus ben loin.

— En tout cas, on est ben mieux ici que dans le bois, constata la jeune femme.

— Pour ça, t'as raison, Rose-Aimée. Moi, je pourrais pas vivre loin d'une ville. J'aime ben aller faire un tour chez vous des fois, en été par exemple, mais l'hiver je m'ennuierais pour mourir ! C'est vrai que quand on est en amour, on est ben partout !

— Même en amour, c'est dur, maman !

— Bon, ben, pense pas à ça pour astheure, dit Catherine qui voyait sa fille s'attrister. Demain, je te l'ai dit, on va chez le docteur. Tu vas te sentir ben mieux après ça.

— Y faudrait, maman. Autrement, j'aime autant mourir de suite.

— Parle pas de même, Rose-Aimée. T'as toute la vie devant toi, pis t'as encore ben des choses importantes à faire.

Chapitre 24

Malgré toutes les bonnes résolutions qu'elle avait prises, Rose-Aimée ne put se résoudre à se rendre à l'église pour se confesser, le samedi suivant. Elle passa le reste de la semaine à se torturer, à se sentir mal en point, malgré l'avis du médecin qui l'avait trouvée en excellente santé.

— Vous êtes tout simplement surmenée, chère madame, avait-il dit. C'est tout à fait normal chez les jeunes mamans.

— Comme ça, tout est correct ? demanda Catherine. Vous êtes certain qu'a attend pas un autre bébé ?

— Absolument certain, madame. Elle n'a rien qu'un bon sommeil et une bonne nourriture n'arrangeront pas.

— Tu vois, je te l'avais ben dit que tu t'inquiétais juste parce que tu t'en faisais, dit Catherine, en retournant à la maison. C'est ta conscience qui te rend nerveuse, ma fille. Confesse-toi, pis tu verras que tu te sentiras mieux.

Mais le dimanche suivant arriva, sans qu'elle

se soit décidée à aller confier sa faute à un prêtre. Elle accompagna sa mère à la grand-messe sans même user de subterfuges. Sa mère savait bien qu'elle n'irait pas encore communier ce jour-là, puisqu'elle n'avait pas suivi ses conseils.

La jeune femme essayait de se représenter ce qui avait dû se passer à l'Anse-à-Thomas ces derniers jours. Elle était si absorbée par ses pensées, qu'elle sursauta quand le curé Hudon monta en chaire pour son sermon. Comme à son habitude, le prêtre prit une grande inspiration avant de parler et, après un moment de silence, pendant lequel il dévisagea ses ouailles, il croisa ses mains et commença:

— Mes bien chers frères.

«Aujourd'hui, j'ai choisi de vous parler de choses très graves. Je pourrais attendre pour le faire que les fêtes soient plus proches, mais justement, à cause de ce temps de réjouissances qui s'en vient, je me dois de vous prévenir de ce qui guette ceux qui ne respectent pas les lois de l'Église. Avec les journées fraîches de l'automne, les soirées vont se multiplier, et ces soirées, mes frères, sont toujours des occasions de péchés. Péché d'ivrognerie, péché de la chair, à cause de ces danses où les hommes et les femmes se collent les uns aux autres, éveillant ainsi dans leurs corps des pensées de concupiscence.»

Un instant, il s'interrompit, regardant sévèrement ses paroissiens, observant leurs réactions aux paroles qu'il venait de prononcer.

— Ah!... Le démon a beau jeu dans ces occasions-là, dit-il, accompagnant ses mots d'un coup de poing sur le rebord de la chaire. Il anime les yeux des filles d'une lueur qui ensorcelle les garçons et, alors, plus rien ne peut retenir les passions.

«Puis, il y aura bientôt de nombreux départs vers les chantiers. Pendant l'absence de leurs maris, des femmes en profiteront pour les tromper. Oui, mes frères, certains d'entre vous reviendront à une femme infidèle! Ah, les malheureuses!»

Rose-Aimée se rapprocha soudain de sa mère et lui saisit la main. Catherine se retourna vers sa fille et elle fut surprise de la voir si pâle.

— Es-tu malade? lui souffla-t-elle. Veux-tu sortir?...

— Non, non, j'ai juste un peu chaud, répondit la jeune femme.

— Je vous répète aujourd'hui, poursuivait le curé, ce qu'on avait demandé à la fille du philosophe Pythagore: «Dans combien de temps une femme peut se présenter à l'autel et y faire une offrande après un tête-à-tête familier avec un homme ? » Une réponse lapidaire suivit : « Si c'est avec son mari, sur-le-champ même, si c'est avec un autre, jamais. »

En entendant ces mots, l'assemblée des fidèles s'agita. On chuchotait, on se questionnait. Rose-Aimée souffla à sa mère :

— C'est qui ça, Pythagore ?

Catherine lui dit :

— Je sais pas. Écoute, on va peut-être l'apprendre.

Derrière elles quelqu'un murmura :

— Qu'est-ce qu'y veut dire avec son « tête-à-tête familier » ?

Et son voisin de répondre :

— Je t'expliquerai ça après la messe.

Pendant cet instant d'agitation qui prouva au curé que ses fidèles avaient bien entendu ses propos, il s'écoula un assez long silence. Il laissait planer sur ses ouailles un regard impitoyable, un regard qui semblait vouloir leur attirer les foudres du Ciel.

— Et il y a aussi le péché de vanité, mes frères, reprit-il. Malgré les reproches que je vous ai adressés dernièrement, je m'aperçois aujourd'hui que certaines d'entre vous, mesdames, continuent à se parer comme des femmes de mœurs légères. Je vois des fleurs et des plumes sur vos chapeaux, et c'est sans parler de vos décolletés indécents. Mais il y a aussi autre chose qu'il faut que vous compreniez, et cela concerne le sacrement du Baptême. Rentrez-vous bien dans la tête, que je ne tolérerai plus que vous donniez à vos enfants des prénoms autres que ceux qui figurent dans le calendrier des saints. Laissez aux païens le choix de nommer les leurs avec des sobriquets, comme ceux que portent les vedettes de feuilletons, que certains d'entre vous lisent dans les journaux.

« Il ne faut pas oublier, non plus, tous ces sacres qui se disent pendant la période de travail aux chantiers. Vous ne vous rappelez donc pas les commandements, mes frères ? Vous invoquez le nom de Dieu en vain dès qu'un obstacle se présente sur votre route. Ce que Satan doit sourire ! Ce qu'il doit se réjouir d'entendre vos paroles ! »

Le curé était rouge de colère. Il prit le crucifix qu'il avait toujours dans sa ceinture et en assena un coup sur le rebord de la chaire.

— Vous devriez trembler devant la colère de Dieu, vous tous qui l'offensez ! C'est vous qui l'avez crucifié, rugit-il en frappant le crucifix avec force sur le bois. C'est vous qui continuez à le crucifier chaque jour et, sans aucun remords ! ajouta-t-il en scandant toujours ses paroles avec le crucifix de métal qui, à chaque coup, semblait sur le point de se briser.

— C'est ça, y va le casser, pis après, y va dire que c'est notre faute ! souffla un homme dans le dernier banc.

— J'espère que vous aurez compris combien votre conduite est inqualifiable, reprit le curé. J'ai cru entendre des murmures; je souhaite seulement que ce soit des murmures d'approbation.

« Et maintenant, passons à des événements tout aussi graves que ceux que je viens d'énumérer. Ils concernent tous les hommes ici présents. Je veux parler des recommandations que nous ont faites nos supérieurs, les évêques, au sujet de l'enrôlement volontaire de tous les jeunes hommes en bonne santé.

« Monseigneur Paul Bruchési a dit : "Il ne faut pas vous soustraire à votre devoir, mes fils. Et votre devoir est de faire triompher le droit et la justice contre nos ennemis qui ont été les agresseurs, les violateurs des traités et de l'honneur. Ce ne sont pas les hommes et les canons qui auront le dernier mot, mais le Dieu tout-puissant, et comme ce Dieu est le Dieu de la justice et du droit, Il fera en sorte que le droit et la justice triomphent." »

Tous les paroissiens se regardaient avec des yeux inquiets en entendant ces paroles. La plupart d'entre eux semblaient peu convaincus de l'obligation qu'il y avait à s'enrôler.

— Il faut prendre exemple sur Garibaldi, mes frères, continua le curé. Il n'a pas hésité à offrir ses fils pour la défense de son pays.

Il termina son sermon sur ces mots et retourna à l'autel où il poursuivit sa messe. Comme toujours, après la cérémonie, les hommes se groupèrent sur le parvis de l'église pour fumer, tandis que les femmes, un peu à l'écart, bavardaient de leurs enfants et échangeaient leurs recettes.

— Y faut qu'y soit ben instruit pour parler de même, dit un premier homme.

— T'as raison, acquiesça un autre. L'instruction, c'est beau, mais y faudrait qu'on comprenne ce qu'y nous a dit, itou. Toi, Garibaldi, tu connais ça ? C'est-tu une sorte de maladie, cette affaire-là ? J'ai pas saisi ce que le curé a expliqué après.

— C'est sûrement pas une maladie. Si le curé a dit que Garibaldi avait des fils, c'est que c'est un homme, expliqua un troisième.

— T'as l'air d'avoir toute compris, toi, affirma

l'autre. Si t'es si fin, tu peux-tu me dire qui c'était le nommé Pitgor ?

— Y paraîtrait que c'est un philosophe. Je sais pas ce que c'est un philosophe, par exemple. Pis j'ai pas entendu le nom de l'hôtel où sa fille est allée, répondit le troisième.

— Ça doit pas être important, mais je trouve qu'y a une chose qu'est importante. Y a beau être instruit, notre curé, je comprends pas pourquoi y parle tout le temps de péchés pis du démon, dit le premier homme qui avait commencé la discussion. C'est rendu que ma femme sait plus si a fait une faute grave quand on couche ensemble. C'est ben juste si a ferme pas sa jaquette jusqu'au cou avec des épingles, pour pas que j'y voie… Vous savez ce que je veux dire…

Chapitre 25

Plus les jours passaient, plus la pensée de se confesser terrifiait Rose-Aimée. Mais elle savait que, pour retrouver la paix de l'âme, il lui fallait s'exécuter. Elle connaissait la gravité de sa faute et, avec la présence constante d'Yves dans la maison voisine de la leur, elle devait confier à quelqu'un d'impartial la peur qu'elle avait de faiblir à nouveau.

Le samedi suivant, après avoir bien mûri sa décision, elle se rendit à l'église. Elle espérait que le curé Hudon ne soit pas le seul à confesser ce jour-là. Après avoir entendu son sermon, le dimanche précédent, elle s'était convaincue qu'il serait incapable de la comprendre.

Il y avait très peu de pénitents dans les bancs, mais les deux confessionnaux étaient occupés. Rose-Aimée s'agenouilla et se mit à prier pour que Dieu lui donne la force de faire des aveux sincères. Elle attendit à la dernière minute pour entrer dans le confessionnal. Elle patienta jusqu'à ce que le curé Hudon quitte le sien, et qu'il ne reste plus qu'elle dans l'église, pour entrer dans celui du vicaire.

Elle avait chaud, elle frissonnait d'angoisse, ses mains, jointes sur la tablette du carreau qui s'ouvrirait bientôt, étaient moites et tremblantes. Elle ferma les yeux. Soudain, un bruit la fit sursauter. À travers la grille que le carreau repoussé avait découverte, elle voyait très bien le vicaire, un mouchoir pressé sur la bouche. Il attendait qu'elle parle. Elle se dit que si elle le voyait, lui aussi pouvait la voir, et cette pensée la mit excessivement mal à l'aise.

— Pardonnez-moi, mon Père, parce que j'ai péché, commença-t-elle.

Elle n'avait jamais oublié ce préambule dont elle s'était servie si souvent autrefois. Mais elle ne savait plus que dire, maintenant.

— Continuez, ma fille, je vous écoute, dit le vicaire, étonné par son silence.

— C'est que… je sais pas comment vous dire…

— Vous aimeriez peut-être que je vous aide ?… Est-ce qu'il y a longtemps que vous ne vous êtes pas confessée ?

— Oui, ça fait ben des mois.

— Vous avez fait vos pâques, j'espère ?

— Non, je pouvais pas.

— Alors, c'est que vous deviez avoir une raison très grave pour ne pas respecter ce commandement de l'Église?

— J'étais sur le bord d'accoucher, dit Rose-Aimée qui essayait de repousser le plus longtemps possible le moment de sa véritable confession.

— Et votre bébé a quel âge, maintenant?

— Un an et demi, avoua piteusement la jeune femme.

Le vicaire se retourna vers elle, la regarda et, surpris, il ne put s'empêcher de s'exclamer:

— Êtes-vous en train de me dire que, depuis un an et demi, vous n'avez pas fréquenté les sacrements?…

— Des fois, j'allais à la messe… quand les routes étaient passables.

— Et vous receviez la communion?

— Non, je pouvais pas.

— Et pour quelle raison?

Rose-Aimée restait silencieuse. Elle se sentait coincée dans cet espace restreint et sombre, et elle aurait tout donné pour ne pas y être entrée. Elle voyait bien que le prêtre commençait à s'impatienter.

— Mais enfin, ma fille, dit-il sévèrement, si

vous ne voulez pas vous confesser, je ne vois pas pourquoi vous me faites perdre mon temps.

— Je veux me confesser, mais je sais pas comment. Ça me gêne trop !

— Vous semblez oublier qu'à travers moi, c'est à Dieu que vous parlez. Il sait tout ce que vous avez fait, de bien comme de mal.

— Je l'oublie pas, mais le dire à vous, c'est pas pareil. À Lui, quand je l'ai fait, ce péché-là, j'ai trouvé ça facile de demander pardon, mais là...

— Je peux tout entendre, ma fille, dit le prêtre en l'interrompant. Si vous avez le ferme propos de ne plus recommencer, confessez-vous sans craintes, et je vous donnerai l'absolution.

— Le ferme propos, je pense pas que je l'ai, mon Père !

— Voulez-vous insinuer que, ce péché que vous avez commis et que vous n'osez pas m'avouer, vous seriez prête à le refaire de nouveau, et sans aucun remords ?

— Ah, pour ça, des remords, j'en ai eu pis j'en aurais encore, c'est sûr, mais pour le refaire, je pense ben que je succomberais.

— Je suppose qu'il s'agit d'un péché de la chair ?

— C'est en plein ça ! souffla-t-elle.

Après un silence, elle reprit :

— J'ai trompé mon mari.

— Et, vous le regrettez?…

— Ou… n…on.

— Mais, ma pauvre fille, l'adultère, c'est très grave. Vous en êtes consciente au moins?

— J'aime mon mari, pourtant, répondit Rose-Aimée, étonnée par ce qu'elle venait de dire, et se rendant compte tout à coup que c'était la vérité.

— Vous dites l'aimer et vous le trompez?…

— J'ai ben peur que, les prêtres, y comprennent pas ça.

— Vous avez raison. Je ne peux comprendre «ça», comme vous dites. Rien ne peut excuser votre conduite, si ce n'est une faiblesse passagère. Vous aviez promis de l'aimer en vous mariant et…

— Mais je viens de vous dire que je l'aime, interrompit Rose-Aimée.

— Non, vous ne l'aimez pas! s'exclama le vicaire. Si c'était la vérité, vous lui seriez fidèle.

— C'est arrivé rien qu'une fois…

— Je veux bien vous croire, mais vous avez dit que si l'occasion se représentait, vous succomberiez encore. Donc, vous venez à confesse sans avoir le ferme propos et vous espérez recevoir l'absolution?…

— Avant, c'était ben aisé de pas pécher, parce qu'y était plus là, mais astheure qu'y est revenu, je sais pas si je pourrai lui résister ben longtemps.

— Je comprends que la chair est faible, ma pauvre enfant, mais vous n'avez qu'à ne plus le revoir.

— Je peux pas !

— Vous ne pouvez pas, ou vous ne voulez pas ?…

— Je peux pas. Y est pour ainsi dire mon beau-frère, pis y reste juste à côté de chez nous.

— Votre mari est-il au courant de ce qui s'est passé entre vous ?… Ne pourrait-il pas vous être de quelque secours ?

— Y a jamais rien su, vous savez ben, parce qu'autrement y pourrait croire que notre petit est pas de lui.

— Et il l'est ?…

— Je sais pas.

— J'ai bien peur de ne pouvoir vous aider, dit tristement le vicaire. Je ne peux que prier pour vous.

— Mais je voudrais ben communier quand je viens à la messe, insista Rose-Aimée.

— Sans avoir reçu l'absolution, ce serait un sacrilège.

— Mais je viens juste de me confesser.

Pourquoi vous voulez pas me la donner ? insista désespérément la jeune femme.

— Ce n'est pas une confession que vous venez de faire, expliqua le vicaire. Ce serait plutôt un secret que vous aviez besoin de confier à quelqu'un.

— Ça fait que, comme ça, vous voulez pas me la donner, l'absolution ?…

— Si vous ne regrettez pas votre faute, je n'ai pas le droit de le faire.

— Mais je la regrette, sans ça, je serais pas ici. Je vous en prie, pardonnez-moi ! Me semble que je serai plus forte quand j'aurai communié.

Il y eut un assez long silence, pendant lequel Rose-Aimée observa le prêtre qui, les yeux fermés, semblait prier. Il se rapprocha de la grille et, après l'avoir regardée un moment, il lui dit :

— Au nom du Seigneur miséricordieux qui connaît mieux que moi vos intentions et le fond de votre cœur, je vous pardonne. J'espère ne pas avoir tort de le faire… Maintenant, dites un bon acte de contrition, et ensuite je vous donnerai l'absolution et vous pourrez partir.

Rose-Aimée récita sa prière, et quand elle entendit le prêtre lui dire : « Allez en paix et ne péchez plus ! », elle eut l'impression d'avoir des ailes. Quand elle quitta l'église, il lui sembla que l'air était plus pur, que le ciel, rougi par le couchant, était plus beau, et c'est d'un pas alerte qu'elle revint chez ses parents.

— Ta petite sortie t'a ravigotée, me semble, dit Catherine, en lui ouvrant la porte.

— Ça fait toujours du bien de respirer un bon coup, s'exclama Georges qui ignorait tout de la démarche de Rose-Aimée.

Catherine avait pris soin de ne pas mentionner que sa fille revenait de l'église. C'était un secret entre elles.

— C'est moi qui vas préparer le souper à soir, dit la jeune femme.

— Seigneur ! On dirait que t'es guérie, remarqua Georges. Ça faisait des jours que tu te traînais, pis d'un coup, tu retrouves ton ardeur. C'est-tu miraculeux, l'air de La Malbaie ?

— On dirait ben, papa, répliqua Rose-Aimée, souriante.

— Ben, d'abord, on devrait dire au docteur qu'on a plus besoin de ses services par ici ! On a rien qu'à mettre l'air de dehors en bouteille, pis d'en respirer un bon coup quand on se sent pas ben.

— Si c'était aussi simple que ça… soupira Catherine.

— C'est ton tour, astheure, à pas te sentir dans ton assiette, ma femme?

— Je suis juste un peu triste à l'idée que notre fille va repartir pour l'Anse-à-Thomas bientôt.

— Tu devrais être fière de toi, ma vieille, t'as mis Rose-Aimée sur le piton.

— Je suis ben contente, mais ça me fait de quoi de la savoir loin de nous autres pour des semaines.

— Tu sais ben qu'on va fêter Noël ensemble, pis que Laurent aura encore grandi, ajouta-t-il, en serrant tendrement l'enfant dans ses bras.

Et il poursuivit:

— T'aimerais ça avoir plein de cadeaux, hein, mon gars?

Les yeux de Laurent s'illuminèrent.

— Oui, oui.

— Ben, tu vas en avoir. T'auras rien qu'à accrocher ton bas de laine près du poêle pis, quand tu vas te lever à Noël, y aura un tas de bébelles dedans. C'est promis!

— C'est demain? demanda-t-il.

— Non, mon bébé, c'est dans plus longtemps que ça, répondit Rose-Aimée. Astheure, veux-tu m'aider à faire le souper?

— T'es folle, ma grand'foi, s'exclama Georges.

T'es toujours ben pas pour y mettre un couteau dans les mains ?

— C'est sûr que non, dit Rose-Aimée, en riant. Y va juste apporter des petites assiettes sur la table.

— Ah bon ! me semblait aussi, répondit son père en poussant un soupir de soulagement.

Chapitre 26

Très tôt, en cet automne de 1916, le froid s'était installé cruellement. Novembre commençait à peine que, déjà, la terre gelée gardait, prisonniers et bien enracinés, les brins de paille blonde qui avaient été oubliés dans les sillons lors de la dernière récolte.

Plus les arbres se dénudaient, plus les jours se faisaient courts. Chaque matin, quand un pâle soleil parvenait à éclairer faiblement l'ombre de la forêt, cernant d'une aura dorée les nuages gris qui rasaient les branches, la rivière semblait s'animer plus joyeusement.

Ce froid hâtif avait enfin délivré les habitants de l'Anse-à-Thomas des nuées de mouches qui, chaque jour ensoleillé, les harcelaient, bourdonnant autour de la maison, se cognant avec un bruit sec sur le bois des murs, se faufilant à l'intérieur, dès que l'ouverture d'une porte ou d'une fenêtre leur en donnait l'occasion.

Rose-Aimée était exaspérée par le vol incessant de ces bestioles noires qu'elle devait écraser sur ses vitres fraîchement lavées. Il lui semblait que tout était sale autour d'elle, qu'elle ne cessait de ramasser ces petits points noirs qui jonchaient le plancher. Et, quand elle se croyait enfin débarrassée de ces insectes encombrants, tout était à recommencer. C'était comme une sorte d'éclosion spontanée, se disait-elle, ou encore une résurrection malsaine.

Décidément, la vie n'était pas de tout repos pour ceux qui travaillaient la terre. Au printemps, il fallait attendre qu'elle dégèle pour semer, et ce dégel se faisait très lentement, tout comme la fonte des glaces sur la rivière. Puis, quelques semaines plus tard arrivaient les moustiques, suivis peu après des mouches noires qui ne laissaient de répit à personne. Seules les grosses chaleurs parvenaient à les faire disparaître. Mais alors, c'était l'apparition des sauterelles qui faisait craindre les pires sécheresses. Et quand l'automne rougissait les montagnes, les hommes entassaient leurs bagages en vue de leur exil vers les chantiers, tristes à la pensée de ceux qu'ils laissaient derrière eux, inquiets pour leurs femmes qui devraient affronter l'hiver seules et qui, pour certaines d'entre elles, accoucheraient sans les secours d'un médecin, que les routes enneigées empêcheraient de leur porter assistance.

Yves était là depuis la veille et, déjà, Mathilde se torturait à l'idée de partager avec lui la vie de tous les jours. Bien sûr, la présence de Jeanne avait adouci cette première rencontre entre le père et le fils, mais son mari ne s'était pas abandonné à la joie de revoir Yves comme elle l'avait espéré. De son côté, le jeune homme avait gardé une réserve assez gênante.

Tous dormaient encore quand Mathilde se leva après une nuit sans sommeil. Elle regarda à l'extérieur, pour s'apercevoir que le brouillard matinal avait perlé de givre les clôtures de pierres, et qu'il coiffait toujours le faîte des grands pins. Cette sorte de voile dense et glacé rampait au-dessus des champs, s'y déposant par endroits quand une aspérité plus haute l'accrochait. La vie du hameau semblait suspendue, attendant, semblait-il, qu'un premier souffle de vent le fasse émerger en plein soleil.

Quand elle vit que le sentier qui s'engageait vers le haut de la montagne était enfin visible, Mathilde se couvrit d'un châle de laine, et elle gravit la pente qui menait vers cette clairière où elle se réfugiait, quand elle avait un problème à résoudre. Là, dans la nudité des lieux, elle écoutait le silence. Aujourd'hui, les arbres étaient dépouillés de leurs feuilles, mais, comme toujours, ils encerclaient cette sorte d'arène où elle avait l'habitude de faire la paix avec elle-même. Leurs grands bras protecteurs semblaient l'entourer, et elle se sentait en sûreté malgré cette solitude que plusieurs n'auraient pu supporter.

Elle venait à peine de s'asseoir sur une souche quand elle vit apparaître Jeanne.

— J'étais certaine de vous trouver ici, ma tante, dit la jeune femme.

— Tu t'es rappelée que je t'emmenais avec moi quand t'étais toute petite ?

— C'est ici, avec vous, que j'ai tant pleuré quand ma mère a décidé de retourner à Montréal.

— Tu le sais, hein, que j'aurais ben voulu te garder avec nous autres ?

— J'étais si heureuse, à l'Anse-à-Thomas !

— Mais, me semble que t'as trouvé le bonheur en ville…

— C'est pas le même que je vivais ici, répondit finalement Jeanne.

— Tous les bonheurs sont différents, du moins c'est ce que je crois. Y faut se forcer pour être heureux, tu sais !

— Vivre avec Yves vous fait peur, hein ? demanda Jeanne. C'est pour ça que vous êtes ici à matin ?

— T'as deviné. On dirait que je reconnais plus mon garçon. Y était pas pareil, avant, avoua Mathilde.

— Ça peut pas être autrement, ma tante. Y a ben souffert, pis pour ben des affaires. Sa séparation d'avec vous autres y a brisé le cœur pis, par après, y a vécu la guerre.

— Je sais pas pourquoi y est parti de même, ce jour-là, soupira Mathilde. Quand je pense qu'y a même pas pris le temps de me faire ses adieux... Encore un de ses coups de tête... Ça peut pas être autre chose.

Jeanne restait silencieuse. Elle ne pouvait expliquer les raisons de ce départ à sa tante. Elle avait juré de garder le secret de son cousin, et elle tiendrait parole.

— Tu dis rien, Jeanne? demanda Mathilde.

— Parce que j'ai pas de réponse. J'ai visité Yves presque à tous les jours pendant qu'y était à l'hôpital, pis tout ce que je sais, c'est qu'y est ben fragile pis qu'y va le rester pour longtemps. Y a ben des blessures à guérir, vous savez. Ça sera pas facile pour personne. Y faudra l'entourer d'amour, essayer de comprendre ses changements d'humeur, pis surtout endurer ses colères, en vous disant que si y s'enrage de même, c'est pas contre vous.

— T'as ben fait de venir me retrouver, ma nièce, dit Mathilde. Toute seule, je me comprenais plus.

— Vous allez avoir ben du temps pour vous habituer à lui, quand tous ceux qui doivent monter aux chantiers seront partis. Avec vous, Yves va guérir plus vite.

* * *

Le ciel se couvrait chaque jour davantage, et les hommes conclurent que, s'ils ne voulaient pas être bloqués à l'Anse par la neige, il fallait qu'ils plient bagages plus tôt que d'habitude. Yves avait vu repartir Jeanne avec peine. La jeune femme avait compris qu'il était plus prudent de retourner à Montréal avant les premières neiges. Les deux semaines passées en sa compagnie avaient facilité ces retrouvailles qui, sans elle, auraient été parfois pénibles.

— Penses-tu te débrouiller encore sans moi cet hiver, ma femme? demanda Pierre à Mathilde.

— J'arriverai ben à tout faire, inquiète-toi donc pas, mon mari. Pis, astheure que notre garçon est là, ça sera ben plus facile.

Yves regardait ces préparatifs d'un air songeur. Il ne se sentait pas à l'aise dans cette maison qu'il avait quittée depuis longtemps. Il s'y trouvait aussi étranger que si on l'avait emmené dans un autre pays, chez des gens qu'il aurait déjà connus, mais auxquels il ne parviendrait jamais à s'intégrer.

— Je pense pas que je vous serai ben utile, maman, soupira-t-il tristement.

— Dis donc pas ça. Rien que de te savoir là, me semble que l'hiver sera moins long.

— Je sais même pas si je pourrai rentrer votre bois de chauffage, reprit Yves. Je suis pas ben ben habitué à ce maudit crochet qui me sert de main, ajouta-t-il en regardant cet instrument qu'il essayait de dissimuler, en tirant sur sa manche de chemise.

— Si tu peux pas, on se fera aider par les gars du voisinage, répliqua Mathilde.

— T'oublies, ma femme, que cette année, y sont en âge de partir, eux autres itou, dit Pierre.

— C'est ben vrai, répondit Mathilde, pensive. Y nous rendaient plein de services, ces petits-là, quand vous étiez par en haut.

— Découragez-vous pas, maman, on va essayer de se débrouiller pareil. Je vous aiderai comme je pourrai, assura Yves.

Pierre regardait son fils d'un air songeur, et Yves devinait bien un peu les pensées qui trottaient dans la tête de son père. Il ne croyait pas se tromper en se disant que Pierre craignait encore plus de le laisser à l'Anse-à-Thomas, à proximité de Rose-Aimée, que de se retrouver lui-même au fond des bois pour un autre hiver.

Depuis son retour chez lui, Yves s'était senti assez entouré par les siens pour résister à la tentation, qui le prenait parfois, de traverser le champ qui le séparait de la maison de son cousin, pour aller rejoindre la jeune femme. Il avait succombé un certain après-midi que son père et André étaient occupés à retourner la terre une dernière fois, et que sa mère faisait la lessive.

Passant à travers la forêt pour ne pas être vu, il avait contourné les maisons voisines, pour revenir ensuite sur ses pas et arriver chez son cousin. Il s'était approché sans bruit de la fenêtre donnant sur le haut-côté, espérant y apercevoir la jeune femme, et son attente n'avait pas été déçue. Penchée au-dessus de la table, Rose-Aimée pétrissait son pain dans un grand bol de faïence.

Yves pouvait admirer les mouvements qui agitaient ses bras pendant qu'elle étirait la pâte, en faisait une boule. Elle donnait un solide coup de poing dans celle qui avait gonflé, et recommençait inlassablement la même opération avec chaque pain qu'elle façonnait. Sur le mur, devant elle, une longue tablette était garnie de nombreux pots de confitures, et la porte entrouverte d'une huche laissait voir un quignon de pain croûté. De la sueur perlait sur le front de Rose-Aimée. Elle l'essuyait machinalement du revers de sa main enfarinée, laissant ici et là sur sa peau de nombreuses taches blanches.

Yves se retint pour ne pas dévoiler sa présence. S'il s'était écouté, il serait entré pour serrer la jeune femme contre lui et pour l'embrasser, comme il rêvait de le faire depuis si longtemps. Mais il résista à cet instinct qui le poussait vers elle, et il reprit tristement le chemin du retour, en suivant la même route qu'à l'aller. En entrant, il s'assit dans le fauteuil berçant, et il ne se rendit pas compte avec quelle force il s'accrochait de la main gauche au bras de la chaise.

— Y a-tu quelque chose qui va pas ? demanda Mathilde en voyant la crispation de son visage.

— Non, non, maman, j'ai rien qu'un peu mal au bras. Ça m'arrive souvent, vous savez, expliqua Yves.

Sa Rose-Aimée avait été si près de lui pendant un instant ! Comment pourrait-il se résoudre à vivre sans pouvoir la toucher ? Il avait fait une promesse à Jeanne, mais pourrait-il la tenir ?

Chapitre 27

La forêt résonnait des coups de haches et du bruit des arbres géants qui s'abattaient au sol en le faisant trembler. Pour les bûcherons, ce travail énorme était devenu machinal. Au début, les nouveaux avaient trouvé les journées bien longues, mais avec les semaines qui passaient, leurs muscles s'étaient endurcis et, maintenant, ils donnaient le même rendement que les plus vieux.

Une fois que les troncs avaient creusé la neige, les hommes s'empressaient de les débarrasser de leurs branches, de les hisser sur des plates-formes tirées par des chevaux, de les attacher solidement, pour ensuite conduire les attelages jusqu'au bord des pentes descendant vers la rivière. Là, on déchargeait le tout, et les billots glissaient en s'entrechoquant, pour atterrir en bas, sur la glace, la perçant quelquefois en faisant jaillir une gerbe d'écume.

Un peu après Noël, André s'aperçut que son père n'était pas bien. Il regrettait maintenant de ne pas avoir insisté pour qu'il reste à l'Anse-à-Thomas. Il se fatiguait de plus en plus rapidement et ne pouvait suivre le même rythme que ses compagnons. Une petite toux agaçante le secouait et, même la nuit, elle perturbait son sommeil, dérangeant aussi celui des autres.

Janvier 1917 arriva, et avec lui, les hommes, qui étaient descendus dans leurs villages pour y passer les fêtes, rapportèrent des nouvelles inquiétantes. Il y avait de plus en plus de rumeurs de conscription.

— À ce qu'on dit, l'été se passera pas sans que tous les jeunes soient appelés, dit un homme.

— Crisse de torrieu! s'exclama un vieux bûcheron. Y vont-tu nous sacrer la paix avec leur Angleterre!

— T'as ben raison, approuva Pierre. Notre pays, c'est ici. Moi, j'ai déjà un gars qu'est revenu de là-bas estropié, je suis toujours ben pas pour en donner un autre.

— Craignez pas, j'irai jamais de l'autre bord, papa, affirma André.

— Vous oubliez, les gars, que l'armée a sa police, pis que ça sera pas long qu'on rattrapera les déserteurs, dit le contremaître.

— Ben on y souhaite bonne chance, à la police de l'armée! s'exclama quelqu'un. Moi, avant qu'y me pognent, la guerre sera finie depuis belle lurette!

— J'ai ben peur que tu sois pas plus malin qu'eux autres. Y vont fouiller partout pour te trouver, affirma de nouveau le contremaître.

— Bon, c'est assez de vous raconter des histoires qu'arriveront peut-être jamais, dit Pierre. Si on mangeait au lieu de parler?

— T'as le goût, toi, d'avaler encore ce qui reste de la dinde du jour de l'An? demanda un jeune. Me semble qu'a est plus ben bonne.

— Si t'a trouves pas bonne, c'est que t'es revenu de chez vous plein comme un œuf, pis que ton estomac regimbe! remarqua un bûcheron.

* * *

Au début du mois de mars, le contremaître du chantier vint trouver André et lui recommanda de ramener son père à la maison.

— Mais notre contrat est pas fini! s'exclama le jeune homme.

— Si tu pars pas de suite, contrat fini ou pas, c'est un cadavre que tu vas ramener chez vous.

— Papa voudra jamais s'en aller. Je le connais.

— Si y veut pas, je vas lui faire accroire qu'y fait plus l'affaire, pis que je le mets dehors!

— Non, non, faites pas ça ! J'arriverai ben à le convaincre.

Mais la tâche ne fut pas facile. Pierre trouvait toujours une objection à chacun des arguments que lui apportait son fils.

— Tu te trompes, mon gars, s'exclama-t-il, quand André lui dit que la tâche était trop lourde pour lui. Je suis toujours capable de travailler.

— Je le sais ben, répondit André, qui ne voulait pas lui raconter sa conversation avec le contremaître, mais ce serait plus prudent de rentrer chez nous où maman vous soignera avec les bons remèdes qu'elle a. On a pas de ça ici pis, cette année, le chantier est trop froid pis trop humide pour vous. Y a juste à vous entendre tousser pour comprendre que c'est vrai.

— Je te dis que j'ai pas le rhume. C'est rien qu'un petit agacement de gorge que j'ai.

— Peut-être que vous avez raison, mais moi, je vous ramène en bas ! dit fermement André.

— Tu sais ben qu'y est trop de bonne heure en saison pour traverser le bois, objecta encore Pierre. C'est dangereux sans bon sens, le mois de mars. On peut frapper des tempêtes…

— Je sais tout ça, mais on part pareil, répondit André.

Ils quittèrent le chantier le lendemain, à l'aube.

Au milieu de l'après-midi, les craintes de Pierre se concrétisèrent. Le vent s'éleva, charriant avec lui des trombes de neige. Les deux hommes ne tardèrent pas à ressentir une immense fatigue à avancer dans cette bourrasque. Elle accumulait, sur les feuilles séchées qu'elle recouvrait, une sorte de bouillie qui collait à leurs semelles. À plusieurs reprises, ils trébuchèrent sur des souches qu'ils ne voyaient pas dans cette poudrerie qui les aveuglait. Les sous-bois devenaient de plus en plus menaçants et leurs vêtements mouillés les faisaient grelotter.

C'est maintenant à pas très lents qu'ils avançaient sur le sentier enneigé. Dans cette tempête, André n'était même pas certain qu'ils suivaient toujours la bonne direction. Que leur arriverait-il, s'ils s'étaient écartés de leur route ?…

— Y faut s'arrêter, papa, dit-il au pauvre homme qui s'accrochait désespérément à lui et qu'il traînait à sa suite depuis des heures.

— J'ai ben peur d'avoir fait mon temps, André. Tu devrais me laisser là pis continuer tout seul, dit Pierre.

Et il se laissa glisser contre le tronc d'un arbre givré de glace, pendant qu'André s'occupait à ramasser des branches de sapin qu'il tressait pour en faire un abri.

— Astheure, vous allez vous cacher sous les broussailles, dit-il à son père, quand il eut fini d'attacher cette sorte de dais au tronc d'un gros pin. Pis je veux plus vous entendre parler comme vous l'avez fait. Je partirai jamais sans vous. Même si je devais vous porter sur mon dos, on arrivera chez nous tous les deux ensemble, ou ben on mourra ici. Pis y est pas question de mourir!

Il aida Pierre à s'installer sous cet abri de fortune, puis il se pencha au-dessus de lui et resserra autour de son cou le manteau de lainage qu'il portait et qui était beaucoup trop léger pour affronter une pareille tempête.

— Y faut essayer de vous réchauffer, papa, ajouta-t-il. Couchez-vous en chien de fusil pour garder votre chaleur. Moi, y faut que je trouve du petit bois. J'ai encore des allumettes dans la poche de ma chemise pis, si le vent m'empêche pas de l'allumer, je ferai un feu. Pendant ce temps-là, priez fort pour que les loups approchent pas trop.

Il frottait une allumette après l'autre. Elles s'éteignaient aussitôt, soufflées par la poudrerie qui s'intensifiait. Enfin, il réussit à faire jaillir une flamme, et il l'alimenta avec de nouvelles brindilles. Il se promit bien que, quelle que soit sa fatigue, il ne s'endormirait pas. Il ne fallait pas que le feu meure avant le matin, s'ils voulaient survivre.

Il essayait de crâner et de cacher sa peur pour ne pas décourager son père, mais ces hurlements combinés du vent et des loups le terrorisaient. Il n'avait pas besoin de voir briller leurs yeux à la lueur des flammes, pour savoir que la meute les cernait déjà. Seul le feu pouvait les garder à distance. De temps à autre, quand il voyait apparaître un museau, il saisissait un tison et le lançait en direction de l'animal qui reculait en grognant.

Enfin, avec l'aube, la tempête se calma et ils purent reprendre la route. Leur marche était encore plus pénible après cette chute de neige. Ils devaient enjamber des congères qui leur bloquaient le passage, et la faim les tenaillait. Les maigres provisions qu'ils avaient emportées s'étaient vite épuisées, à mesure que leur voyage se prolongeait. Il était facile d'étancher leur soif en mangeant de la neige, mais leur estomac criait famine.

Finalement, épuisés, ils aperçurent leurs maisons à travers les arbres. Ils n'avaient jamais cru les revoir.

Quand Mathilde les vit sortir de la forêt, elle

se précipita vers eux, suivie d'Yves qui avait entendu son cri. Elle devinait, en voyant la pâleur de son mari, malgré le froid vif qui sévissait, qu'il devait être très malade.

— Rentre vite, Pierre, dit-elle en l'embrassant.

Elle se rendit compte qu'il brûlait de fièvre, et elle s'empressa de le déshabiller et de le coucher.

— J'ai ben mal dans la poitrine pis dans la tête, Mathilde.

— C'est parce que t'as pris du froid. Des gros rhumes, ça fait cet effet-là.

— Je suis pas sûr que j'ai un rhume, répondit-il. On dirait que je tousse parce que le cœur veut me sortir. Pis me semble que la mâchoire itou me fait mal.

— On va commencer par t'appliquer un cataplasme de tranches d'oignon sous les pieds. Y paraîtrait que c'est ben bon.

— Pis si ça me fait rien ?

— Je te donnerai mon sirop fait avec de la gomme d'épinette, de la glycérine pis du gin. Avec un remède de même, tu peux pas rester malade !

Mathilde resta assise à côté de Pierre toute la nuit. Il respirait de plus en plus difficilement. Elle colla son oreille à sa poitrine et elle s'aperçut que les battements de son cœur ralentissaient.

Un moment, elle eut même l'impression qu'ils s'étaient arrêtés. Elle était sûre qu'il allait mourir, et elle se mit à prier Dieu pour qu'Il fasse un miracle et qu'Il sauve son mari. Elle s'endormit un instant, pour se réveiller aussitôt en entendant une sorte de gargouillis qui sortait des lèvres de Pierre.

Elle courut jusqu'à la chambre d'Yves en criant :

— Va vite chercher le docteur, ton père râle !

Quand ils approchèrent du lit, Pierre avait les mains crispées sur la poitrine, sa bouche était tordue en une grimace de douleur, et il tentait de parler.

— Qu'est-ce que t'essayes de me dire, mon vieux ? demanda Mathilde.

Avec une main tremblante, son mari lui montrait sa bouche en hochant la tête.

— T'es pas capable de répondre ? demanda encore Mathilde.

Il fit un signe affirmatif.

— J'attelle la sleigh, pis je pars pour La Malbaie, s'exclama Yves en voyant l'état de son père.

À peine une heure plus tard, il revenait bredouille, mais en ramenant André qu'il avait fait monter en passant chez lui. La route était impraticable et jamais il n'aurait pu se rendre jusqu'à La Malbaie. Ils se sentaient vraiment impuissants devant la maladie qui menaçait d'emporter Pierre, et il ne leur restait comme ressource que la prière.

Chapitre 28

Quand l'été arriva, Pierre ne s'était pas encore tout à fait remis de l'attaque qui l'avait terrassé. Il avait retrouvé l'usage de ses bras et un peu de mobilité dans ses jambes, mais il ne pouvait plus parler.

Les travaux de la terre reprirent donc sans lui, bien qu'il suivît ses fils dans les champs en s'aidant d'une canne. Il s'assoyait alors sur une brouette et regardait tristement tous ces gens qui travaillaient, blâmant intérieurement Dieu qui lui avait conservé la vie, mais qui l'avait laissé aussi inutile que ces roches qu'on extirpait du sol sous ses yeux.

Juillet étendait sa chaleur sur les nouvelles pousses, et une belle récolte semblait assurée. Il n'y avait qu'à observer les tiges blondes des blés, déjà assez longues pour que le vent puisse les faire onduler; il suffisait de jeter les yeux sur les jardins près des maisons, pour en être certain. Yves avait hâte que vienne le moment de faucher les foins. Il reverrait sa Rose-Aimée, telle qu'il s'en souvenait : grimpée dans la charrette, entassant la récolte à l'aide d'une longue fourche, sa robe tachée par la sueur. C'était l'une des images qu'il avait conservées d'elle, et qui l'avaient suivi depuis son départ de l'Anse-à-Thomas. Il savait bien qu'il se faisait des illusions, que jamais plus elle ne l'aimerait de la même façon que ce jour-là sur la plage, tant et aussi longtemps que son père et son cousin seraient dans les parages. Mais ce rêve l'aidait à vivre.

André était parti à l'aube pour La Malbaie où il devait faire réparer une pièce de la charrue chez le forgeron. Le soleil dardait ses rayons sur les gens du hameau qui venaient d'arrêter leurs travaux pour manger leur repas du midi. Chacun cherchait un peu d'ombre pour se rafraîchir et se reposer, tout en avalant la nourriture que les femmes avaient apportée dans de grands paniers d'osier. Soudain, le bruit d'un cheval au galop leur parvint.

— J'apporte pas de ben bonnes nouvelles, s'exclama André en sautant de la voiture à peine immobilisée.

— Mon Doux! C'est-tu encore une autre catastrophe? demanda Mathilde.

— Quasiment. Paraîtrait que le gouvernement va accepter la conscription que Borden voulait en juin. Y a même des rumeurs qui disent que c'est chose faite, depuis le 6 juillet.

— Ça veut dire quoi pour nous autres ? interrogea un voisin.

— Ben, mon gars, ça veut dire que si t'es pas marié, que t'as vingt ans ou ben encore plus, y vont t'enrôler de force, pis t'envoyer de l'autre bord pour te battre.

— Pour ça, y faudrait qu'y soient capables de me pogner ! répondit le jeune homme.

— C'est en plein ce qu'y vont essayer de faire, dit André.

— Y doit ben y avoir des raisons pour pas y aller ? dit Yves.

— C'est sûr qu'y en a, mais juste pour astheure. Moi, je pense qu'on serait mieux de sacrer notre camp dans le bois, avant qu'y disent que ces raisons-là sont pas bonnes.

— Vous avez pas l'idée de partir déjà ? demanda Mathilde, consternée.

— Pas moi, maman, je suis marié avec un enfant, expliqua André. Pis c'est pas certain qu'on va l'appliquer de suite, cette loi-là.

— Mais si ça changeait, pis qu'y enrôlaient les hommes mariés ? s'inquiéta Rose-Aimée.

— On le saura ben assez vite pour aviser, dit son mari.

* * *

La fin de cet été 1917 fut plutôt triste. Chaque famille avait un ou deux de ses garçons qui n'avaient pas attendu que la nouvelle se concrétise pour partir. Il y avait surtout l'inquiétude qu'ils soient découverts et, une fois arrêtés, qu'on les envoie combattre outre-mer.

La récolte se fit difficilement, à cause de l'absence de ces jeunes qui aidaient habituellement leurs voisins, et bien des gerbes de blés restèrent sur place jusqu'à la première gelée. Rose-Aimée, qui, depuis le retour d'Yves, se tenait à l'écart et refusait de participer aux travaux, dut se mettre à l'ouvrage comme les autres. Mais elle restait le plus près possible de son mari et n'adressait la parole à Yves que lorsque la situation l'exigeait. Chaque fois qu'il s'approchait d'elle, la jeune femme sentait le regard de son beau-père qui les surveillait, et elle savait bien ce qu'il pensait.

Le 28 août, la loi de la conscription fut adoptée. Elle concernait les hommes de la première catégorie, ceux qui étaient célibataires, âgés de vingt à trente-quatre ans. De plus en plus, l'Anse-à-Thomas se dépeupla. Certains jeunes, sur les conseils de leurs parents, décidèrent de se cacher chez eux. On construisit de fausses penderies, ou des portes qui dissimulaient l'entrée des greniers.

— Ça suffira pas, dit Yves à André. Je les connais, moi, ces maudits Anglais-là ! Y vont fouiller partout, tant qu'y trouveront pas ceux qu'y cherchent.

— Mais, y en a beaucoup qui veulent pas laisser leurs vieux tout seuls. Me semble que c'est une bonne idée, protesta Mathilde. Toi, André, t'aimerais pas mieux rester avec ta femme, au lieu de t'en aller, si on t'appelait ?

— Ben sûr, maman, mais je pense pas qu'une penderie, ou ben donc un grenier, c'est une bonne cachette. En tout cas, pour astheure, mon tour est pas arrivé, pis y viendra peut-être jamais, ça fait que je vas partir comme d'habitude pour les chantiers.

— Dieu t'entende ! soupira Mathilde.

En octobre, avant que les froids prennent pour de bon, André demanda un service à sa femme, ce qui la surprit, puisque son mari connaissait la situation tendue qui existait entre elle et Pierre.

— Rose-Aimée, maman m'a demandé d'aller avec elle pis Yves à l'Anse-Saint-Jean. On aimerait ben ça emmener Laurent avec nous autres, mais si tout le monde part, papa sera seul pour voir à lui.

La jeune femme devinait bien ce que son mari allait lui suggérer.

— Pis tu voudrais que je m'occupe de ton père, même si tu sais qu'y veut pas me voir ?...

— C'est ben ça !

— Mais tu te rappelles pas que, la dernière fois où j'ai essayé de l'aider à se lever, y m'a quasiment enfoncé sa canne dans le ventre pour me repousser ?

— C'était au début de sa maladie. Je suis sûr qu'y ferait plus ça astheure, répondit André qui désirait convaincre sa femme de le laisser partir. Imagine-toi ce que c'est de pas pouvoir parler, ajouta-t-il.

— Dans son cas, c'est peut-être mieux que de dire des bêtises !

— T'es méchante, Rose-Aimée !

— Tu te trompes, je suis juste pas capable de me sentir haïe par quelqu'un.

— Ça fait que tu veux pas ? demanda piteusement André. Je pourrai pas être du voyage, parce que tu veux pas le garder ?

— J'ai pas dit ça. Tu sais ben que je le laisserai pas tout seul.

* * *

Assise sur les marches de l'escalier, Rose-Aimée regardait la voiture qui s'éloignait dans le sentier. L'herbe commençait à jaunir de chaque côté des fossés où les longues quenouilles se fanaient, laissant échapper de leurs blessures ouvertes de la mousse que le vent déposait sur l'eau stagnante du fond.

La jeune femme aurait préféré accompagner son mari et son fils, plutôt que de rester là à prendre soin de cet homme qui la détestait. Elle ne pouvait se résoudre à partir, et elle trouva une foule de choses à faire chez elle, avant de traverser le champ qui la séparait de la maison voisine.

Ce n'est que lorsqu'elle aperçut la lumière du jour qui baissait, qu'elle se décida enfin à respecter la promesse faite à son mari. Elle alluma le fanal et se dirigea résolument vers la demeure de ses beaux-parents.

À l'intérieur, Pierre avait vainement attendu son arrivée. Il avait passé la journée à la guetter à travers les rideaux de la cuisine, prêt, avait-il décidé, à retourner s'asseoir dès qu'il la verrait apparaître. Quand il s'était rendu compte qu'elle ne viendrait pas lui servir son dîner, il avait mangé un bout de pain avec du fromage, puis, en regagnant son fauteuil, il s'était arrêté devant le miroir qui surmontait la desserte.

Il y avait des années qu'il ne pensait plus à s'y regarder. Pas de temps à perdre pour scruter ce visage qui, se disait-il, devait ressembler à la déchéance physique qui était sienne. Maintenant, justement à cause de cette attaque de paralysie, du temps, il n'avait que ça. L'image que lui renvoya la glace lui fit peur. Il savait, pour s'être très souvent passé la main sur le front quand la sueur y perlait, qu'il y avait belle lurette qu'il était chauve, mais ce qui le surprit le plus, fut sa bouche.

Elle était croche, et tout un côté de son visage semblait avoir suivi le même chemin, accentuant ses rides d'une façon grotesque. « Ce que t'es laid ! » pensa-t-il, tout en essayant de le dire à haute voix, comme pour réussir à blâmer le miroir de lui avoir renvoyé un aussi vilain portrait de lui. Mais ses lèvres seules exprimèrent sa frustration.

Pris d'un accès de colère, il leva sa canne en direction de ce reflet implacable, et assena un coup violent sur le miroir qui semblait le narguer. La glace s'étoila en plusieurs fragments et, satisfait, comme soulagé par ce geste qui le soustrairait pour un temps à cette image de lui qu'il se refusait à regarder, il marcha vers son fauteuil et il s'y assit lourdement. Il sommeilla une partie de l'après-midi, jusqu'à ce que le jappement de son chien, attaché dehors, le réveille. Il préféra ne pas allumer la lampe. Dans l'obscurité, il pouvait réfléchir en paix, et certaines pensées se précisaient plus vivement, lui semblait-il, qu'elles ne l'auraient fait en pleine lumière.

Il revoyait clairement ses fils, installés sur le siège de la balançoire qui valsait au-dessus de la rivière Malbaie. Pierre l'avait accrochée à la plus haute branche d'un orme penché sur la surface. Il lui avait fallu grimper à travers le feuillage, s'écorchant les coudes, bandant les muscles de ses jambes pour ne pas dégringoler jusqu'au sol. Il s'était donné tout ce mal, malgré les objections de sa femme qui jugeait les enfants trop jeunes pour des jeux aussi dangereux, mais André et Yves le suppliaient depuis des mois de leur fabriquer une sorte de tremplin d'où ils pourraient plonger dans l'eau, et il n'avait pas voulu les désappointer.

Dès qu'ils furent installés sur le banc assez large pour les porter tous les deux, les garçons s'élancèrent à force de bras, toujours plus haut, frôlant dangereusement le tronc de l'arbre. À l'instant où Pierre s'apprêtait à leur ordonner de cesser ce jeu imprudent, ils étaient redescendus à une vitesse folle et, avec un grand éclat de rire, ils avaient lâché la corde à laquelle ils s'agrippaient, pour plonger dans la rivière, s'y enfonçant dans un grand jaillissement de gouttelettes irisées de lumière. Un instant avant de disparaître, leurs corps nimbés de soleil avaient semblé s'envoler.

Pierre songeait que, depuis des années, le rire de ses enfants s'était tu. Après les départs successifs d'Yves, puis celui d'André qui s'était installé dans une autre maison, les restes de la balançoire continuèrent à valser au-dessus de l'eau, mais seul le murmure du vent traversait le feuillage du grand orme. Il n'y avait plus de cris de joie qui fusaient dans l'air pur des montagnes et, avec le temps, la corde s'était effilochée et le banc avait succombé aux assauts répétés des saisons.

Il allait sombrer dans le sommeil, quand les aboiements de son chien redoublèrent. Il regarda en direction de la fenêtre où la lueur d'un fanal se faisait plus vive en approchant de la maison, et il se leva avec peine pour aller ouvrir la porte.

Rose-Aimée, qui s'apprêtait à frapper, fut surprise de se trouver soudain face à face avec son beau-père. En l'apercevant, il retourna à son fauteuil sans la saluer.

— J'espère ben que vous aviez pas l'idée de sortir? dit-elle. Y fait trop froid pour vous dehors, pis je vois qu'ici dedans itou c'est pas chaud, ajouta-t-elle en prenant une bûche dans la boîte à bois et en la glissant dans le poêle où des braises rougeoyaient encore.

Il eut un mouvement d'impatience quand elle s'approcha de lui.

— J'ai pas pu venir avant, mais pour me faire pardonner, je vous ai apporté une soupe aux gourganes, s'exclama-t-elle pour meubler le silence. Vous allez voir comme c'est bon!

En guise de refus, Pierre se mit à frapper le plancher avec sa canne, et Rose-Aimée, qui se préparait déjà à réchauffer la soupe, se retourna pour voir le vieil homme qui hochait la tête, tout en continuant à cogner de plus en plus fort sur le parquet. La jeune femme déposa aussitôt la casserole sur un coin de la table, et elle s'avança vers Pierre qui la regardait venir, les yeux mauvais.

— Écoutez-moi ben, le beau-père, dit-elle. Oui, je sais que je vous ai jamais appelé de même, ajouta-t-elle en voyant son air surpris. Vous savez ben qu'au début de mon mariage, je vous disais, « papa », mais ça fait longtemps que vous me traitez comme une moins que rien, pis y est temps astheure que je me vide le cœur.

« Tac, tac, tac », fit de nouveau la canne.

— Même si vous défoncez le plancher avec vos grands coups, vous allez entendre ce que j'ai à vous dire ! continua-t-elle. Pis, regardez-moi pendant que je parle au lieu de détourner la tête. Non, craignez pas, ajouta-t-elle, en voyant le mouvement de recul de Pierre, j'ai pas envie de vous maltraiter, je me suis jamais attaquée à quelqu'un de plus faible que moi, mais y a toujours ben un bout. Je peux plus endurer vos airs de dédain, je peux plus vous voir me fuir comme si j'avais la peste. Vous auriez peut-être été aussi ben de tout raconter à André, au lieu de le laisser se demander pourquoi que vous m'aimiez plus, tout d'un coup.

Rose-Aimée se tut un moment pour observer son beau-père. Il la regardait, étonné, mais il n'y avait plus de méchanceté dans ses yeux. Seule une expression de stupéfaction y brillait maintenant.

— Ce que vous avez vu sur la plage, ce fameux jour-là, c'était un accident, reprit la jeune femme. Vous avez chassé votre garçon à cause de ça, vous avez privé André d'un compagnon qu'il considérait comme son frère pis, encore pire, vous avez causé une peine effrayante à votre femme. Quand Laurent est né, vous avez poussé la méchanceté jusqu'à refuser de le prendre dans vos bras. Ben moi, je vous le dis, le beau-père, votre cœur est aussi dur que les pierres que vous avez arrachées de votre terre !

Le vieil homme avait baissé la tête et il regardait maintenant ses mains, comme s'il cherchait à retrouver, sur elles, les traces de ses durs travaux passés.

— Vous pensez-vous au-dessus du bon Dieu, le beau-père ?... Lui, y est capable de pardonner, pas vous ! continua Rose-Aimée. Pis, je vas rajouter de quoi : même si Laurent était pas l'enfant d'André, mais celui d'Yves, après ce qui s'est passé, y serait toujours ben le petit d'un de vos fils, un petit de votre sang qui a droit à l'amour d'un grand-père. Y serait encore temps, me semble, d'y montrer que vous l'aimez. Y serait encore temps de nous faire voir que votre cœur est pas si dur qu'on le pense, qu'au lieu d'être aussi solide que de la roche, y peut se ramollir comme des mottes de terre que la pluie a traversées.

Pierre regardait maintenant sa bru avec d'autres yeux. Des larmes qu'il essayait de retenir coulaient sur ses joues. Il ne cognait plus sur le plancher avec sa canne, il l'avait tout simplement laissée tomber à côté de son fauteuil. D'une main tremblante, il sortit de la poche de son chandail un grand carré en tissu et il se moucha bruyamment.

— J'ai fini de parler, astheure, dit Rose-Aimée en l'ignorant. Je vas continuer à faire chauffer la soupe, pis si vous voulez pas la manger, ben je la donnerai au chien qu'attend rien que ça !

Comme elle se retournait pour s'approcher du poêle, il la retint. Avec sa main, il lui serrait le poignet pour l'empêcher de s'échapper. Un instant, Rose-Aimée eut peur. Est-ce que Pierre n'allait pas se venger pour ces paroles qu'elle venait de prononcer ? Elle fut vite rassurée en remarquant le mouvement de ses lèvres qui essayaient de lui faire comprendre quelque chose. Elle crut deviner un mot : « Pardon ! »

— Vous savez ben que je vous en veux plus, astheure, dit-elle en s'agenouillant à ses côtés.

Elle le prit dans ses bras et elle le berça comme s'il était un enfant. Le vieillard s'abandonnait à cette caresse, et il laissa aller sa tête contre l'épaule de la jeune femme.

Chapitre 29

André hésita longtemps avant de se décider à partir, cet automne-là.

— Je me demande ce qui va arriver un coup que tu seras toute seule, dit-il à Rose-Aimée.

— Ça sera pareil aux autres fois, me semble, répondit-elle.

— Mais y aura peut-être une différence. Si l'armée a encore besoin d'autres hommes, pis qu'y appellent ceux qui sont mariés, je pourrai pas revenir au printemps.

— Tu veux dire que tu resterais dans le bois pour toujours ? s'inquiéta Rose-Aimée.

— Pas pour toujours, seulement jusqu'à la fin de cette maudite guerre.

— Penses-tu qu'a va durer encore longtemps ?

— Y a personne qui peut le dire, répondit tristement André.

— Tu voudrais pas nous emmener avec toi ? demanda Rose-Aimée.

— Les chantiers pis les bois, c'est pas la place des femmes pis des enfants.

— Ben, d'abord, je pourrais aller rester chez nous, à La Malbaie.

— Si tu faisais ça, qui s'occuperait de la terre pis des animaux ?

— Yves est là, astheure. Y pourrait peut-être prendre soin de la ferme, en même temps que celle de ton père ? dit Rose-Aimée, espérant que son mari comprendrait son désarroi.

Sa plus grande crainte était de voir André la quitter, et de ne plus pouvoir compter sur sa présence pour l'empêcher de succomber à l'attrait qu'Yves exerçait sur elle. Jusqu'ici, elle avait pu éviter de le rencontrer seule à seul, mais si André ne revenait pas au printemps, elle devrait avoir recours à Yves pour l'aider dans les travaux de la terre, et elle ne savait pas ce qui arriverait.

— Tu sais ben qu'y peut plus faire grand-chose avec son infirmité. Astheure, c'est maman qui doit traire les vaches. Ça se fait pas avec une seule main, cette affaire-là, pis y peuvent plus compter sur papa depuis qu'y est malade, expliqua André.

— Ça fait que, de même, tu vas partir ? dit Rose-Aimée, au bord des larmes.

— Si on veut de l'argent pour manger à notre faim, y faut ben que j'en gagne. C'est pas avec les légumes, qu'on réussit à faire pousser entre deux gelées, qu'on va survivre.

La jeune femme le regardait tristement préparer ses bagages. Il lui semblait qu'un malheur nouveau s'ajoutait aux autres. Elle était pourtant habituée à ces séparations temporaires, et elle arrivait à se débrouiller seule, mais aujourd'hui tout était différent. Une sorte de mauvais pressentiment la hantait, alimenté bien sûr par toutes ces rumeurs qui circulaient autour d'elle.

Elle suivit longtemps la silhouette de son mari qui disparaissait au loin, dans la forêt dénudée, et un étrange sentiment de solitude l'étreignit. Encore une fois, elle avait l'impression que la vie ne lui avait pas apporté ce dont elle avait besoin. Elle prit Laurent dans ses bras, et se fit violence pour ne pas courir jusque chez ses beaux-parents et demander leur aide. Il y avait là un homme auquel elle avait juré de résister. Elle avait eu bien raison de redouter son retour. Dès qu'elle l'avait revu, il lui avait semblé qu'elle revivait enfin. Elle ressentait pour lui la même attirance qu'autrefois, et c'est pourquoi elle avait peu partagé la vie du hameau. Toutes les excuses avaient été bonnes pour demeurer chez elle et, quand Yves venait rendre visite à son mari, elle s'arrangeait pour ne pas rester dans la même pièce qu'eux.

* * *

La neige tardait à tomber, et au début de décembre les routes étaient toujours praticables. Rose-Aimée eut l'heureuse surprise de voir arriver ses parents.

— Tu comprends, ma fille, dit son père, on peut jamais savoir si on pourra fêter Noël ensemble, pis encore moins cette année.

— Mais si y fait beau ? demanda la jeune femme.

— Même là, expliqua Catherine. Ta sœur Thérèse attend du nouveau autour du jour de l'An, ça fait que je veux pas la laisser accoucher sans moi. C'est son premier, tu comprends ?

— J'ai ben eu Laurent sans vous, maman, pis j'en suis pas morte !

— Elle, c'est pas pareil. Le docteur y avait dit qu'a était pas faite pour avoir un enfant, mais a est partie quand même pour la famille. J'espère ben qu'a va passer au travers sans mal, mais j'ai ben peur pour elle.

— Comment que tu t'arranges, toute seule, Rose-Aimée ? demanda son père.

— Pas trop pire. André a préparé ben des

affaires avant de partir aux chantiers. Le bois est toute rentré, pis moi, j'ai eu le temps de coudre pis de faire ben du manger. On s'ennuie pas trop quand on travaille, affirma la jeune femme.

— Tu vois-tu souvent tes beaux-parents, au moins ? dit Georges.

— Y doivent s'occuper d'elle, tu sais ben. Inquiète-toi pas, mon mari, répondit Catherine, qui voulait à tout prix éviter ce sujet brûlant.

Rose-Aimée jeta un regard de reconnaissance à sa mère. Elle ne pouvait pas parler de la famille d'André sans mentionner Yves. Et elle avait peur de se trahir si le nom du jeune homme était prononcé.

— Y a-tu de quoi de nouveau à La Malbaie ? demanda-t-elle pour faire diversion.

— À part la guerre, pis le drame qu'est survenu à Halifax, y a pas grand-chose, dit Catherine.

— Quel drame, à Halifax ? s'exclama Rose-Aimée.

— Ça a été ben effrayant ! Y a une semaine, le 6 décembre exactement, un gros bateau chargé de dynamite, le Mont-Blanc, a explosé dans le port. Les journaux ont dit qu'y avait été frappé par un autre bateau qui sortait du port, le IMO, me semble. C'est ben ça, hein, Georges ?

Y paraîtrait que la moitié de la ville s'est écroulée, pis qu'y a eu 2000 morts, pis 8000 blessés.

— C'est-tu épouvantable, des affaires pareilles! s'exclama Rose-Aimée.

— Pis j'ai ben peur qu'y arrivent d'autres drames de même. Quand ça commence, on dirait que ça peut plus s'arrêter, affirma son père.

— Arrête donc de l'effrayer, Georges! dit Catherine. À la place, aide-moi à développer toute la mangeaille qu'on a apportée. Regarde, Rose-Aimée, j'ai cuit des beignes, des pâtés à la viande, pis on t'a fait des caisses avec d'autres choses qu'y avait au magasin.

— Seigneur! Pensiez-vous que je crevais de faim, maman? s'exclama la jeune femme.

— Pantoute! Mais j'ai pensé que, toute seule de même, t'aurais pas le goût de te faire à manger. Pis y a des cadeaux, itou. On a pas oublié Laurent, comme tu vois.

— Ze veux les cadeaux, astheure! dit l'enfant qui, à deux ans et demi, s'exprimait mieux, mais prononçait encore mal ses « j ».

— Y sont pas pour astheure, mon chou, expliqua Catherine. Grand-maman a apporté les paquets aujourd'hui, parce qu'a sera pas là à

Noël, mais tu pourras enlever les papiers juste ce jour-là.

Laurent se mit à pleurer, et Georges le prit dans ses bras en lui disant, pour le distraire :

— Viens, on va mettre ton manteau pis ta tuque, pis on ira jusqu'à la rivière pour voir si la glace a pris.

Aussitôt que la porte se fut refermée sur eux, Catherine se tourna vers sa fille et l'examina un moment, avant de lui demander :

— Comment ça va, ma Rose-Aimée ?

— Pas trop pire, maman.

— Est-ce que…

— Non, j'ai pas succombé, si c'est ça que vous voulez savoir, répondit la jeune femme, mais astheure que je suis toute seule, c'est ben difficile, par exemple.

— T'aimerais-tu qu'on te ramène avec nous autres, à La Malbaie, pour le temps des fêtes ? suggéra Catherine.

— Tentez-moi pas, vous savez ben que je peux pas. Y faut faire le train, pis mes beaux-parents comptent sur moi pour Noël.

— T'es ben raisonnable, ma fille. Si tu savais comme je pense à toi, pis surtout comme je prie pour toi, affirma Catherine, en serrant Rose-Aimée sur sa poitrine.

— J'en ai ben besoin, dit la jeune femme, les yeux remplis de larmes. Y faut que je tienne le coup, surtout si André revient pas au printemps.

— Ça se pourrait-tu?...

— Si la guerre continue, pis qu'on appelle les hommes mariés.

— Me semble que ça peut pas durer encore ben longtemps de même.

Les deux femmes restèrent silencieuses un moment, jusqu'à ce qu'on frappe à la porte.

— Je te ramène ton grand garnement, Rose-Aimée, dit Yves qui tenait la main de Laurent. Y était après raconter toutes sortes de menteries à son grand-père. Y lui faisait accroire qu'y avait vu un loup devant chez vous, pis qu'y l'avait même flatté.

— C'est vrai! affirma l'enfant. Y branlait sa queue, le loup.

— C'était pas un loup, dit Rose-Aimée, c'était juste le chien des voisins. Tu sais ben qu'un loup se serait pas laissé approcher, voyons donc!

La déception de Laurent était visible. Il s'empara d'un petit jouet en bois et, grimpant sur le fauteuil berçant, il se mit à le tourner dans tous les sens. Il l'examinait comme s'il le voyait pour la première fois.

— Es-tu ben certaine de ça, ma fille, demanda

Georges, qui aurait été fier de la bravoure de son petit-fils.

— Sûre, papa. Mais ce chien-là doit être un mélange, par exemple. C'est vrai qu'y a l'air d'un loup.

— C'était un loup ! affirma Laurent, boudeur.

— Mes parents vous ont vus arriver, dit Yves, en s'adressant à Georges et à Catherine, pis y aimeraient ben ça que vous passiez les saluer avant de repartir.

— C'est ben aimable de leur part, répondit Catherine. Vous les remercierez pour nous autres, mais je sais pas si on aura le temps d'arrêter chez eux. On est pas ici pour plus que deux jours, pis encore, c'est pas certain. Si y neige, demain, y faudra s'en aller en vitesse.

Catherine remarquait le regard qu'Yves jetait à sa fille, même en leur parlant. Elle voyait bien que Rose-Aimée était troublée, et elle espérait que le jeune homme ne prolonge pas sa visite.

— C'est ben de valeur, dit-il. Je m'en vas, astheure. Oublie pas, Rose-Aimée, qu'on vous attend, toi pis Laurent, pour le souper de Noël.

— Ça va dépendre de la température.

— Tempête ou ben pas de tempête, je viendrai vous chercher ! s'exclama Yves.

Chapitre 30

Depuis la veille de ce Noël de 1917, la neige n'avait pas cessé de tomber.

Rose-Aimée, assise frileusement près du poêle, écoutait le vent qui fouettait les murs de la maison en rugissant. Sur les vitres des fenêtres, les flocons, en fondant, avaient agrandi les fleurs de givre, y dessinant de merveilleux jardins.

La jeune femme espérait que cette tempête dure encore longtemps, qu'elle empêche Yves de venir les chercher, qu'elle écarte cette tentation qu'elle avait de se retrouver dans ses bras pour danser et, plus tard, peut-être, de reprendre cette étreinte interrompue trois ans plus tôt. Mais son cœur lui disait aussi qu'elle se mentait à elle-même, qu'elle ne désirait que ça, et qu'elle serait bien déçue si elle n'entendait pas les clochettes de la sleigh tinter plus fort que les rugissements du vent.

Son attente fut de courte durée. Yves s'amena beaucoup plus tôt que prévu, et dès qu'elle fut installée à ses côtés avec Laurent sur ses genoux, tous trois bien protégés du froid sous une chaude couverture de fourrure, elle se rendit vite compte qu'elle avait eu raison de craindre cette rencontre. Elle sentait que si Yves la touchait, rien ne pourrait plus empêcher la reprise de leurs amours. Elle évitait de le regarder et serrait son fils dans ses bras, pour ne pas que son corps frôle de trop près celui du jeune homme. La neige tombait sur son bonnet de laine, comme des étoiles brillantes qui venaient s'éteindre sur la chaleur de ses joues, et la peau d'ours qui les recouvrait était déjà toute blanche.

Rose-Aimée s'aperçut, en tournant la tête, qu'Yves, lui aussi, fixait la route pour ne pas que ses yeux rencontrent les siens. Il gardait sa main bien serrée sur les guides et, à voir la crispation de sa bouche, la jeune femme devina qu'il faisait un effort surhumain pour ne pas arrêter la sleigh et l'enlacer, malgré la présence de Laurent.

— J'ai ben peur que la soirée se prolonge, s'exclama-t-il tout à coup. Ça s'annonce comme toute une tempête ! On a de la misère à avancer, pis même si la maison est pas loin, on dirait qu'on y arrivera jamais.

— On aurait peut-être été mieux de pas partir ? Tout d'un coup qu'on est égarés ?

Elle avait à peine terminé sa phrase, que la sleigh buta sur un gros banc de neige et se renversa. Le cheval essayait de continuer sa route, tirant sur ses guides, mais Yves eut le temps de le retenir. En se retournant, il s'aperçut que ses passagers avaient disparu.

— Où est-ce que vous êtes? cria-t-il, craignant le pire.

Et aussitôt, de sa main gauche, il se mit difficilement à fouiller sous la sleigh.

— Réponds, Rose-Aimée!

Il lui semblait entendre quelque chose, et il creusa plus rapidement. Enfin, il sentit un pan de vêtement qu'il saisit, et se mit à tirer.

— Qui c'est qui pleure de même? cria-t-il encore, apeuré à l'idée que la jeune femme et Laurent soient en train d'étouffer.

— On pleure pas, on rit, pis on a rien pantoute, répondit Rose-Aimée, sortant de sous la sleigh en se secouant.

— J'ai ben cru que vous étiez blessés, s'exclama Yves. Seigneur! Si y avait fallu que ça arrive...

— Ben c'est pas le cas, pis c'est juste drôle, hein, mon bébé? dit la jeune femme à son fils tout en le débarrassant de la neige qui collait à son manteau. Mais toi, Yves, t'as pas l'air de trouver ça aussi drôle que nous autres?

— C'est parce que je sais pas comment on

va repartir. Avec un bras, je pense pas que je pourrai remettre la sleigh sur ses patins.

— Je t'aiderai, pis à nous deux, on va y arriver, assura Rose-Aimée.

Ils unirent leurs efforts et, après quelques minutes, ils purent reprendre la route.

— Tu penses pas qu'on serait mieux de retourner chez nous ? demanda Rose-Aimée.

— Pour quoi faire ? On arrive dans pas long-temps… Y a plein de monde qui compte sur toi. Maman a invité tout le voisinage. On va danser, on va boire un coup, pis on va essayer de plus penser à la guerre !

— Ça, je sais pas si on pourra, dit tristement la jeune femme.

— Pourquoi t'es songeuse, tout d'un coup, Rose-Aimée ?

— Parce que je pense à André qu'est tout seul, dans le bois. Y s'amusera pas ben, ben, lui ! Si y en a un qui devrait comprendre ça, c'est ben toi, Yves ? T'as pas dû rire souvent à Noël, quand t'étais loin de chez vous.

Il n'osait pas lui répondre que c'était de son absence qu'il avait le plus souffert, et ils gardèrent le silence. Lui, revivant ces dernières années, elle, se représentant son mari loin de sa famille, dans la solitude de la forêt.

* * *

Cette tempête força Rose-Aimée à rester plus longtemps que prévu chez ses beaux-parents. Le petit hameau fut littéralement enseveli sous plusieurs pieds de neige, et ce blizzard dura jusqu'après le jour de l'an. Des hommes, descendus des chantiers avant le mauvais temps, avaient apporté des lettres de ceux qui étaient retenus là-bas. Les nouvelles n'étaient pas réjouissantes et, en les lisant, tous pouvaient deviner combien les bûcherons avaient le mal du pays. Les travailleurs se faisaient rares cet hiver-là, car les plus jeunes se cachaient plus haut, dans des cabanes de fortune.

Mais après un moment de nostalgie, on tenta d'oublier un peu la tristesse qui avait suivi la lecture de ces lettres, et on réussit finalement à s'amuser ferme. Plusieurs avaient amené des instruments de musique, et un voisin, particulièrement habile avec son violon, les fit danser en leur jouant des gigues.

Il était très tard quand Yves vint reconduire la jeune femme chez elle, le 3 janvier. Laurent dormait depuis longtemps quand ils arrivèrent, et Rose-Aimée le coucha immédiatement, sans qu'il se réveille.

— C'est ben beau de te voir avec le petit dans tes bras, dit Yves quand elle vint le retrouver. J'aurais tant aimé ça, avoir un fils comme Laurent.

Rose-Aimée se taisait. Elle fut sur le point de lui répondre que Laurent était peut-être cet enfant qu'il désirait, mais elle se retint à temps.

— Ah ! Si j'étais pas parti de l'Anse-à-Thomas, je suis sûr que c'est moi qui t'aurais rencontrée le premier, pis tout ce qui est arrivé aurait pas eu lieu. On serait mariés, astheure, on aurait des enfants… Mais y me vient une idée, ajouta-t-il après une pause. Es-tu ben certaine que le petit, y est pas de moi ?…

— Comment on pourrait le savoir ? Tu sais ben que c'est pas possible ! Pourquoi t'as cette idée-là tout d'un coup ? dit Rose-Aimée, surprise qu'ils aient eu la même pensée, et au même moment.

— Y a longtemps que ça me trotte dans la tête. Si t'avais eu d'autres bébés, depuis celui-là, j'aurais pas été torturé de même, mais…

— Mais y en a pas eu d'autres, pis ça veut rien dire pantoute ! s'exclama-t-elle.

— Je suis pas fou, tu sais. J'ai ben vu dans tes yeux que t'avais pensé à ça, toi itou. Je veux que tu répondes à une question, Rose-Aimée. Après, je m'en irai. Quand c'est arrivé, nous deux, si mon père nous avait pas surpris, pis là, si je t'avais demandé de partir avec moi, m'aurais-tu suivi ?

— Tu me l'as pas demandé, ça fait que… dit-elle, en se détournant.

— Maudit que j'ai été bête ! Veux-tu dire que t'aurais dit oui ?

Rose-Aimée revoyait l'après-midi qu'il évoquait, quand son beau-père lui avait ordonné de s'habiller et de s'en aller à la maison. Elle s'était sentie tellement humiliée ! Aujourd'hui, si le même incident se produisait, elle était presque certaine qu'elle refuserait d'obéir, que jamais elle n'accepterait qu'Yves soit chassé de l'Anse-à-Thomas.

— Tu veux pas parler ? dit le jeune homme, voyant qu'elle gardait le silence. C'est-tu parce que je suis plus comme avant, que tu m'as fui toute l'été ? C'est-tu parce qu'y me manque une main que je suis moins attirant ? Y a rien que Laurent qui est assez curieux pour m'avoir demandé pourquoi j'avais un crochet à la place des doigts. J'aurais aimé ça que tu m'en parles, toi itou. Mais depuis que je suis revenu, t'as toute fait pour m'éviter. On aurait dit que tu te cachais pour pas qu'on jase ensemble. Ça m'aurait fait du bien de te dire que je pense pas que je pourrai m'habituer à me voir de même. J'ai plus rien, astheure. Plus de main, plus d'amour, rien que des souvenirs qui font mal en maudit ! Tout le monde me regarde comme si j'étais devenu un étranger. Même toi, Rose-Aimée…

— Tu te trompes, Yves, murmura la jeune femme, au bord des larmes.

Elle ne voulait pas qu'il voie à quel point elle était émue par sa confession. Si elle avait osé laisser paraître son émotion, il l'aurait prise contre lui, et toutes ses belles résolutions se seraient évanouies.

— Ah ! Y est trop tard, astheure. Je pense que j'aurais jamais dû revenir par ici !

— Dis pas ça, Yves. Tes parents auraient eu ben que trop de peine.

— Pas toi, Rose-Aimée ?

— Tu sais ben que ça aurait été pareil pour André pis moi.

— Je vois surtout que t'essayes de pas répondre à ma question, dit tristement Yves.

— C'est mieux de même. Si on continue à se rencontrer, pis que tu me demandes tout le temps ces affaires-là, ça pourra rien que nous faire du mal.

— Y faut pas que tu m'aimes pour dire ça !

s'exclama Yves. Moi, je voulais juste être pas loin de toi, rien que ça. Je te toucherais pas, je te le promets, mais me semble que tu peux pas m'empêcher de t'aider de temps en temps, astheure que t'es toute seule ? Pis t'as pas pensé que si on se voit plus, tu prives Laurent de son oncle ? ajouta-t-il, essayant de trouver des raisons convaincantes pour la faire fléchir. T'oublies ma mère, itou. Qu'est-ce qu'a dirait si tu venais plus chez nous ?

Il ne pouvait accepter de ne plus voir Rose-Aimée. Depuis cette soirée de Noël, pendant laquelle il avait dansé avec elle, il s'était aperçu que, plus jamais, il ne pourrait se passer de sa présence.

— C'est sûr que j'irai encore chez vous, répondit-elle, mais y faudra que ça soit pour de ben bonnes raisons, pis le moins souvent possible.

— En tout cas, si l'hiver est trop dur pis que t'as besoin d'aide, tu vas me voir arriver. Pour astheure, je m'en retourne chez nous. Tu connais mon père ? Si je tarde, y va s'imaginer toutes sortes d'affaires.

— Oui, je sais ça ! Y avait qu'à le regarder, chez vous, pour deviner les idées qui lui passaient par la tête.

— On peut pas le blâmer, hein, Rose-Aimée ? Tu réponds pas ? T'as pas besoin de rien dire, je suis sûr que tu penses la même chose que moi. Mais c'est pas juste pareil, ce qui nous arrive. Pourquoi que le bon Dieu a permis qu'on reste dans deux maisons voisines, pis qu'on ait pas le droit de s'aimer ?

— Ça doit être pour nous éprouver.

— Tu trouves pas qu'Y m'a assez éprouvé de même ? cria-t-il, découvrant son bras mutilé.

— Mais t'es plus fort que tu penses, Yves, répondit-elle, se refusant à faire référence à son infirmité. Tu vas t'en sortir tout seul. Moi, c'est pas pareil, j'ai besoin qu'André soit là pour tenir le coup. C'est aussi ben que ça reste comme on vient de dire, soupira Rose-Aimée, épuisée par l'effort qu'elle faisait pour se dominer.

— Inquiète-toi pas, je m'en vas, pis je reviendrai rien que quand ça sera nécessaire.

Rose-Aimée faillit bien le retenir, mais sans intervenir, elle le regarda mettre son manteau et sa tuque, ouvrir la porte et la refermer derrière lui.

Chapitre 31

La fin de janvier et le début de février furent si froids, que les troncs de certains arbres éclatèrent, fendus avec la même force que l'aurait fait un coup de hache assené de haut en bas.

Rose-Aimée devait rester à l'intérieur pour entretenir le feu dans le poêle. Elle ne sortait que pour aller à la grange s'occuper des bêtes, et cette tâche était très pénible. Levée à l'aube, il lui fallait parfois se tracer un chemin dans la neige que le vent avait accumulée depuis la veille, précédant son fils qu'elle ne voulait pas laisser seul dans la maison avec le poêle qui chauffait. En fin d'après-midi, elle devait retourner traire la vache et donner de la nourriture aux autres animaux, rapporter les œufs que les poules pondaient un peu partout, au hasard. Elle n'était toujours pas débarrassée de sa hantise des bêtes, et cette angoisse rendait son travail encore plus éprouvant.

On approchait de mars, et elle commençait à s'inquiéter sérieusement, en voyant à quel rythme sa réserve de bois de chauffage diminuait. Elle avait beau remettre des bûches sur les braises toujours ardentes, vingt-quatre heures sur vingt-quatre, il lui semblait que la maison ne parvenait pas à garder assez de chaleur pour être confortable.

La nuit, Laurent venait la retrouver dans son lit en pleurant.

— Ze froid, disait-il.

Elle allumait la lampe et elle ne pouvait s'empêcher de sourire, d'abord pour le rassurer, mais surtout à cause de l'image qu'il offrait. Il frottait ses yeux, lourds de sommeil, et sa longue robe de nuit blanche le faisait ressembler au Jésus que tenait la statue de la Sainte Vierge dans l'église de La Malbaie.

— Viens contre maman, mon bébé, répondait-elle invariablement.

Il grimpait sur le lit, s'accrochant d'une main aux draps, tout en serrant dans son autre bras son ourson en coton qu'elle lui avait confectionné elle-même et qui, à force d'être caressé, avait perdu sa couleur initiale. Laurent se blottissait contre elle, et ils réussissaient à se rendormir jusqu'au matin.

Depuis des mois, Rose-Aimée traînait en elle la même froidure qu'elle devait affronter physiquement ces dernières semaines. Peut-être était-ce dû à cet isolement volontaire qu'elle s'imposait ? Si la température avait été plus clémente, comme durant l'hiver précédent, elle aurait chaussé ses raquettes et se serait rendue avec son fils jusque chez l'une de ses voisines qui avait commencé à lui apprendre à tisser. Mais il n'y avait pas que les tempêtes qui la retenaient à la maison. Elle craignait, en sortant, de croiser Yves qu'elle s'était promis d'éviter.

À cause de l'état des routes, elle n'avait reçu que la veille une lettre de sa mère. Cette dernière l'avait confiée à un trappeur qui remontait chez lui, après s'être approvisionné à leur magasin. La lettre avait été écrite plus de trois semaines auparavant, et elle lui apprenait que sa sœur était morte en donnant naissance à une belle petite fille.

Rose-Aimée n'avait pas fermé l'œil de la nuit, et depuis le matin elle restait affaissée sur une chaise, pleurant à chaudes larmes, en lisant et relisant cette terrible nouvelle. Laurent essayait inutilement de la consoler en l'entourant de ses petits bras et en lui caressant le visage.

— Maman, c'est mon oncle ! cria-t-il soudain, en apercevant le jeune homme à la porte.

— T'es pas contente de me voir ? demanda Yves, voyant que Rose-Aimée ne se retournait pas pour l'accueillir. Je m'en venais pour te bûcher du bois. Me semble que tu dois en avoir besoin ? Je voulais te parler, itou, de la lettre que Jeanne m'a envoyée.

Soudain, il s'aperçut que Rose-Aimée sanglotait, et il s'approcha d'elle.

— T'as eu des mauvaises nouvelles ? demanda-t-il.

— C'est ma sœur… Lis, dit-elle en lui tendant le message de sa mère.

Il y jeta un bref coup d'œil, suffisant, cependant, pour apprendre ce qui était arrivé, et il attira la jeune femme contre lui.

— Veux-tu que j'aille te conduire à La Malbaie ? suggéra-t-il simplement.

— Y est ben que trop tard, astheure. Ça s'est passé y a plus de vingt jours… Mon Dieu ! Moi qui étais jalouse de Thérèse, parce que maman voulait pas passer les fêtes ici à cause d'elle ! Si j'avais pu savoir…

— T'as pas à te faire des reproches. Personne peut prévoir des affaires de même.

Il attendit qu'elle se calme un peu avant de relâcher son étreinte, et il s'aperçut que Laurent essayait d'attirer son attention.

— Moi itou, une caresse, dit-il.

— Toi, mon gars, je pense que t'en as plus

qu'y t'en faut ! s'exclama Yves. On va sortir tous les deux chercher du bois. T'es assez grand, astheure, pour porter une bûche, hein ? Pendant ce temps-là, ta mère va nous réchauffer une soupe, si a veut, comme de raison.

Après avoir replié la lettre de sa mère et l'avoir glissée dans la poche de son tablier, Rose-Aimée se leva et se dirigea vers la fenêtre. Au loin, Yves et Laurent disparaissaient dans la forêt, tirant un traîneau derrière eux. Elle pouvait voir qu'ils étaient tous les deux en grande conversation, et l'écho lui apporta le rire cristallin de son fils. Elle s'apercevait tout à coup combien la présence d'André avait manqué à Laurent. Elle n'était pas la seule à souffrir de l'absence d'un homme à ses côtés. Il avait suffi qu'Yves la prenne contre lui pour qu'elle se rende compte de l'attraction irrésistible qu'il exerçait toujours sur elle.

Rose-Aimée les vit faire plusieurs allers et retours, le traîneau chargé de bûches qui menaçaient de s'écrouler à chaque banc de neige qu'il escaladait, pour finalement corder tout ce bois dans l'appentis.

— Je te dis qu'y est fort sans bon sens, ce petit-là ! s'exclama Yves en ouvrant la porte et en se secouant avant d'entrer.

Laurent et lui avaient leurs manteaux couverts

de poussière d'écorce qui semblait difficile à déloger.

— Tu vas pouvoir chauffer en masse, astheure, reprit le jeune homme. Nous deux, c'est l'intérieur qu'on a besoin de chauffer, hein, Laurent? As-tu fait de quoi de bon, Rose-Aimée?

— Y a de la soupe pis du pain, dit-elle en déposant les assiettes sur la table.

Elle s'assit à son tour et les regarda manger un moment, en silence, avant de demander:

— Si je t'ai ben entendu quand t'es arrivé, Yves, t'as reçu une lettre de Jeanne?

— Oui, mais je sais pas si je devrais t'en parler. Ses nouvelles sont pas ben réjouissantes.

— Un peu plus, ou ben un peu moins de mauvaises nouvelles, ça change pas grand-chose. Qu'est-ce qu'a raconte?

— Imagine-toi donc que le 14 février dernier, y a eu un gros feu au couvent des Sœurs Grises, à Montréal. C'est là que j'ai été soigné. Y paraît que c'est arrivé autour de sept heures et quart, le soir. Y avait là des bébés que les sœurs avaient recueillis, des vieillards sans foyer, pis, ben sûr, des militaires encore trop malades pour s'en sortir sans aide. Les religieuses et plusieurs employés ont réussi à sauver presque tout le monde, mais y a au moins soixante petits qui sont morts.

— Ta sœur Saint-Pierre, elle, a y est pas restée, au moins ?

— Non, est juste un peu brûlée. Jeanne est allée la voir à l'hôpital, pis a me dit que ça l'a ben bouleversée.

— Toi itou, ça doit te faire de quoi ?

— Tu comprends ben que oui. C'est tellement une femme dépareillée, cette sœur-là. Je pense pas que le monde sait toute le bien que les religieuses de ce couvent ont fait pour les malheureux. Mais c'est assez de choses tristes pour astheure ! Moi, y faut que je m'en retourne chez nous. Je te reverrai dans pas longtemps, Rose-Aimée.

Il se leva rapidement et, en passant près d'elle, il lui vola un baiser passionné. Puis, sans attendre sa réaction, il s'habilla et ouvrit la porte.

— Ah ! j'oubliais, dit-il avant de sortir. Jeanne écrit itou qu'a va venir nous visiter en juin ou juillet.

Rose-Aimée se préparait à lui dire qu'elle serait bien contente de revoir sa cousine, mais il était déjà parti. Il lui sembla que le froid qui était entré au moment de son départ venait de lui pénétrer le cœur, et elle songea que sa vie n'était faite que de déceptions. Pour l'aider à combattre la tristesse qui l'envahissait, de plus en plus chaque jour, elle n'avait rien de palpable, rien qui puisse égayer son quotidien. Si, au moins, elle avait habité une ville ou un village, elle aurait pu sortir, visiter des parents, des amis, mais l'Anse-à-Thomas était un si petit hameau. À peine quelques maisons, presque désertes chaque hiver, quand les hommes partaient aux chantiers. Il ne restait alors que les femmes et leurs enfants, quelques vieillards aussi, mais les intempéries empêchaient tous ces gens de se voisiner.

Rose-Aimée rêvait à ce printemps qui tardait à paraître. À cause de toute cette blancheur qui l'entourait, elle avait l'impression de vivre dans un univers stérile, sans chaleur, et elle se rappelait avec nostalgie ces instants trop rares où André lui faisait l'amour, quand elle le voulait bien. Parfois, elle s'éveillait la nuit, et il lui semblait que, pendant un instant, Yves s'était penché au-dessus d'elle, qu'il avait pris ses lèvres pendant qu'il la caressait. Mais quand elle ouvrait les yeux, elle ne retrouvait que sa chambre vide, à peine éclairée par la flamme vacillante de la lampe, et son cœur se serrait. Pourquoi s'obstinait-elle à refuser l'amour d'Yves, puisque le souvenir de son mari s'estompait de plus en plus, à mesure que les mois passaient, tel un fantôme qui s'évanouit dans la lumière, dès que le jour paraît.

Il lui arrivait aussi de rêver d'un enfant que lui aurait fait Yves. Il gonflait son ventre et elle croyait l'entendre lui parler. Elle savait bien que c'était impossible, qu'un fœtus ne peut rien faire d'autre que donner des coups de pied et avoir le hoquet, mais ce bébé était différent. Elle le sentait glisser hors d'elle, sans qu'elle ressente de la douleur, et il se relevait d'entre ses jambes pour ramper jusqu'à son cou et s'y blottir. Il était beau comme un Jésus, avec les cheveux d'Yves, ou peut-être étaient-ils comme ceux d'André, puisque les deux hommes se ressemblaient tellement. Ce rêve paraissait si réel que, lorsqu'elle s'éveillait, son premier geste était de porter la main à son ventre. Il était plat, et Laurent dormait contre elle.

Chapitre 32

L'hiver se termina sans que Rose-Aimée reçoive des nouvelles de son mari. Elle aurait pu croire que la forêt l'avait fait disparaître à jamais sous l'épaisseur de ses grands arbres, ou encore qu'il avait glissé dans la profondeur des nombreux ravins qui plongeaient dans la rivière. Elle ne pouvait croire qu'il l'avait oubliée, et ce n'est qu'en mars qu'un homme vint lui porter un mot d'André.

Il lui expliquait qu'il l'aimait toujours, qu'il noircissait chaque jour des pages et des pages de ces petits calepins qu'il avait emportés avec lui, et sur lesquelles il lui racontait la vie misérable qui était la sienne et celle de ses compagnons. Il lui promettait qu'il les lui ferait lire dès son retour, sans pouvoir, hélas, lui en préciser la date.

— C'est encore ben frette en haut, expliqua le messager en buvant le thé chaud que Rose-Aimée s'était empressée de lui servir. Les chantiers sont dégarnis, si on peut dire, parce qu'y a plus que la moitié des hommes qui sont cachés dans les bois. La compagnie qui nous emploie parle de fermer avant avril. C'est plus ben payant pour eux autres de continuer à donner des salaires au cook, pis à des jeunes qui avaient encore jamais bûché jusqu'astheure, mais qu'on avait engagés en remplacement. Leur rendement est pas ben fameux, vous comprenez.

— Mais mon mari est-tu correct ? Y est pas malade, toujours ?

— Non, non, craignez pas. Y est resté au chantier autant qu'y a pu, mais on avait des nouvelles qui nous arrivaient de la grand-ville de temps en temps, pis quand y a su que le gouvernement se préparait à engager les hommes mariés, ben y a pris le bois, lui itou. Je pense pas que vous allez le voir avant que la guerre finisse, ma pauvre madame, mais c'est encore mieux de même, que d'apprendre qu'y est de l'autre bord à se battre contre les Allemands, pas vrai ?

— Pis vous, ça vous faisait pas peur de redescendre à La Malbaie ? demanda Rose-Aimée. Tout d'un coup qu'on vous aurait embarqué ?

— On pouvait pas, parce que j'ai une dispense à cause qu'y me manque un œil pis, en plus, je suis trop vieux pour être engagé. Je vas m'en aller, astheure, y faut que je gagne La Malbaie avant la nuit. Si je peux, je vous rapporterai encore des lettres à mon prochain voyage.

* * *

Tous ceux qui avaient entendu parler de ces nouvelles alarmantes ne s'étaient pas trompés en craignant le pire. Le 30 mars, les hommes de la catégorie B furent conscrits, et toutes les exemptions annulées.

La mère de Rose-Aimée lui fit parvenir un mot quelques semaines plus tard. Dans l'enveloppe, elle avait glissé une page du journal *La Presse,* qui relatait les émeutes du 1er avril à Québec. Le maire de la ville, Henri-Edgar Lavigueur, craignant que ne reprennent les désordres qui avaient éclaté dans le quartier Saint-Roch, à la suite de l'arrestation de deux jeunes, avait fait appel à l'armée, et 700 soldats anglophones arrivèrent de Toronto. On leur avait donné ordre de tirer sur la foule qui leur lançait des morceaux de glace et des balles de neige, et 7 hommes furent tués et plusieurs autres blessés.

Catherine indiquait que la situation était très sérieuse, et elle lui recommandait d'avertir André, ajoutant qu'elle avait appris que des policiers de l'armée avaient entrepris la chasse aux déserteurs. On offrait même des primes, paraît-il, à ceux qui les dénonceraient. « Dans quel temps vivons-nous ? écrivait-elle en terminant. Je serais pas surprise que tu voies arriver ces militaires à l'Anse-à-Thomas, avant longtemps, si c'est pas déjà fait ! Ici, à La Malbaie, y fouinent déjà partout. »

Rose-Aimée se rendit chez ses beaux-parents pour leur apprendre la nouvelle.

— Je monte avertir André pis les autres, s'exclama aussitôt Yves. Y faut pas qu'y sortent de leurs cachettes.

— Mais sais-tu au juste où y sont ? demanda Rose-Aimée.

— Je suis déjà allé par là, quand j'étais aux chantiers. J'ai pas oublié où ça se trouve.

— On va te donner de quoi pour eux autres, dit Mathilde. Depuis le temps qu'y sont là, y doivent plus avoir de provisions. Faudra leur dire, itou, qu'y chassent pas pour un temps. Si y fallait qu'on les entende tirer !

— Faites-vous-en pas, maman, y savent comment attraper des bêtes avec des collets, pis je suis pas trop inquiet pour leurs mangeailles. Mais moi, par exemple, je commence à craindre de pas pouvoir porter toute ma charge ! Une chance que j'ai les épaules solides ! ajouta-t-il, pendant que sa mère tirait sur les courroies pour ne pas que le sac ballotte à chaque enjambée qu'il ferait.

Mathilde avait réussi à y introduire toute la nourriture qu'elle avait pu trouver dans son garde-manger, et elle avait peine à boucler les attaches.

— Je te connais, t'es fort, mon gars. Astheure, approche que je t'embrasse, dit-elle en le prenant dans ses bras.

— Je pense que je devrais partir plus souvent. J'haïs pas ça qu'on m'embrasse de même. Toi, Rose-Aimée, tu pourrais peut-être faire pareil? suggéra-t-il.

La jeune femme n'avait eu qu'à voir le regard de son beau-père pour ne pas répondre à cette invitation.

— Fais un bon voyage, dit-elle, pis oublie surtout pas de leur porter nos saluts pis notre affection.

* * *

Depuis quelques semaines, les montagnes s'étaient colorées d'une mousse verdâtre. Les pommiers que Rose-Aimée avait plantés devant la maison, quand elle y avait emménagé, commençaient à rosir et, bientôt, le parfum de leurs fleurs embaumerait le vent.

Elle ne voulait plus penser à ce qui se passait dans le monde. La sève qui montait dans les arbres pour les faire revivre semblait contagieuse. Elle se sentait animée d'une sorte de fièvre qui lui faisait oublier toutes les idées tristes, et qui chassait les remords qu'elle aurait pu avoir. Car depuis son retour des bois, Yves la visitait presque chaque jour, et elle n'avait pas tardé à s'abandonner à cet amour qu'elle avait repoussé si longtemps.

Même si la glace n'avait pas encore « calé » sur la rivière Malbaie, les routes étaient maintenant praticables et les visites des voisins plus nombreuses. Il serait bientôt temps de penser aux semailles, et Rose-Aimée ne s'inquiétait plus à la pensée d'avoir à tout faire seule. Elle pouvait compter sur l'aide d'Yves.

Elle vivait dans un rêve, indifférente à ce que pourraient dire les gens en les voyant toujours ensemble. Maintenant qu'elle savait son mari en sécurité pour très longtemps, elle ne craignait plus qu'il revienne inopinément pour la surprendre. En fait, elle se laissait aller à une insouciance qui ne pouvait pas se prolonger indéfiniment.

Un incident se produisit au début du mois de juin. Yves, son père et sa mère étaient encore à table, après le souper quand, soudain, on avait frappé à la porte. Mathilde avait pensé que c'était peut-être des voisins qui leur rendaient visite, et elle était allée ouvrir.

Deux militaires pénétrèrent dans la cuisine, sans y être invités. Yves, encore essoufflé d'avoir entré des bûches avant le repas, se reposait sur le grand banc, à côté de son père. Comme il le faisait d'habitude pour cacher son bras quand il portait son crochet, il avait tiré la manche de sa chemise pour le dissimuler.

Le soldat qui semblait être le chef, pistolet à la ceinture, s'adressa immédiatement à lui, sans même saluer Pierre ou Mathilde.

— You, young man, how old… vous avoir? demanda-t-il.

— Vingt-trois ans.

— You, married?

— Quoi? répondit Yves qui feignait de n'avoir pas compris la question, mais qui savait bien ce que demandait cet officier arrogant.

En Angleterre, il avait eu à subir quotidiennement le mépris de ces Anglais qui traitaient les Canadiens français comme s'ils n'étaient là que pour servir de chair à canon. Il les avait côtoyés assez longtemps pour apprendre les rudiments de leur langue, mais il se refusait à le laisser voir.

— Do you speak English ? demanda encore l'officier.

— Hein ? répondit encore Yves.

— They are all stupid, those damned French Canadians ! ricana le militaire, en prenant son compagnon à témoin.

Yves avait peine à se contenir, et quand l'officier lui dit : « You are too... peureux pour... fight for your country ? », il se précipita sur lui et, relevant sa manche, il s'écria :

— Je sais pas ce qui me retient de te déchirer ta crisse de face d'Anglais avec ce crochet que j'ai gagné à me battre pour « your country », mon écœurant !

L'officier recula peureusement, dégaina son pistolet et, se tournant vers son adjoint, il s'exclama : « For God sake, this man is crazy ! Arrest him ! »

— M'arrêter ? Sacrez-moi votre camp d'ici, pis ça presse ! cria Yves.

— What did he say ? demanda l'officier.

— He said that we better go. You see, lieutenant, this guy is a veteran. He fought with us. Do you want me to check the house further ? Maybe there's someone hiding in the attic ?

Et, se tournant vers Mathilde, le deuxième officier lui demanda :

— Vous avez… une… attic ?… I mean, une… grenier ?

— Non, répondit Mathilde, on a pas de grenier.

— No attic, sir, dit le militaire.

— Than, go search the barn, ordonna le lieutenant.

Ils repartirent tous les deux sans même les saluer, et Yves les regarda qui se dirigeaient vers la grange, d'où ils ressortirent presque aussitôt.

— Les salauds ! s'exclama-t-il. Y vont fouiller toutes les maisons. Une chance qu'André a averti les jeunes au début de l'été, sans ça y seraient tous arrêtés.

Pierre donnait des coups de canne sur le plancher pour attirer leur attention.

— Vous voulez nous faire comprendre de quoi ? demanda Yves.

Son père agitait sa canne en direction de la porte.

— Tu veux sortir, mon mari ? dit Mathilde.

— Y fait signe que non, maman. Je pense qu'y s'inquiète pour Rose-Aimée. C'est ça, hein, papa ? Faites-vous pas de bile pour elle ni pour André. Y trouveront jamais rien. Vous savez ben que ces maudits soldats sont trop lâches pour marcher dans la gadoue jusqu'où les hommes se trouvent. C'est vrai qu'on dit que les militaires embarquent même les pères de famille, astheure, mais y en reste plus ben ben dans le bout.

— Pauvres enfants ! se lamenta Mathilde. Ça sera pas long que ces deux Anglais-là vont repasser avec les jeunes qui se sont pas sauvés. Y en a, comme notre neveu, qui se cachent dans le grenier de leurs parents. C'est sûr qu'on tardera pas à les découvrir. Si on avait le temps de les avertir avant que la police militaire arrive chez eux…

— Y est trop tard, répliqua Yves. Je pensais pas qu'y iraient jusqu'à fouiller les greniers des maisons. Ces gens-là ont pas de cœur, maman ! Pis, une chance que vous avez pas toute vu ce qui se passait… Y marchent rien que selon les ordres qu'on leur donne. Si quelqu'un leur obéit pas, y ont le droit de tirer pour le tuer. On a pas besoin d'être de l'autre bord pour mourir. On peut rien y faire.

— Comme ça, on peut rien y faire ? demanda Mathilde. Tu pourrais peut-être te rendre chez Rose-Aimée, au cas où y l'intimideraient pis qu'a parlerait de la cachette d'André pis des autres ?

— Je pense pas qu'a va avoir peur, mais je vas y aller pareil.

— Y faut qu'on se tienne tous ensemble ! dit Mathilde. Pendant que t'es chez elle, moi, je vas traverser chez notre voisine pour l'encourager. Elle, c'est sûr qu'y vont l'effrayer. Son mari est mort y a pas longtemps, pis c'est pour ça que son gars est resté avec elle. Y est caché derrière le faux mur, bâti dans la cuisine d'été. Si les Anglais fouillent un peu trop, y vont le trouver, c'est certain !

Puis, se tournant vers son mari, elle ajouta, pendant qu'Yves sortait :

— Si t'avais pu, pis si moi, j'avais été un homme, on leur aurait sauté dessus, hein, Pierre ?

Chapitre 33

Rose-Aimée vit arriver les militaires, et elle se douta bien de la raison de leur visite. Elle se préparait à leur faire face quand Yves vint la retrouver.

— Si y recommencent leurs simagrées avec toi, tu me laisseras répondre, recommanda-t-il.

— Ça me dérange pas qu'y fouillent ici, astheure qu'André est plus là.

— C'est qui, maman ? demanda Laurent.

— Des Anglais de l'armée, mon chou.

— Y vont tuer Laurent ?

— Ben non, dit Yves. La guerre, a viendra jamais jusqu'ici. Y veulent juste enrôler des hommes.

— Papa itou ? s'inquiéta l'enfant.

— Y monteront sûrement pas là. Mais si y te posent des questions sur ton père, Laurent, fais à semblant que tu les comprends pas, conseilla Rose-Aimée.

— Mentir, c'est laid, hein, maman ?

— C'est pas tout à fait un mensonge, expliqua

Yves. C'est comme qui dirait un oubli. Laisse-moi faire, tu verras que ça va ben se passer.

Les deux militaires ne s'attardèrent pas. Ils expliquèrent, moitié en anglais, moitié en français, que le nom d'André était sur la liste des conscrits, et ils insistèrent pour fouiller toute la maison. Quand ils virent qu'ils ne trouvaient pas celui qu'ils cherchaient, ils ne tardèrent pas à repartir. Il était évident qu'ils ne voulaient pas affronter de nouveau la colère d'Yves, surtout après qu'il les eut apostrophés :

— Bon, astheure que vous avez regardé partout, y est temps de ficher le camp, pis d'aller voir ailleurs. Ça fait quasiment un an que mon frère est parti, pis on sait pas où y est rendu, déclara Yves. Bon débarras ! s'exclama-t-il en refermant la porte sur eux.

— Si on allait faire un tour près de la rivière, suggéra Rose-Aimée. Me semble qu'on a besoin de marcher, après ce qui vient de se passer. Pis, j'ai à te parler, Yves.

— T'as ben l'air sérieuse tout d'un coup, répliqua-t-il. Tu peux pas me le dire de suite ?

— Non, je te raconterai ça quand on aura installé Laurent dans le sable, avec ses jouets.

Ils marchèrent vers la plage avec l'impression que l'air serait plus frais loin des champs.

À travers les arbres, ils apercevaient la surface de l'eau qui reflétait le feuillage des arbres penchés sur elle, en ombres mouvantes, étirées par le courant. De temps à autre, une tache sombre venait troubler le calme de cette brillance. Comme personne n'avait pu faire la drave, ce printemps-là, faute d'hommes d'expérience pour dégager les troncs accumulés sur la glace, des billots flottaient encore en ce début de juin.

Une fois Laurent occupé, et tout en le surveillant pour ne pas qu'il s'approche trop près de l'eau, Rose-Aimée attira Yves un peu à l'écart.

— Je suis enceinte, déclara-t-elle sans préambules.

— On va avoir un bébé? s'exclama le jeune homme, souriant de bonheur.

— Oui, mais je sais pas ce qu'on va faire, dit-elle, désespérée.

— Ben, on va le garder. Tu songes toujours pas à t'en débarrasser?

— Quand même que je voudrais, je connais personne qui pourrait m'aider pour ça.

Yves se rappelait ce qu'avait tenté sa cousine en pareille circonstance, et il lui était insupportable de penser que Rose-Aimée puisse avoir une idée semblable.

— Tu m'enlèveras toujours pas cette joie-là?

— Mais si André revenait, qu'est-ce qu'y dirait? Je pourrais quand même pas y faire accroire que c'est lui qui m'a mise enceinte...

— Ben, j'en suis rendu à souhaiter qu'y revienne! Si y faut, on s'en ira d'ici tous ensemble, Laurent, toi, avec le bébé que t'attends, pis moi, ben sûr.

— Y acceptera jamais qu'on garde son fils avec nous autres...

— Pense plus à ça pour astheure. On a ben le temps de voir venir, conclut Yves.

— Pas autant que tu crois, soupira Rose-Aimée. Ça sera plus ben long que ça va paraître.

— Ça fait combien de mois que tu le sais?

— J'ai pas eu mes règles en mai, expliqua-t-elle.

— Tu vois? Tu le portes depuis rien que deux mois. Ça paraîtra pas avant ben des semaines. Moi, j'ai pas envie qu'on arrête de vivre parce qu'on a peur de ce qui peut arriver.

* * *

André et ses compagnons n'en pouvaient vraiment plus de cette existence misérable dans le fond des bois. Les nouvelles que leur avait apportées Yves en avril avaient achevé de les décourager et, depuis, ils avaient épuisé la nourriture envoyée par Mathilde. Ils en étaient réduits, pour manger, à pêcher et à piéger des lièvres. L'inaction et l'absence de ceux qu'ils aimaient étaient peut-être ce qu'ils trouvaient le plus difficile à supporter. Il y avait, en plus, les mouches noires qui les harcelaient jour et nuit, et les maringouins étaient venus aggraver leur supplice depuis quelque temps.

— Ben, guerre ou ben pas guerre, moi, je redescends, s'exclama André un bon matin.

— T'es pas fou ? dit un de ses amis d'infortune. Tu sais ben que les polices militaires rôdent partout. Si y te voient, y vont t'embarquer.

— En prenant des précautions, y me verront pas. J'arriverai à l'Anse-à-Thomas avant que le soleil se lève, pis je m'éterniserai pas là. Juste le temps d'embrasser ma femme pis, après, je reviendrai ici. À soir, y a justement la pleine lune, c'est parfait pour voyager en forêt.

— Je te trouve ben imprudent, répliqua son ami. Nous autres itou, ça nous manque, une femme, mais c'est encore mieux de se morfondre que d'aller se faire tuer en Europe. A peut toujours ben pas durer encore longtemps, cette guerre-là !

Malgré les conseils qu'on lui avait donnés, André partit le même soir.

Il avait eu raison de croire que le clair de lune

l'empêcherait de s'égarer en forêt. Il y avait çà et là des coins d'ombre qui le faisaient hésiter sur la route à suivre, des silhouettes étranges que les arbres projetaient sur le sol et qui, pendant un instant, lui donnaient l'impression de voir surgir des hommes, mais il s'aperçut bientôt qu'il avait mis moins de temps que prévu pour atteindre les chantiers qu'il avait quittés quelques mois auparavant. Avec un peu de chance, et en pressant le pas, il atteindrait l'Anse-à-Thomas avant l'aube, comme il l'avait planifié.

Tout était calme quand il arriva près de sa maison, et il n'y avait personne en vue. Son chien, qui était couché sur la galerie, descendit les marches et s'approcha de lui sans méfiance et sans un seul aboiement. André était certain que, malgré sa longue absence, cette bonne bête ne l'avait pas oublié et qu'elle l'avait reconnu, même si elle ne le voyait pas dans l'obscurité. Son flair avait suffi.

La lueur d'une lampe éclairait la fenêtre de la chambre, et André, qui ne voulait pas effrayer Rose-Aimée, prit garde de ne pas faire de bruit en approchant. Il ne savait pas encore trop bien de quelle façon il allait dévoiler sa présence, et il décida de regarder simplement à l'intérieur pour s'assurer que sa femme dormait toujours.

Ce qu'il vit le figea sur place. Dans le lit, Rose-Aimée et Yves, tendrement enlacés, se caressaient. Ils étaient nus et, comme chaque fois qu'il revivait certains moments de passion dans ses rêves, les bras de la jeune femme étaient noués, non pas autour de son cou, mais autour de celui d'Yves. Jamais, quand il lui faisait l'amour, n'avait-elle agi de cette façon. Jamais, à part au début de leur mariage, ne s'était-elle abandonnée aussi complètement.

André restait là, immobile, les poings fermés de rage. Il réalisait soudain que Rose-Aimée avait cessé de l'aimer depuis longtemps. Certains gestes, certaines réticences quand il l'approchait, cette froideur qu'il avait mise sur le compte de la fatigue, lui revenaient en mémoire. Il était probablement le seul à n'avoir pas deviné la vérité. Son père, lui, savait. Ce regard dédaigneux qu'il jetait toujours à sa bru le prouvait. Il devait s'être passé un événement très grave pour que tout change de cette façon. Puis, il y avait eu l'insistance de sa femme à déménager ailleurs, cette maladie inexplicable qu'elle avait ressentie dès l'annonce du retour d'Yves. Tout concordait.

Sa colère monta, comme une vague de fond prête à l'emporter. Il lui fallait bondir sur la porte, la défoncer à coups de pied si c'était nécessaire, se jeter sur les deux amants et les tuer! Mais au moment où il allait agir, il vit Yves et Rose-Aimée qui se levaient, sans doute pour sortir soigner les animaux, comme à chaque matin.

Il attendrait donc que son cousin ouvre la porte pour mettre son plan à exécution. Mais sans qu'il sache pourquoi, sa colère s'évanouit aussi rapidement qu'elle avait surgi. À sa place, c'est une grande douleur qui l'anéantit. Il n'était décidément pas un battant.

Il se cacha à l'arrière de la maison, et il regarda Yves qui s'éloignait en direction de chez lui. Il n'avait plus la force de se venger, et il ne souhaitait plus de mal à personne. Il avait décidé de laisser sa femme à ses amours et de partir. Mais il ne retournerait pas rejoindre ses compagnons dans les bois, non, il se rendrait à La Malbaie et, de là, il embarquerait à bord de la première goélette en partance pour Rivière-Ouelle.

Puis il se porterait volontaire pour devenir soldat. La mort ne lui faisait plus peur! Il était certain que rien ne pouvait être pire que le coup au cœur qu'il venait de recevoir. Il avait cru que son pays, c'était l'Anse-à-Thomas, Rose-Aimée, son fils, ses parents, et c'est tout cela qui l'avait soutenu pendant ces longs mois de solitude qu'il avait vécus, mais il se rendait compte qu'il s'était trompé. Il n'avait plus de pays, plus d'amour, et il ne lui restait que le désir de disparaître à jamais.

Il s'éloigna à grandes enjambées vers la forêt et, comme son cousin plusieurs années auparavant, il ne se retourna qu'une fois à l'abri des arbres. Il vit Rose-Aimée qui se rendait à la grange, tenant Laurent par la main. Comme son fils avait grandi, et combien sa femme était belle ! Le soleil levant dorait ses cheveux, et le mouvement gracieux de ses hanches, balancées par la marche, fit regretter à André la décision qu'il avait prise. Il faillit bien revenir sur ses pas, la supplier d'oublier Yves, et si elle refusait, la forcer à le suivre. Mais, encore une fois, c'est sa peine qui le submergea.

Il avança, face au soleil qui rougissait déjà la terre sur le Chemin des Marais et, à cause des larmes qui lui brouillaient la vue, c'est dans une sorte d'arc-en-ciel qu'il vit s'évanouir l'Anse-à-Thomas.

Chapitre 34

Rose-Aimée avait fini de nettoyer la grange après avoir soigné les animaux, et elle se préparait à se rendre aux champs pour le travail journalier. Laurent était déjà parti rejoindre son oncle et ses grands-parents. Elle coiffa son chapeau de paille et ouvrit la porte pour sortir, mais quelle ne fut pas sa surprise de voir Jeanne qui montait les marches de la galerie.

— On t'attendait pas si tôt, dit-elle. T'as devancé tes vacances ? Remarque ben que c'est pas un reproche que je te fais. Je suis contente que tu sois chez nous.

— Si je suis arrivée avant le temps, c'est qu'y a quelqu'un qu'a ben voulu m'emmener jusqu'ici. J'ai couché chez tes beaux-parents, pis dès que j'ai vu Yves partir aux champs avec Laurent, j'ai décidé de venir te trouver. J'ai un message ben important pour toi, et y fallait que je te l'apporte de suite. Sais-tu où se trouve ton mari ?

— Tout le monde est au courant qu'y se cache dans les bois, répondit Rose-Aimée.

— Ben, y est plus là !

— Comment ça, y est plus là? s'exclama la jeune femme qui commençait à se sentir très nerveuse. Y est où d'abord?

— Lis, pis tu vas comprendre, dit Jeanne en lui tendant une feuille pliée en deux, sur laquelle il y avait son nom.

Rose-Aimée reconnut immédiatement l'écriture d'André.

— Comment ça se fait que c'est par toi qu'y m'arrive, ce mot-là? s'étonna-t-elle, froissant nerveusement le papier.

— Tu verras ben en le lisant.

Il n'y avait que quelques phrases sur la feuille:

Rose-Aimée,

Cherche-moi pas, je me suis engagé, pis je prends le train à soir pour Halifax. Jeanne vient me reconduire à la gare, pis a ira te porter mon message. Je te souhaite ben du bonheur!

André

— Je comprends toujours pas! s'exclama Rose-Aimée.

— Astheure que t'as lu, prends le temps de t'asseoir. J'ai ben des affaires à te conter.

— Ben, parle! cria presque Rose-Aimée. André m'a jamais écrit de même. J'ai le sentiment que ce que tu vas m'apprendre, c'est ben grave…

— T'as raison de penser ça. Quand y est arrivé chez nous, André…

— Pour quoi faire qu'y est pas arrêté ici, avant d'aller te voir, si c'est vrai qu'y est parti ?

— Tu te trompes en pensant qu'y s'est pas arrêté, dit Jeanne. Si tu l'as pas entendu, c'est parce que t'étais trop occupée avec Yves !

— Mon Dieu ! Veux-tu dire qu'y nous a vus ensemble pendant que…

— Oui, pendant que !… dit Jeanne en l'interrompant. Je te juge pas, Rose-Aimée, ajouta-t-elle, voyant que la jeune femme portait ses mains à son visage pour cacher sa honte. Je sais depuis longtemps qu'Yves pis toi, vous vous aimez. C'est pour ça que j'avais si peur, quand y a voulu revenir ici après sa sortie de l'hôpital. Dès que j'ai su qu'André était caché dans les bois, j'ai vite deviné que vous pourriez pas résister longtemps.

— Comment t'as su, pour Yves pis moi ?

— C'est lui qui me l'a dit, pendant qu'y achevait de guérir.

— On a toute essayé pour pas que ça recommence encore, Jeanne, affirma Rose-Aimée, mais y est arrivé plein de choses qui nous ont rapprochés. Au début, j'ai pensé que, pour moi, Yves c'était rien que du désir, que j'aimais mon mari pour de vrai, mais c'était pas le cas. Une affaire que tu sais pas, pis qu'y faut que je te dise, c'est que le jour de mon mariage, quand j'ai vu entrer Yves dans l'église, après qu'André pis moi on a échangé nos promesses, y s'est passé quelque chose en dedans de moi. Je pense que si y était arrivé avant, j'aurais répondu « non » au prêtre qui me demandait si je voulais prendre André pour époux. Mais y était trop tard, j'étais mariée ! Mes parents avaient ben raison, quand y m'ont dit que j'étais trop jeune pour m'engager de même, que je connaissais pas assez mon fiancé pis, surtout, que j'aurais dû fréquenter d'autres garçons avant de choisir mon mari. J'ai compris toute ça après, une fois qu'Yves m'a prise dans ses bras. Y était tellement pas pareil à André. Mon mari, lui, on aurait dit qu'y avait peur de me faire mal. Je peux pas dire que j'ai jamais ressenti du plaisir avec lui, ça serait pas la vérité, mais quand Yves m'a touchée, ça a été comme si je m'enflammais de partout. Ah ! Seigneur ! J'ai honte de te conter toute ça ! Qu'est-ce que tu vas penser de moi ?

Jeanne avait écouté Rose-Aimée sans l'interrompre. Il était facile de voir à quel point elle était bouleversée. Tout ce que la jeune femme lui avait dit ressemblait à sa propre histoire, à la seule différence que, dans son cas, tout avait commencé par son désir de plaire à un homme qui lui avait laissé entrevoir un moyen de s'évader de son quotidien monotone. Après la naissance de sa fille et sa décision de la laisser à Sophie, elle avait épousé son mari, mais elle était bien consciente qu'il ne s'agissait pas d'un mariage d'amour.

— Je te regarde depuis tantôt, dit Jeanne. T'es enceinte, hein ?

— Comment t'as pu deviner ? Ça paraît pas encore, répondit Rose-Aimée.

— C'est vrai que t'as encore la taille fine, mais j'ai rien qu'à regarder tes yeux pour savoir. Je suis même surprise que ta belle-mère s'en soit pas aperçue.

— En tout cas, si a s'en doute, a l'a pas dit, pis c'est une chance, autrement je sais pas ce qui serait arrivé.

— Qu'est-ce que vous allez faire, quand ça se verra ? demanda Jeanne. C'est ben certain que vous pourrez pas rester à l'Anse-à-Thomas, surtout si tes beaux-parents apprennent pourquoi André s'est enrôlé. Crains rien, ajouta-t-elle en voyant l'expression de Rose-Aimée, c'est pas moi qui vas les mettre au courant.

— Qu'est-ce que tu leur as dit pour mon mari ?

— Juste ce qu'y fallait. Y croient que la police militaire l'a arrêté. Pour le reste, y apprendront peut-être un jour ce qui s'est passé, mais le temps itou aura passé, ça fait que ça sera plus pareil comme astheure. Je veux juste ajouter une chose avant de te laisser, Rose-Aimée : si jamais vous décidez de prendre le bord de Montréal, tu peux compter sur moi. Y a ben de la place à la maison, pis je suis sûre qu'y aura de l'ouvrage en masse pour vous deux.

— T'es ben fine, Jeanne, dit Rose-Aimée en serrant sa cousine sur son cœur. J'aimerais ben ça si tu demandais à Yves de venir me retrouver. Y faut qu'y apprenne pour André, pis j'aime autant lui dire toute ça moi-même.

* * *

La chaleur était écrasante en cette première semaine d'août.

Rose-Aimée attendait Yves en pataugeant dans la rivière, tout en surveillant Laurent pour qu'il ne s'éloigne pas trop de la berge. Il jouait avec un petit bateau en bois qu'il faisait avancer sur l'eau, en le poussant avec une branche.

Non loin d'eux, les aiguilles de pin, chauffées

par le soleil, dégageaient une odeur qui rappelait à Rose-Aimée le parfum des confitures de fraises, quand elle les empotait dans leurs bocaux de verre. Yves avait promis de venir les rejoindre et, cette fois, elle ne craignait pas l'arrivée de son beau-père. Depuis quelque temps, il semblait un peu plus indifférent à ce qui se passait autour de lui. Il devinait sûrement que son fils et Rose-Aimée se voyaient, mais c'était comme s'il en avait pris son parti. Il se fâchait de moins en moins souvent, et seules ses lèvres bougeaient. On aurait pu croire qu'il priait sans arrêt, et peut-être en était-il ainsi.

D'où elle se trouvait, Rose-Aimée voyait Yves approcher de la plage. Elle sortit de l'eau et courut vers lui, en entraînant Laurent à sa suite.

— Tu sais-tu comme t'es belle, ma Rose-Aimée ? s'exclama Yves. C'est ben simple, quand je te vois, je perds la tête à chaque fois.

— Moi, c'est pareil. Mais y faut croire que c'est pas vrai, parce que nos têtes sont toujours là, ben plantées sur nos cous. Pis une chance, autrement on aurait plus de lèvres pour s'embrasser.

— Je t'aime tant ! soupira Yves.

Il se penchait pour l'attirer contre lui quand

il s'aperçut que Laurent le tirait par la manche depuis un moment.

— Pis moi, tu m'aimes, mon oncle? demanda l'enfant.

— Tu sais ben que je t'aime. T'es beau pis t'es fin comme ta mère, répondit Yves en lui caressant les cheveux.

Il le garda un moment contre lui avant de continuer:

— Pourquoi tu m'as demandé de venir te retrouver, Rose-Aimée?

Avant de lui répondre, la jeune femme lui montra son enfant en faisant signe de ne pas parler devant lui.

— Pourquoi t'irais pas jouer avec ton bateau dans le sable? suggéra Yves à Laurent.

— Ça flotte pas, le sable! s'exclama l'enfant.

— C'est vrai, mais tu peux faire semblant qu'y a des vagues pareil, répondit Rose-Aimée.

Une fois que Laurent se fut éloigné, Rose-Aimé reprit:

— Je voulais te raconter ce que Jeanne m'a dit.

— Qu'André était parti dans l'armée? Ça, je le sais, mais je comprends pas comment y ont fait pour le prendre. Moi, j'étais ben sûr que dans le bois où y se cachait, personne le trouverait…

— Y a pas été arrêté, Yves, c'est ben ça le pire. Y s'est livré tout seul parce que…

— Parce qu'y trouvait ça trop dur de se cacher ?

— C'est ben sûr qu'y aimait pas se trouver loin de chez nous, mais une affaire que tu sais pas, c'est qu'y est revenu par ici, pis qu'y nous a vus ensemble… dans le lit…

Yves était muet de stupeur. Jamais il n'aurait pu penser qu'André pouvait descendre à l'Anse-à-Thomas et risquer qu'on l'arrête.

— Maudit qu'y est bête ! cria-t-il. Pourquoi qu'y s'est pas montré ?

— L'aurais-tu fait à sa place ? dit Rose-Aimée.

— Ben sûr que non… murmura-t-il en baissant le ton. J'ai parlé de même parce que je me sens pas ben avec moi-même. C'est effrayant la peine qu'y a dû avoir… Y avait rien qu'à rester dans le bois ! reprit-il après un instant, en élevant la voix de nouveau.

— Astheure qu'on sait, qu'est-ce qu'on fait ? demanda Rose-Aimée. Y faudrait le savoir, pis vite !

— Jeanne t'a-tu dit d'autres affaires ?

— Juste que si on voulait partir vivre à Montréal, on pourrait rester chez elle.

— Tu sais ben que je peux pas laisser mes

parents. Comment y s'arrangeraient tout seuls? Vas-y, toi, si ça te tente. Je m'occuperai de ta terre pendant que tu seras là-bas. Mais Jeanne part pas de suite, pis on va peut-être trouver une autre idée avant.

Ils s'assirent sur la grève, regardant tristement couler l'eau de la rivière, sans ajouter un mot. Dans leurs mains, ils prenaient du sable qu'ils laissaient glisser machinalement en écartant les doigts. Laurent, lui, faisait avancer son bateau qui creusait un sillon sur la plage. Doucement il avançait vers eux, et il vint se blottir contre sa mère.

— Pourquoi tu pleures, maman? demanda-t-il. Mon oncle t'a fait de la peine?

— Tu sais ben que non, mon bébé. C'est juste la chaleur qui me fait couler des larmes. Le soleil frappe trop fort dans mes yeux.

— On va aller dans le bois d'abord, répondit l'enfant.

— T'as raison, Laurent. On est mieux de rentrer par le sentier pis d'aller boire une grande tasse d'eau fraîche, conclut Yves.

Chapitre 35

La veille de son départ, Jeanne vint retrouver Rose-Aimée qui travaillait aux champs. Même si septembre approchait, la température était toujours aussi chaude. Tous ceux qui liaient les gerbes de blé portaient leurs chapeaux à large bord. Ils laissaient filtrer la lumière à travers leurs tresses de paille, réunies par des fils serrés, mais l'éclat du soleil était suffisant pour blesser les yeux.

— J'ai affaire à te parler, dit Jeanne à Rose-Aimée. Peux-tu laisser ton ouvrage une minute ?

— Ben sûr. Veux-tu qu'on aille chez nous ?

— Non, non, c'est pas nécessaire, on va juste s'asseoir à l'ombre. Moi, j'ai de la misère à endurer autant de soleil. J'ai perdu l'habitude, depuis que je vis en ville.

Une fois sous le dais des branches, elles enlevèrent leurs chapeaux pour laisser la brise sécher leurs cheveux, plaqués sur leurs têtes par la transpiration. Rose-Aimée attendait, en mâchouillant une tige de blé, que sa cousine parle la première.

— As-tu pris une décision ? demanda enfin Jeanne.

— Oui, c'est à La Malbaie que je m'en vas. Mes valises sont déjà prêtes. Comme Yves t'emmène, y m'a dit que je pouvais faire le voyage en même temps. Tantôt, j'irai voir mes beaux-parents pour leur expliquer que j'ai trop de peine de savoir André à la guerre, pis que je veux plus rester toute seule sur la terre. Yves m'a promis qu'il s'occuperait des animaux. Pour la maison, ben, je crois pas que rien va l'abîmer pendant que je serai là-bas. De toute façon, ça sera pas long avant que je rentre. Juste le temps d'avoir mon bébé. Après, je reviendrai ici pour attendre le retour de mon mari.

— Je pense que tu fais ben. T'aurais pas pu vivre à l'Anse-à-Thomas en voyant que tout le monde te jugeait. Pis, le fait de me dire que tu vas attendre André, ça me rassure. C'est le signe qu'y te reste un peu de sentiment pour lui.

Rose-Aimée ne répondit pas à cette dernière remarque.

— Mais je pars pas de bon cœur, Jeanne, dit-elle. Comment tu penses que ma mère va prendre la nouvelle ? Je me dis qu'a va me comprendre, mais…

— Moi, j'ai rien que des garçons, ça fait que je

peux pas te répondre. Mais je sais, par exemple, que si ma fille m'arrivait avec un bébé dans le ventre, mon cœur de mère pourrait pas faire autrement que de l'accueillir pis de la protéger.

— Oui, mais me semble que je pourrai pas tenir longtemps loin d'Yves.

— Ben là, t'es toute mélangée ! Pis tu me mêles itou. Tu voudrais-tu garder Yves pis André, en même temps ?

— Je sais ben que ça se fait pas, mais…

— Tu restes ou ben non tu pars. Y a pas d'autres solutions. Pis, si tu restes, ça sera pas long avant que ta robe te fasse plus. Ça fait que tu sais ce qui t'attend ?

— Mais le bébé ? Quand André va revenir, qu'est-ce qu'y va dire ?

— Si y t'aime comme je pense, y va te pardonner, c'est certain. Tu crois pas que, si y avait été un violent, pis un sans-cœur, y vous aurait tués quand y vous a surpris au lit tous les deux ?

Cette dernière question ne demandait pas de réponse. Rose-Aimée se releva pour retourner aux champs en compagnie de sa cousine.

Dès le lendemain, Yves alla reconduire Jeanne au quai de La Malbaie, pendant que Rose-Aimée, une fois entrée chez ses parents, s'expliquait avec sa mère.

L'accueil de Catherine, si chaleureux au premier abord, se mua en silence quand sa fille lui apprit ce qui lui arrivait.

— Maman, dites-moi quelque chose! supplia-t-elle. Si vous voulez pas que je reste, y est encore temps que je parte retrouver Jeanne. Le bateau est peut-être toujours à quai.

Catherine prit sa fille dans ses bras en pleurant.

— Je vois ben que je vous fais de la peine, reprit la jeune femme. Mais j'ai plus que vous astheure. Vous allez pas m'abandonner?

— Ça serait ben effrayant! s'exclama Catherine.

Elle s'essuya les yeux et, une fois calmée, elle reprit:

— Pour commencer, on dira rien à ton père. Y est tellement content de vous avoir chez nous, toi pis Laurent! On est pas pour lui gâcher sa joie, hein?

* * *

— C'est ben curieux, ça, ma fille, remarqua Georges en regardant Rose-Aimée. T'avais pris du poids pis des couleurs depuis ton arrivée, mais astheure que les montagnes rougissent, toi, tu pâlis!

— Je pense que j'ai un rhume, comme Laurent pis maman.

— Y a-tu rien que moi, qui vas se tenir debout dans la maison ? Ça commence ben un automne ! s'exclama-t-il en éternuant.

— On dirait que vous avez attrapé notre rhume, vous itou…

— Pantoute ! À mon âge, je suis encore fort comme un bœuf ! Ça pognerait pas sur moi, une affaire de même !

— Ben, cette année, on dirait que tout le monde est malade, répondit Rose-Aimée. Y paraît qu'ici, à La Malbaie, y en a déjà qui sont morts de ça.

— Fais pas ton oiseau de malheur ! Mourir d'un rhume ! C'est pas croyable !

— En tout cas, moi, je me sens pas ben. J'ai peur que ça soit grave, pis je suis mieux d'aller me coucher. On dirait que je vas tomber sans connaissance.

La jeune femme ne croyait pas si bien dire.

Quand elle reprit ses sens, quelques semaines plus tard, sa mère était à son chevet. Elle lui dit tristement :

— J'ai ben l'impression que t'es guérie, astheure, pis que t'es assez forte pour que je t'annonce des mauvaises nouvelles.

— C'est pas au sujet de Laurent, toujours ?

— Non. Y a survécu, lui aussi. Mais c'est pas le cas pour ton père !

— Papa ? Voulez-vous dire qu'y est…

Elle n'osait pas prononcer ce mot qui lui faisait peur.

— J'ai pas pu le sauver, soupira tristement Catherine.

— Y disait qu'y était fort comme un bœuf… Que c'est pas possible qu'un rhume fasse mourir du monde !

— C'est pas un rhume ordinaire, Rose-Aimée. Y appellent ça « la grippe espagnole ».

— Pis les autres, aux alentours, y l'ont-tu attrapée ?

— Y a eu ben des morts, ma fille.

— À l'Anse-à-Thomas itou ? demanda craintivement la jeune femme.

— Quand tu seras mieux, je te lirai les lettres que t'as reçues, de là-bas pis de Montréal. Pour astheure, y faut que tu dormes.

— Yves ?… murmura Rose-Aimée.

Catherine n'eut pas le temps de lui répondre. Rose-Aimée avait fermé les yeux. Épuisée, elle dormait déjà.

Mais elle mit plus de temps que prévu pour se remettre tout à fait. Quand elle fut assez forte pour l'entendre, sa mère lui fit part des nouvelles qu'elle ne connaissait pas. Elle avait perdu le bébé qu'elle attendait, ce qui avait aggravé son état de faiblesse. Pendant des jours, elle avait déliré, appelant tour à tour Yves et André, criant son amour pour l'un et pour l'autre.

Dans une lettre, Jeanne annonçait qu'André avait écrit. Il demandait des nouvelles de Rose-Aimée, ajoutant que les horreurs de la guerre lui faisaient comprendre à quel point il désirait retrouver le calme de l'Anse-à-Thomas, et, peut-être, regagner l'amour de sa femme.

De son côté, un mot assez récent de Mathilde, sa belle-mère, apprenait à Rose-Aimée qu'Yves était à son tour très malade.

— C'est décidé, je pars, maman ! s'exclama la jeune femme.

— Tu peux pas, t'es pas encore assez ben, dit Catherine.

— Y a rien, ni personne pour me retenir ici ! cria Rose-Aimée.

Elle était déjà debout et, à la hâte, elle jetait des vêtements, pêle-mêle, dans une valise. Puis elle ajouta :

— Voulez-vous garder Laurent ici, pour encore quelques jours, maman ?

— Tu sais ben que oui ! répondit Catherine.

Même si je te donne pas raison, je suis capable de te comprendre. Je vas demander à notre voisin d'aller te reconduire.

— Dites-y que c'est ben pressant !

* * *

Le Chemin des Marais était toujours aussi beau, comme à chaque automne. La pluie de la veille avait laissé sur la route de larges flaques d'eau, que le soleil d'aujourd'hui faisait miroiter. Des gouttes irisées perlaient sur le feuillage doré du sous-bois et, quand les roues de la voiture projetaient l'eau sur les côtés du chemin, il paraissait recouvert d'une glaçure.

— Vous pouvez pas aller plus vite, monsieur ? demanda Rose-Aimée.

— Avec les trous pis les bosses, c'est pas faisable, madame. Vous voulez toujours ben pas que la voiture casse ?

— Excusez-moi, j'avais pas pensé à ça.

Rose-Aimée avait tellement hâte d'arriver à l'Anse-à-Thomas !

Yves était-il toujours vivant ?... Et ses beaux-parents, eux ? La maladie les avait-elle décimés ?... L'émotion qui l'étreignait était tellement différente de celle qui l'avait fait quitter sa maison pour se rendre chez ses parents.

Ce jour-là, seul Yves occupait ses pensées. Aujourd'hui, elle revenait pour le soigner, espérant ne pas le perdre, mais, contrairement à ces derniers mois, le souvenir d'André ne la quittait plus.

Elle ne savait pas ce que lui réservait l'avenir, ni quelle décision elle prendrait quand son mari serait là.

Serait-elle toujours déchirée entre deux amours ?…

Pour l'instant, elle était tout simplement heureuse de vivre.

Bibliographie

LA BIBLE DE JÉRUSALEM -
Les Éditions Fides, 1981.

LES COUTUMES DE NOS ANCÊTRES -
Yvon Desautels - Éditions Paulines.

DICTIONNAIRE DE LA LANGUE QUÉBÉCOISE -
Léandre Bergeron - VLB Éditeur.

ARCHIVES DES SŒURS GRISES - Montréal.
HISTOIRE POPULAIRE DU QUÉBEC - 1896-1960 -
Jacques Lacoursière - Éditions du Septentrion, 1997.

NOS RACINES

RECETTES DE MÉDECINE POPULAIRE -
Coll. C.A., sur fiches - Russell et Prescott -
Ontario, 1970.

CHARLEVOIX PAYS ENCHANTÉ -
Jacques Des Gagniers - Les Presses de
l'Université Laval - 1994.

COLLECTION FOCUS

ROMANS EN GRANDS CARACTÈRES

Suzanne Aubry
Le fort intérieur

Janette Bertrand
Ma vie en trois actes

Chrystine Brouillet
Marie LaFlamme,
Tome 1 : Marie LaFlamme
Tome 2 : Nouvelle-France
Tome 3 : La Renarde
Chère voisine
Soins intensifs
Sans pardon
C'est pour mieux t'aimer, mon enfant
Indésirables

Fabienne Cliff
Le Royaume de mon père,
Tome 1 : Mademoiselle Marianne
Tome 2 : Miss Mary Ann Windsor
Tome 3 : Lady Belvédère

Sergine Desjardins
Marie Major

Lise Dion
Le coffre bleu

Micheline Duff
D'un silence à l'autre,
Tome 1 : Le temps des orages
Tome 2 : La lumière des mots
Tome 3 : Les promesses de l'aube
Les lendemains de novembre
Mon cri pour toi

Marie-Bernadette Dupuy
L'amour écorché
Le refuge aux roses

Abla Farhoud
Le bonheur a la queue glissante

Élizabeth Filion
La femme de la fontaine

Mylène Gilbert-Dumas
Les dames de Beauchêne, tome 1
Les dames de Beauchêne, tome 2
Les dames de Beauchêne, tome 3

Pauline Gill
Évangéline *& Gabriel*

Joanne Harris
Chocolat

Claude Jasmin
La petite patrie

Michel Jean
Envoyé spécial

Micheline Lachance
Les filles tombées,
Tome 1 : Les silences de ma mère
Tome 2 : Les fantômes de mon père
Lady Cartier

Dany Laferrière
L'odeur du café

Claude Lamarche
Le cœur oublié

Jean-François Lépine
Janine Sutto :
Vivre avec le destin

Marguerite Lescop
Le tour de ma vie en 80 ans
En effeuillant la Marguerite
Les épîtres de Marguerite

Marc Levy
Et si c'était vrai...

Antonine Maillet
Madame Perfecta

Denis Monette
M. & Mme Jean-Baptiste Rouet
La paroissienne

Lucie Pagé
Mon Afrique

Fred Pellerin
Comme une odeur de muscles
L'arracheuse de temps
Dans mon village, il y a
belle Lurette...

Jean-Jacques Pelletier
La Femme trop tard

Louise Portal
Cap-au-Renard

Maryse Rouy
Mary l'Irlandaise
Azalaïs : La vie courtoise

Louise Simard
Thana, La fille-Rivière
Thana, Les vents de Grand'Anse

Pierre Szalowski
Le froid modifie la trajectoire
des poissons

Christian Tétreault
Je m'appelle Marie

Janine Tourville
Par le chemin des Marais

Michel Tremblay
Chroniques du
Plateau-Mont-Royal,
Tome 1 : La grosse femme
d'à côté est enceinte
Tome 2 : Thérèse et Pierrette
à l'école des Saints-Anges

Louise Tremblay D'Essiambre
Les années du silence,
Tome 1 : La Tourmente
Tome 2 : La Délivrance
Tome 3 : La Sérénité
Tome 4 : La Destinée
Tome 5 : Les Bourrasques
Tome 6 : L'Oasis
Entre l'eau douce et la mer
La fille de Joseph
« Queen size »

Achevé d'imprimer chez
Imprimerie Norecob
en juin 2018